사랑의 묘약

사랑의 묘약

성 지 혜 장편소설

문이당

작가의 말

우리는 사랑을 노래 부르면서도 사랑이 무엇인지 알지 못합니다. 알지 못하기에 사랑은 지고의 가치인지도 모릅니다.

'사랑은 사람에서 유래되었다고 합니다. 사람의 ㅁ이 비바람에 깎이고 깎여 사랑의 ○이 된 거라고요. 모나지 않고 수긋함으로 인생을 살아가노라면 나보다 남을 낮게 여긴 겸손의 미를 터득하고, 나 자신을 되돌아봄으로 덧나지 않은 삶을 누린다고요.'
위의 글은 『사랑으로 여는 마음』의 수필집에 기록된 나의 고백이기도 합니다.

주인공 정훈종과 이수인의 사랑을 통해 사랑의 진정성을 알고, 강인평이 이수인에게 향한 우정에서 삶의 진수를 깨닫는다면 세상이 한결 빛날 것입니다. 더불어 한채희와 최준기의 방황을 어떻게 치유할 것인가의 해답은 우리가 풀어야 할 과제가 아닐까요. 그들 청춘 남녀의 고통을 이해하고 귀 기울인다면, 햇살 한 숟가락의 희망으로도 밝은 내일에 소망을 두는 건 아닌지요. 성희, 청희, 문희, 채희, 예컨대 당신 아이, 우리 아이, 나의 아이는 바로 우리의 이웃입니다. 그러므로 씨 다르고 배다른 자매들이 갈등을 뛰어넘어 어울림으로 손잡고 나아가노라면, 가족의 유대와 질서를 통한 이웃 사랑 실천으로 세상은 참으로 살 가치가 있는 거라고, 노래 부르고 싶습니다.

새벽을 알린 예배당 종소리의 해맑은 가락은 종지기와 종이 연합해 일군 명품입니다. 저는 그 명품을 낳기 위해 종지기가 되고파 감히 넘보지 못할 선을 넘으려고 했습니다. 안타깝게도 돌아온 건 깊은 상처였습니다. 저는 근자에 종지기는 전능자요, 종이 바로 저 자신이란 걸 깨달았습니다. 종지기가 종을 치면 아파, 아파, 아파, 내면의 그 울림이 쌓이고 쌓여야만 마침내 사랑해, 사랑해, 사랑해, 고백하며 불멸의 문장을 낳는다는 걸.

　　저의 글도 꽃으로 화라락 피어 향기를 발한다면 참 좋겠습니다.

2022년 7월

글꽃 성 지 혜

차례

작가의 말

너희 중에 어떤 사람이 양 백 마리가 있는데 그 중의 하나를 잃으면 아흔아홉 마리를 들에 두고 그 잃은 것을 찾아내기까지 찾아다니지 아니하겠느냐.

－ 누가복음 15장 4절

길 위의 길

1

얼마만인가,

핸들을 잡은 손이 꽉 조여 든 순간, 훈종은 어떤 힘을 감지한다. 타라락, 울림이 머리를 휘감고 발바닥에서 피어오른 열기가 온몸을 데운다.

수인을 만난다. 수인을.

열린 차창으로 불어온 꽃샘바람이 코끝을 스친다. 강물 위로 새들이 날고 물결 따라 배가 지나간다. 둔덕에는 소녀들이 카메라 앞에서 폼을 재기도 한다.

어디쯤일까.

수인에게 민들레 꽃반지를 끼워주던 곳은. 소녀들의 얼굴이 풀꽃으로 떠오른다. 그 사이에서 수인이 꽃반지 낀 손을 내밀며

어서 오라 손짓한다.

밀리고 밀린 차량의 행렬이 아득히 멀어진다. 훈종은 승용차를 멈춘다. 웬 아가씨가 열린 차문 안으로 몸을 들이민다.

"좀 태워 주시겠어요?"

"이미 승차하고선, 낯가림도 없이. 그렇죠, 아저씨?"

뒤이어 청년도 아가씨 옆에 앉는다. 훈종은 엉겁결에 미소 짓는다.

"행선지는?"

"여의도 선착장."

청년이 경쾌히 답한다. 수인과 약속한 장소도 그곳이었다.

"지겨워 죽을 뻔 했어. 길가에 세워 두고 졸음 올 정도로 기다리게 하기야?"

아가씨 이마에 혈맥이 도드라진다.

"난 너무 바빠 죽었다 다시 깨어났지 뭐냐."

청년의 말에 아가씨가 화를 잠재운다.

꽃샘바람이 차창을 두드린다. 훈종은 바람결 따라 오래 전의 나이테가 태엽을 풀며 다가온 듯한 환각에 사로잡힌다.

그날, 훈종도 약속 시간보다 늦게 강변에 당도했다. 대학로에서 불온 전단을 뿌렸다는 누명을 쓰고 경찰서에 연행 되었다 풀려 나온 뒤였다.

얼마나 기다렸게. 한 시간 십 분, 정확히 사천 이백 초, 맥박도 사천 번을 더 뛰었어.

수인은 양손으로 얼굴을 타다닥 두드렸다.

마치 일 분마다 눈을 몇 번 깜박일까 셀 정도로 우린 초를 다투며 만났지.

훈종은 피식 웃는다.

수인과 헤어진 지도 24년 1개월 하고도 6일, 지금은 정오에서 20분 지났다. 그동안 몇 초가 지났으며 맥박은 얼마나 뛰었을까.

24년이란 햇수는 10년이면 강산도 변한다는 과정을 두 번 더 겪은 기나긴 날들이었다. 과거의 연인처럼 젊은이들도 초를 다투며 만날까. 훈종은 의자 등받이에 몸을 기댄다.

"저 흐드러지게 핀 개나리 말이야. 길게 늘어진 가지를 자르고 싶어."

아가씨가 강변 둔덕을 손짓한다.

"뭘 싹둑 자르는 게 너의 장기 아냐."

청년이 말하고는 덧붙인다.

"삼월에도 꽃이 피잖아. 과일이나 채소처럼 꽃도 끝물이 있나 봐. 사람도 맏물 인생이 있는가 하면 우리처럼 끝물 인생도 드물 진 않거든."

"다시 감방살이 할 걸 생각하면 아찔아찔해져. 콩밥 먹는 게 올해로 끝나면 또 몰라. 재수는 필수, 삼수는 선택, 바야흐로 대입 낙방생 문호 개방 시대야."

아가씨의 눈에 핏발이 선다.

"곧 오후 수업이 시작될 시간인데 차가 거북이 걸음이라 시간표대로 공부하긴 글렀어. 참 깜빡이네. 학원증은 어디 갔지?"

청년이 가방을 뒤진다.

"조금 전에 내게 맡겼잖아."

아가씨가 핸드백 안에 든 학원증을 꺼내 청년에게 건넨다.

훈종이 뒤돌아본다.

"여의도 선착장엔 왜 가지?"

"여친이 학원 휴게실에서 유혹하잖아요. 강물에 발을 담그고 손도 씻어 보고 싶다고요. 마침 점심시간 뒤 다섯 째 시간이 자율학습이라 노량진 학원을 뛰쳐나왔지요."

청년이 눈을 감는다.

'행복을 팝니다. 꿈을 팝니다.'

강변 잔디밭에서 악사가 아코디언을 켜며 노래 부른다. 챙이 넓은 모자를 쓰고 품 짧은 조끼와 통 좁은 바지에선 별 모양의 장신구가 번쩍인다. 악사 옆에는 아낙이 기계를 돌리며 부푼 풍선을 뽑는다. 줄 선 아이들 뒤엔 유모차에 젖먹이를 태운 임산부도 차례를 기다린다. 마침내 악사가 빨간 행복 초록 꿈을 아기 조막손에 쥐어 준다.

훈종은 만삭 임산부의 배가 터지지 않을까 조마조마해진다.

달걀이 부화되어 병아리가 깨어 나오듯, 임산부의 뱃속에서 신생아가 울음을 터뜨리며 나올 것 같은 희열에도 잠긴다.

박사님은 산실에 들어서면 명지휘자 같아요.

간호사들이 속닥였다.

훈종은 수술대에 서면 명곡을 듣는 버릇에 길들었다. 차이코프스키, 모차르트, 베토벤, 멘델스존, 가야금 산조 등. 명곡은 산모의 긴장을 덜고 평안을 안겨 주었다. 틈만 나면 헤드폰 끼고 명곡을 들으며 지휘자 흉내 내던 게 습관화 되었다. 그래선지 간호사들은 그를 명지휘자의 반열에 올렸다. 그도 간호사들에게 명연주자가 된 마음가짐으로 간호에 임하란 당부도 잊지 않았다. 명곡이 작곡가의 고통에서 해산된 최상의 기쁨이라면, 신생아야말로 명곡 중의 명곡이었다.

그는 산실에서 산모의 고통을 나의 아픔인 양 받아들였다. 탯줄 자르고 신생아를 품에 안으면 내 손에서 놓치고 싶지 않은 소유욕, 수인이 낳은 나의 아이란 환상에도 젖었다. 산부인과 의사란 직업에 긍지와 자부심을 갖은 것도, 수인을 향한 그리움이기에 가능한 일이었다.

2

파리에 있을 당시, 훈종은 자주 센강으로 가서 배를 탔다.

시가지에서 바라본 강의 정경과 배를 타고 바라본 시가지의

풍경은 달랐다. 가령 에펠탑에 올라 내려다 본 강은 유유히 흐르는, 현재에서 미래를 조망한 시간의 흐름이었다. 배를 타고 센강을 돌며 에펠탑과 노트르담사원 등을 바라보면, 과거와 현재의 시점, 강물은 돌고 돌아 미래로 이어진다는 우주 순환 법칙의 재확인이었다. 명소들의 지은 연대가 다르듯, 그 시절에도 센강은 유유히 흘렀을 것이다. 과거에서 현재로 이어져 왔고 다시 미래로 이어질 것이다.

한국에 귀국하기 전날도 훈종은 센강의 선착장으로 갔다. 갑자기 집시가 그의 양손을 덥석 잡고는 손금을 살폈다.

"역마살이 끼여 파리를 떠나지 않으면 화를 면키 어렵겠는데요."

그는 귀가 솔깃해 값을 후하게 치르고 싶었다.

"이십사 년이면 몇 초가 지났고 맥박은 얼마나 많이 뛰었나를 알려 준다면 삼십 유로, 아니, 오십 유로 줄께."

거리의 점쟁이에게 50 유로는 큰 금액이었다. 그 건 몽마르트 초상화가가 사람들에게 흑백 초상화를 그려주고 받는 값이었다. 집시는 손가락으로 셈을 헤아리더니 고개를 가로저었다.

"별보다도 더 많은 숫자예요. 하도 많은 숫자에 질려 점괘가 나오지도 않고요."

여점쟁이는 그에게 귀엣말로 속삭이곤 사라졌다. 순간 그는 뉘우쳤다. 포켓 속에 든 지갑이 없어서였다.

그가 처음 파리에 당도 했을 때, 샤를드골 공항 광장에서도 집시를 만났다.

"환영합니다. 이제부턴 만사형통의 길이 열립니다."

집시의 환영사를 듣고 그는 손을 내밀었다.

"여복과 재복이 포도송이처럼 주렁주렁 달렸군요."

집시가 볼펜으로 그의 손바닥에 사인했다. 아누크? 그가 사인을 읽고 나자, 여점쟁이는 어디론지 사라졌다. 그의 품속에 든 지갑이 없어졌다.

파리에 살면서 그는 내내 무엇을 도둑맞았다던 압박감에서 헤어나지 못했다. 그건 시간이었다. 곧 조국으로 가지 않으면 앞으로도 파리에서 지낼 거란 암담함이 꼬리쳤다. 귀국하기로 결심하자, 도둑맞은 허망함에서 벗어나기 위해 준비를 서둘렀다. 그의 병원을 인수한 마르시아노 병원장에겐 스무 개의 화분을 선물했다. 간호사들과 운전기사에게도 사례금을 지불했다. 그리고 24마리 비둘기를 아르슈베세 다리 위에서 노트르담 대성당을 향해 날려 보냈다.

그가 기른 앵무새도 작별 인사를 고했다.

정훈종 박사님, 이젠 지긋지긋한 속박과 굴레에서 벗어나세요. 그래도 파리를 잊진 마십시오.

그가 마르시아노 병원장에게 화분을 선물한 것은 지기에 대한 예우였다. 더욱이 비둘기를 날려 보낸 건 어느 음유시인의 조언을 듣고서였다. 나도 조국으로 귀국할 즈음이면 필히 그리 하리라 작심했던 터였다.

어느 가을, 그는 센 강변에서 음유시인을 만났다.

"센강을 사랑하십니까?"

음유시인의 은발이 햇빛을 받아 새하얗게 빛났다.

"물론이죠. 전 강변에서 자랐거든요."

훈종은 진주 남강을 떠올렸다.

그 음유시인은 가끔 센강 둔덕에서 마주쳤다. 고요한 눈빛, 청아한 목소리, 노하면 까무레한 얼굴이 숯처럼 검고 기쁘면 질화로처럼 붉었다.

"나도 유브라데스 강변에서 유년기를 보냈다오. 뜨는 해와 지는 해가 너무 좋아 강둑에서 살다시피 했으니까요. 아침 해는 그날의 안녕을 기원하고 저녁 해는 내일에 소망 둔 기다림 아니겠소."

잠시 침묵하더니 음유시인이 뒤를 이었다.

"센강이 유명세를 탄 건 서른 개가 넘은 다리들이 특성을 지녀서랍니다. 가장 오래된 퐁뇌프 다리, 시와 샹송으로 유명한 미라보 다리, 에펠탑이 가까운 비르아켐 다리도 빼놓을 순 없고요. 파리의 예술인들이 자주 드나든 예술교 다리, 지금 우리가 선 아르슈베셰 다리도 기억에 남을 만하죠."

"강 못잖게 다리도 사랑하시네요."

"아무렴. 센강의 그 많은 다리를 일 년에 두어 번씩 십 년쯤 순례하면 진정 파리를 사랑하고 인생이 뭔지도 알게 되지요."

"다리를 순례 한다고 어찌 인생을 꿰겠습니까?"

그에겐 인생이란 오리무중이었다. 영원히 풀 수 없는 수수께끼였다. 이수인과 오순도순 살고 싶은 마음 간절했지만 양미란과 동거 중이었다.

"누구든 인생을 바로 알진 못합니다. 그건 창조주만이 아는 고유 권한이지요. 난 팔순이 넘어서야 인생을 좀은 바라볼 줄 아는 정도랍니다."

다리 위에서 아래로 굽어보면 물이 흐르잖습니까. 흐르는 물은 시간을 의미하고, 시간은 인체의 맥과 통하지요. 난 그 많은 다리 중에서 이 다리를 제일 사랑합니다. 여기서 석양이 비낀 노트르담 대성당을 쳐다보는 게 센 강변에서 느낄 묘미 중의 묘미입죠. 난 유목민 후옙니다. 이제껏 떠돌이 신셀 면치 못했는데 머잖아 고향으로 되돌아갈 겁니다. 귀향길에 오르기 전, 여기서 50마리 새를 날려 보낼 예정입니다. 아마 내가 쓴 시 중에서 백미가 될 명시는 그날에 쓰게 되겠지요.

"그 명시를 지금 들려주시겠습니까?"

음유시인의 고백이 하도 진지해 그가 관심을 나타내자, 해답이 뒤따랐다.

"훗날 우리가 천국에서 만나면 저절로 알게 될 겝니다."

3

마포대교와 서강대교 사이에서 밤섬이 세상 잡음에도 무심한 듯 청청하다. 마치 수목을 실은 크나큰 선체처럼.

두 젊은이는 모드보트에 오른다. 준기는 몸의 균형을 위해 자세를 바로잡는다. 곁에 앉은 채희도 걸친 구명조끼가 불편해 몸을 흔든다.

"선체가 흔들리면 물귀신 되기 쉽다니까."

"간 떨어지겠네. 좀 가만히 있으라면 될 일이지."

채희가 양손을 가슴에 모은다.

"그래, 스트레스 풀려고 왔잖아. 좋은 것만 보고 좋은 말만 하도록 하자."

준기가 모드보트 손잡이를 돌린다.

"어때, 수면이 탄탄해 침대에 누운 것 같지 않아?"

모드보트에서 뿜어 나온 잡음이 쌩쌩 울려 준기가 큰소리로 외친다.

"엉큼하긴, 여기까지 와서 한다는 소리가 기껏 침대 운운이야?"

"왜 그리 먹물 먹은 표정이냐. 좀 웃어 봐라."

"웃는다고 재수 딱지에서 벗어날 것 같아?"

"신세타령도 금물. 곧바로 비밀 무기를 선보일 테니 얌전히 굴어."

준기는 거칠게 모드보트를 몬다. 수면을 가르며 질주할 때마다 양쪽으로 갈라진 하얀 포말이 강물에 길을 틔운다.

"좀 천천히 몰아."

"이제부터 넌 미의 여신이 되는 거야. 몸을 마사지 할 물보라가 미용 효과에도 뛰어나대."

싸악싸악, 퍼붓는 물세례에 몸을 움츠린 채희가 새우등이 된다.

보트하우스에는 승객들이 배를 타기 위해 줄을 선다. 강물 위엔 오리선과 모드보트가 둥둥 떠다닌다.

"밤섬은 새들의 낙원이야. 왜가리와 해오라기도 날고 청둥오리 떼도 풀숲에서 기어 나오더라."

준기가 새들에게 눈도장 찍는다.

모드보트에서 내린 두 젊은이는 손수건으로 몸에 묻은 물기를 닦아낸다.

"누굴 기다리시죠?"

채희가 물가에 선 훈종에게 시선을 돌린다.

"너희들처럼 예전에 손잡았던 분."

훈종이 되묻는다.

"강물에 손을 씻은 소감은?"

"흐르는 물은 힘이 있어요. 시든 꽃이 아닌지 의심 들면 전 강으로 나와 강물에 발을 담그고 손을 씻는 답니다. 깨끗한 발과 손에 탄력이 생기면 기억이 새로워지고 머리가 맑아 오거든요."

　채희의 낯빛이 환하다.

"뛰자. 시간은 충분해. 수업에 늦지 않도록."

　준기가 소리치자, 그들은 손을 잡고 부리나케 달린다.

어디로 갈까

1

학원생들이 한빛학원 정문에서 무더기로 쏟아져 나온다. 모의
고사를 치르고 난 뒤였다. 햇빛에 눈이 시린지 학원생들은 양손
으로 눈 막이하며 늘쩡늘쩡 걷는다. 퇴교 길인데도 젊은이들의
발걸음이 무겁다.

"전자오락실은 머리가 더 아플 테고, 노래방은 신물 나잖아.
영화관은 적당한 프로그램이 없고. 카페는 밀실 공포증에 걸릴
것 같거든. 야외로 나가고 싶어도 용돈 다 떨어졌으니. 좀 밝은
분위기는 없을까?"

준기가 풀어진 혁대를 조여 맨다.

"배고픈데 먹어야 할게 아니야."

채희의 얼굴이 누렇다.

"먹자골목 먹거리가 그게 그거잖아. 너네집이 어때? 가정처럼 환한 분위기도 없겠지?"

채희네 집은 동작동의 반포아파트라 노량진에서 가까운 거리다.

"여자 귀신 옮는다면 어쩔래?"

채희의 이마에 드리운 혈맥이 관자놀이로 이어진다.

"무슨 해괴한 말씀을."

"우리 집은 여자 천국이거든. 여자 여섯이 서로를 무시하면서도 의기투합해 세월을 낚지 뭐야."

"호기심이 당기니 그냥 넘어 갈 순 없잖아. 여자들 속에 폭 파묻힌 귀공자, 어찌 벌써부터 몸이 달아 근질근질해 진다니까."

"안 돼."

채희가 거절한다.

그들은 버스를 타기 위해 정류장으로 간다. 다른 학원에서도 시험이 끝나 학원가가 밀집한 노량진 거리가 수험생들로 초만원이다.

두 번 실패는 허용하지 않는다고? 번들배기 원장 사기꾼으로 고발할 테다. 난 삼수생이란 말이야. 넌 아직도 새카만 애송이네. 난 팔학년이야. 대학 사년 졸업에 군대생활 삼 년 지내고 바로 감옥소로 직행 했다고 나팔 부는데, 대학 냄새라도 맡았으면 얌전히 굴어. 난 내내 내리박아 오수생이니, 어쩔래? 이 형님이 알밤 먹여? 여기저기서 울분 토한 외침이 학원가를 시끌벅적하게 한다.

자가용을 길가에 세워 둔 중년부인이 아들을 보고 말참견한다.

"앤, 답안지 작성은 잘했니?"

"아휴, 머리가 지긋지긋 아파. 백지 내려다 아는 것도 있어 빈칸을 다 채웠어."

아들이 응석 부리자, 중년부인의 해답이 총알처럼 튄다.

"요행수 바란 것도 쉽진 않지?"

수단 방법 가리지 말고 성적만 올리면 된다는 뜻을 노골적으로 드러낸다. 입시전쟁은 학부모들에게도 독버섯처럼 번졌다.

"정말, 못 봐 줘."

채희가 손사래 친다.

"난 잘 봐 주겠는 걸. 고삼 엄마들의 치맛바람이 쌩쌩 울린 거라면 대입 낙방생 엄마들의 치맛바람은 파도를 헤쳐 나갈 노 젓기 신세지 뭐. 우리 엄만 노 젓던 수고 따윈 안 하고도 형을 당당히 서울대학교 경제학과에 합격 시켰어. 요는 엄마들 치맛바람에 대입 당락이 좌우된 건 아니지만 아들딸에 대한 헌신은 알아 줘야지."

준기가 손등으로 핏발 선 눈두덩을 훔친다.

"내가 못 봐 주겠다는 건 나의 나약한 행동을 보고 비위가 틀어져 그래. 좀 의젓해 질 순 없을까. 성년식을 치를 나이에 젖 빠는 어린애처럼 굴 건 뭐야."

그러면서도 채희는 준기네 집에서 쩔쩔 맨 자신의 행동에 화가 치민다.

지난 월말 모의고사를 치루고 난 뒤였다.

준기가 저희 집에 가자고 했을 때 채희는 망설였다. 보통 사이라면 부담 없이 드나들겠지만 이미 둘의 관계는 그게 아니었다. 준기네 가족에게 잘 보이기 위해선 행동도 옷차림도 신경 써야 했다. 시험을 치루고 난 뒤라 허정허정한 모습으로 부담 가져야 할 장소에 가는 게 내키지 않았다. 하도 준기가 끈질기게 졸라 마지못해 응했다. 사실 호기심도 당겨 채희의 발걸음이 무거운 건 아니었다.

택시가 한남동 저택 앞에 서자, 채희는 가슴이 덜컥 내려앉았다. 드르륵 철문이 열림과 동시에 먼저 눈에 들어온 건 허리 구부린 소나무였다. 청청히 뻗은 소나무는 저택의 푸른 지붕과 더불어 위용을 한껏 뽐냈다. 소나무 가지 사이로 드러난 하늘은 더욱 푸르고 금세 학이 날아와 깃을 칠 것처럼 고고해 보였다. 보드라운 잔디와 수목들과 화초가 어울린 정원은 포근함을 안겨 주었다.

채희를 더욱 주눅 들게 한 건 준기 아빠였다. 온화한 기품에 찌르듯 바라보던 어른 앞에서 채희는 얼음장 같은 표정을 지었다. 학원에서 가끔 마주친 준기 엄마의 싸늘한 눈빛은 채희에게, 어서 빨리 이 자리에서 꺼지라는 강한 거부의 표정이었다.

채희가 부러운 건 가부장제도였다. 아빠가 없는 자신의 집에서도 가부장제도는 이어져 왔다. 조모의 막강한 권위 앞에 엄마와 네 손녀들은 순종을 미덕으로 여겼다. 그렇긴 해도 가끔 손녀들의 반란으로 조모의 권위는 모래성처럼 무너졌다. 남자가 가장인 가족과 여자가 가장인 가족의 질서는 비교할 바가 못 되었다. 활달하면서도 강해 보인 부인도 남편 앞에선 쩔쩔 맸다.

채희가 더욱 놀란 건 준기의 태도였다. 부모에게 행한 공손한 태도와 예절 바른 언행은 다른 날의 그가 아닌 것처럼 보였다. 적어도 그 저택 울타리 안에선 준기가 내 짝이 될 수 없다는 비감스러움에 몸 둘 바를 몰랐다.

저녁식사는 뜰에 마련되었다. 잔디는 보드랍고 노을빛이 소나무 사이를 거쳐 식탁 위를 발그레 물들였다. 준기 형은 외출 중이었다. 최태섭 회장 부부와 준기와 식사 하면서도 채희는 내내 마음이 편치 못했다. 은제 그릇들도, 한 낱의 밥알에게조차도 이질감을 느꼈다.

"좀 들지 그래. 양식이 입에 안 맞으면 다른 것으로 바꿀까?"

최 회장은 중후한 풍채에 목소리마저 위엄이 서렸다. 어른 곁에서 다소곳이 식사 하던 부인의 눈썹이 이마를 좁게 접었다 넓게 패였다. 눈썹을 어떻게 그리느냐에 따라 표정이 달라진다던 화장 비법을 부인은 자유자재로 내비쳤다. 양미간 안쪽에서부터 바깥쪽으로 나갈수록 눈과 눈썹 사이가 벌어져 눈빛이 싸늘하다 못해 차가웠다. 면도날로 눈썹을 싹 밀어내고 마음 내키는 대로 그 자리에 그린 부인의 자유가 자신에게 덮어 씌워질 것 같았다. 채희의 목소리는 저절로 떨려나왔다.

"괜찮습니다. 남자 어르신과 식사하는 게 익숙하지 못하거든요. 전 아빠를 여읜 지 오래 돼서."

채희의 얼굴이 새하얗게 질렸다. 하지 말았어야 할 고백이 자신의 입에서 튀어나왔다. 준기에게 그의 가족이 자신의 가정환경에 대해선 묻지 않기로 약속을 하고 초청에 응했는데도. 아빠가 돌아가신 걸 남들이 좋게 볼 리 없었다. 전연 뜻밖의 일이라 채희는 앞에 놓인 포도주잔을 쏟았다. 옆에 있던 가정부가 식탁 위의 포도주를 닦아내고 새 포도주잔을 갖다 놓았다.

"아빠가 안 계신다고? 무척 외롭겠구나."

최 회장의 이마에 잔주름이 모였다 펴졌다

"외로운 건 아니지만 남의 아빠를 보면 괜히 부러워요."

부인의 싸늘한 표정에 맞서 채희는 상쾌한 목소리로 답했다.

"원한다면 내가 오늘밤 채희 양의 아빠 노릇해 봄이 어떨까?"

"정말 그렇게 해 주시겠어요?"

채희 목소리가 턱없이 들떴다.

"난 딸이 없거든. 내게도 딸이 있어 함께 거리로 나가서 산보

와 쇼핑도 하고, 뽀뽀도 하고 싶었어."

눈물이 나도록 정겨운 순간이었다. 채희는 내내 부인의 싸늘하고 차가운 눈길로 고기를 나이프로 자르고 포크로 찍어 먹던 모습에 질렸다.

"정말 제가 딸이기를 원하신다면 지금 당장 뽀뽀하게 허락해 주세요."

그렇지 않아도 채희는 최 회장의 훤한 이마를 보고 입맞춤하고 싶은 충동으로 몸이 달아올랐다. 준기에겐 전연 느껴보지 못한 신선함이었다. 가부장의 권위가 흔들림 없이 보인 것도 저 빛난 이마에서 흘러나온 온화한 기품일 테지. 거실 벽에 걸린 대형 사진에 나타난, 사옥 건축 준공식 테이프를 자르기 위해 직원들을 거느린 어른의 모습도 권위의 상징이었다. 대문 입구의 허리 구부린 소나무조차도 어른을 향한 충정인 것 같았다. 어른의 이마가 거울처럼 말갛게, 별빛처럼 빛났다. 채희는 거울을 보며, 별을 쳐다보며, 기억조차 없던 아빠의 얼굴을 그려보곤 했다. 어른은 기억 속에 파묻힌 아빠가 환생한 듯 떠올랐다.

"너의 입술로 아빠 이마에 인감도장 찍으면 형과 나는 고아가 되게?"

준기가 비위 좋게 말했다.

"원하는 대로 해 보렴."

최 회장이 양팔을 벌렸다. 채희는 조심스레 어른의 이마에 입

맞췄다. 어른의 입김이 볼을 적신 순간 채희 눈에선 눈물이 흘러 내렸다.

"얘야, 너의 여자 친구와 데이트해도 괜찮겠니?"

부친의 요구를 아들이 정중히 받아 들였다.

"저야 좋지요."

싸늘하다 못해 표독한 부인의 표정이 채희의 눈동자에 찍혔다. 채희는 보란 듯이 어르신과 팔짱을 꼈다.

그들은 명동 거리를 걷기도, 백화점에서 팔찌를 구입하기도, 카페에 가서 맥주도 마셨다. 자정이 되기 전, 어른은 친히 채희네 집 앞까지 데려다 주는 배려도 잊지 않았다.

채희는 최 회장의 의도를 알고 싶었다.

"왜 제게 지나친 친절을 베푸시죠?"

"내 아들의 친구이기 때문이지."

최 회장의 대답은, 넌 내 아들의 친구 이상도 이하도 아니란 강한 뜻이 담긴 듯 했다.

버스정류장으로 학원생들이 몰려든다. 준기와 채희는 인파를 헤치고 만원버스에 오른다.

"어디로 갈까?"

준기의 물음에 채희가 이끈다.

"남산 전망대에 올라 김밥 먹으며 아래를 내려다 봐. 우리 대입 낙방생들은 위로 치닫기 위해 사팔뜨기 되기 쉽잖아. 근데 우

32

리 아래도 세상이 빛난다는 걸 실감하는 것도 자가 발전할 좋은
기회거든."

2
지난주일, 훈종에게 걸러 온 전화를 받고 수인은 멍해졌다.
이제 만난다한들 내게 무슨 유익이 되리.

수인은 냉정하게 따져 보았지만 명확한 해답이 나온 게 아니
었다. 한때 그를 통해 세상을 보았고, 그의 품에 안겨야만 자신
의 존재를 확인했다. 지금은 달랐다. 그를 통하지 않고도 세상은
적당히 자신을 손짓하며 감싸 주었다. 그런데도 훈종의 목소리는
자력이었다. 전파를 통해서도 그의 입김은 과일즙처럼 자신의 혀
에 엉겨 붙었다.

퇴근 무렵, 수인은 명문출판사를 나와 발걸음을 옮겼다. 회사
근처의 마포대교가 24년이란 기나긴 세월의 태엽을 감은 것처럼
아스라이 다가왔다. 수인은 감긴 태엽을 풀어헤치듯 발걸음을 옮
겨 놓았다. 딸깍딸깍 울린 구둣발 소리와 째깍째깍 시계 초침을
끌어당긴 듯한 심장의 박동 소리가 수인의 발걸음을 가볍게 했
다. 그건 멈춘 시계에 밥을 주는, 기억의 갈피 참에 숨은 젊음을
되돌린 열쇠와 다름 아니었다.

손 한 번 잡아 볼까?
옛 연인에게 향한 훈종의 첫 마디였다. 강물에 담갔던 그의 손

은 차가웠다. 불덩어리처럼 뜨거웠던 젊은 날의 손이 아니었다. 훈종은 옛 연인이 달아날까 봐 잡은 손을 꽉 잡고 놓지 않았다. 그들은 사람들을 피해 정자나무 그늘에 앉았다. 밤섬 위를 날던 새들을 쳐다보며, 풍선장수의 노랫소리에 귀 기울였다.

수인은 그의 손등을 보면서도 얼굴을 볼 순 없었다. 청년 시절에 나를 사로잡았던 그의 모습을 중년이 지난 지금 어떻게 받아들여야 할까. 그를 사로잡았던 나의 모습도 그에게 어떻게 비칠 것인가. 수인의 가슴을 옥죄게 했다.

그와 잡은 손이 따스해지자, 수인은 그의 어깨에 머리를 기댔다. 눈물이 볼을 타고 흘러내렸다. 그도 울먹였다. 그들은 비로소 서로 마주보았다. 그들은 연인의 얼굴에 마사지하듯 손바닥으로 눈물을 닦았다. 그러자 눈가에 진 잔주름이 내 손금처럼 다가왔다.

"성희를 만나고 싶어."

훈종이 딸의 이름을 처음으로 말했다.

"아직은 일러요."

수인은 반승낙함으로 그들 부녀의 만남에 여운을 남겼다.

3

반포아파트 창문마다 불빛이 빤짝거린다. 두 젊은 남녀는 손을 잡고 공원을 지나 오층 아파트 맨 위층에 오른다.

노부인은 뜻밖에 나타난 청년을 보고 멈칫거린다.

"웬 일이야? 내 손녀가 남자 친구를 모시고 오다니."

"학원에서 만난 짝이에요."

채희가 답한다.

"최준깁니다. 잘 봐 주십시오."

청년은 귀공자 인상에 행동 또한 가정교육을 받은 것 같다. 경솔함이 엿보이지만 신실한 면도 돋보인다.

정림 여사는 그들의 저녁 식사에 정성을 쏟는다. 갈치구이, 양상추 샐러드, 해물탕, 부추전, 우엉조림, 오이소박이 등 푸짐한 상차림이다.

"너무 먹을 게 많아 배가 터지고도 남겠어요."

준기가 배를 양손으로 두드린다.

후식으로 나온 과일과 커피까지 마신 채희는 얼른 조모를 안방으로 불렀다.

"무슨 일이 있더라도 여기서 나오시면 안 돼. 제발 부탁예요."

채희가 양손을 싹싹 비빈다.

"왜 그래?"

정림 여사는 막내 손녀에게 눈총을 준다.

"중대한 일이에요."

채희는 안방 문을 닫는다.

"이제부터 내 시키는 대로 하는 거다. 앞치마 두르고 설거지

해.”

채희의 서슬 앞에 준기는 허리 굽히며 저자세로 나온다.

“무슨 일로 얼굴에 주름지게 약이 올랐어? 세상 풍파 다 겪은 궁상맞은 노파처럼.”

설거지, 집안 대청소, 화초 물주기, 유리창 닦기까지 하고 나서 준기는 양손을 탈탈 턴다. 준기는 다정다감하면서도 얄망궂게 영악해진 채희의 양면성을 알고 고분고분 따랐다. 오늘 치른 모의고사 성적이 안 좋아 화풀이한 거라 여겼다. 시험 당일 성적이 안 오르면 짜증스럽고, 화풀이 못하면 스트레스가 쌓여 병이 된다는 걸. 다행히 오늘 치른 시험 성적이 최상이라 준기는 채희의 화풀이를 너그럽게 받아들인다.

“널 더 부리지 못해 그래.”

“얼마든지 그러렴. 난 네 운동화 끈 매는 것도 좋게 여길 테니.”

“화장실 청소도 할래?”

“겨우 그거야? 집안이 깨끗해 청소하는 게 힘이 덜 들어 미안했지 뭐.”

준기는 화장실로 가서 물 뿌리는 시늉만 하고 거실로 나온다.

“이제부터 날 등에 태워 말처럼 뛰기도 개처럼 짖기도 해 봐.”

소파에 기댄 채 책상다리한 채희가 한껏 거드름을 피운다.

“어디 내가 그리 못할까 봐. 자아 등에 타 보시죠. 아씨, 쇤네가 말님도 되고 개놈도 되겠습니다."

준기가 거실 바닥에 엎드린다.

"김새네. 죽어도 못하겠다고 뛰쳐나갈 줄 알았는데. 남자가 자존심도 없어? 비실비실 굴게."

채희의 빈정거림을 무시하고 준기는 선하게 나온다.

"자아 아씨, 쇤네가 에미 잃은 망아지도, 개새끼도 되겠습니다."

채희가 등 위에 타자, 준기는 히잉힝 히히잉, 멍머엉 멍멍멍, 망아지처럼 개처럼 거실을 돌며 날뛰곤 일어선다.

"이제부턴 채희 아가씨가 말님도 되고 개놈도 되는 겁니다."

준기가 목쉰 소리를 낸다.

"왜 내가 종이 돼야 해. 주인은 말 탄 기사님도 개 주인이 되는 것도 마음대로인데. 종이 주인에게 명령하는 법이 어딨어?"

"내가 그 법이야."

양손 엄지를 가슴팍으로 겨냥하고 준기가 의기양양하게 군다.

"웃기네, 웃겨. 네가 최태섭 회장이야? 명령하게. 아무리 독불장군이래도 여긴 우리 집이야. 내 참 기막혀."

채희는 최 회장의 훤칠한 이마에 입 맞추고 싶어 미칠 것만 같다. 준기를 짓밟고 싶은 것도 그들 부자의 찐득한 혈연에 대한 반발이다. 아빠 사랑을 받는 준기의 모든 것을 빼앗고 싶은 충동이 걷잡을 수 없이 인다. 채희는 준기에 대한 어른의 부성애를 가로

채고 싶었다. 최 회장의 품에 안겨보고도 싶었다. 준기 몰래 한남동 저택 앞에서 서성거리기도, 최 회장의 회사 건물 앞에서 기웃거리기도 했다.

"오늘은 하루가 왜 이리 길지? 너랑 있으면 하루가 유난히 짧았는데. 작별 인사나 하자."

채희는 매몰차게 준기의 손을 뿌리친다.

"넌 어찌 그리 엄말 닮았니? 면도날로 네 눈썹을 싹 밀어내고 그 자리에 내 방식대로 눈썹을 그리고 싶어."

"참는 것도 바닥이니 어쩔래. 다신 널 만나지 않겠다."

준기는 가방을 어깨에 메고 휭하니 나간다.

바깥은 조용하다. 젊은이는 가버린 것 같다. 혼자 남은 채희가 궁금했지만 정림 여사는 성경을 본다. 마음 안정을 되찾기 위해선 그 길밖에 없다. 성경 속엔 모든 것이 담겼다. 고난을 이기는 법, 생활 속의 지혜, 살아가는 미덕, 단 하나 혈육인 한주열을 잃고 난 뒤 흘린 눈물 자국까지도.

방문을 열고 들어온 채희가 무릎을 꿇고 앉는다.

"제가 너무 소란 피웠지요? 할머님."

"편안히 앉거라."

정림 여사는 차분히 이끈다. 막내손녀가 남자를 집으로 데리고 온 예가 없었다. 남녀공학에 다녔던 고교시절에도 마찬가지였다. 남자에 대한 무슨 결벽증이라도 있나 싶어 가족이 우려했을 정도였다. 다른 손녀들은 남자친구가 많았다 남자가 없는 집이라 그 사실이 손녀들의 성장에 장애가 될까 봐, 정림 여사가 권했다. 유복자마저 여읜 정림 여사는 손녀들의 교육에 각별히 신경 썼다. 친인척 남자들을 수시로 드나들게 해 손녀들의 말벗으로, 보호자 구실도 하도록 특별한 배려도 아끼지 않았다.

가족은 외출 중이었다. 혼자 집을 지킨 정림 여사는 막내손녀가 남자친구를 데리고 왔다는 사실이 그렇게도 신기할 수 없었다. 밤참도 만들어 주고 환담도 나누며 준기의 집안 내력도 알고 싶었다. 그런데 채희가 할머니를 안방으로 몰아붙였다. 하도 바깥이 소란스러워 방문을 연 순간, 문손잡이에 걸린 '기도 중' 이란 패를 보고 예사로 나설 처지가 아님을 감지했다. 그 패가 안방 방문 손잡이에 걸리면 가족은 얼씬도 못했다.

"저는 꿇어앉을 자격도 자유도 없나요?"

분명 할머니에 대한 도전이다. 어쩌다 다른 손녀들도 당신의 권위에 도전해, 정림 여사는 침묵으로 맞섰다.

채희는 조모의 무반응과 침묵이 싫다. 조모 앞에서 경망스런 행동이 될까 봐 조신하란 우려파와 과거를 파헤쳐 보란 충동파가 대결을 벌인다. 악전고투 끝에 채희가 선택한 건 후자다.

"우리 아빠는 어떤 분이셨나요? 악인, 선인, 미남, 추남, 어느 부류에 속했나요?"

정림 여사는 어떤 동요의 빛도 보이지 않는다. 다만 성경 책장을 넘긴 손이 가늘게 떨린다. 상대가 침묵을 지킬수록 당사자의 신경은 극도에 이르기 마련이다.

"할머니를 따랐나요, 불효자였나요? 엄마를 사랑했나요, 바람둥이였나요? 딸 넷 중에서 누구를 가장 좋아했나요? 할머니처럼, 큰언니에 대한 지나친 편애, 쌍둥이 언니에 대한 그저 그런 사랑, 막내인 저에겐 훈도만 했지 애정 없이 대하진 않았나요?"

바깥에선 바람이 강하게 부는지 유리창 부딪친 소리가 달가닥거린다. 채희는 이제껏 잔뜩 벼르던 의혹을 밝혀내고야 말겠다는 결연한 의지로 조모에게 따진다.

"왜 아빠가 남긴 발자취는 하나도 안 남았나요? 유품 하나, 사진 한 장도 없나요. 할머니는 학창 시절, 금강산 여행, 결혼 기념, 할아버지와 찍은 사진이 많잖아요. 아빠는 어린 시절도 결혼 사진 하나도 남긴 게 없나요. 왜 친척들은 아빠가 심장마비로 돌아가셨다 하고선 다른 건 일체 모른다고 하지요? 아빠 직업이 교수였는데 책 하나 남긴 게 없나요?"

채희는 바락바락 소리 지르고는 제물에 지쳐 방바닥에 쓰러진다. 정림 여사는 이부자리를 펴서 막내손녀를 바로 눕힌다. 채희 얼굴이 홀쭉하다. 시험 치른 날인데도 어떻게 치렀다던 걸 내비치지 않았다. 당신은 직장에 다니는 며느리를 제쳐두고 손녀들마다 학부형 노릇해서 입시에 관한 문제라면 도가 텄다. 대개의 경우 잘 나가야 본전이라고, 삼월에 치른 모의고사 성적으로 나중에 어느 대학에 갈지 가늠했다. 막내손녀는 내신도 좋지 않은데다 평가 집단도 낮게 나와, 서울의 4년제 대학에 들어가기가 쉽지 않을 것 같았다. 그 단계를 넘어서려면 피나는 노력을 기울려야 하는데 고삼 때보다도 더 건둥건둥 넘겼다.

정림 여사는 현관문 밖으로 나와 옥상으로 오른다. 5층 아파트 위에 자리 잡은 옥상은 정림 여사에겐 여가선용의 장소였다. 40여 평의 옥상에서 화분에 꽃과 채소를 기르고, 빨래를 널기도 했다.

정림 여사는 의자에 등을 기댄다. 막내손녀의 무례하고 불손한 태도가 오늘따라 유별났다. 채희는 갓난이 때부터 당신에겐 거북한 혹이었다. 암 세포처럼 번진 그 혹을 제거하기 위해선 채희를 쫓아내든지 당신이 가출하든지 둘 중의 하나였다. 아니면 복수의 칼날을 가는 명에였다. 정림 여사가 극한 내부 갈등을 겪으면서도 달리 결정을 못 내린 건 막내손녀가 부인 못할 당신의 피붙이란 거였다.

뻐꾸기 둥지로 날아간 새

1

아침 햇빛이 창가에 머문다. 비둘기가 화해당 가지에 나래 접는 게 벽에 드리워진다. 처음 아파트를 지을 당시 심은 화해당 꽃나무가 20년이 지나자, 우듬지가 오층까지 뻗어 사월이면 송이송이마다 진분홍으로 피어오른다. 해돋이와 노을 질 즈음엔 그 그림자가 벽에 드리워 동양화를 그린 듯 정감을 일으킨다.

수인은 옷매무새를 바로 하고 거실로 나온다.

시어머니는 소파에 앉아 헝겊을 가위로 오린다. 조각보를 만들기 위해서다. 딸들도 거실 벽에 등을 기댄 채 제 할 일을 한다.

"누가 나를 모델로 스카우트 한대나."

청희가 손거울을 들여다본다.

"비척 마른 몸매에 키는 갈대 같은데 당치나 해?"

책을 보며 문희가 퉁을 준다.

"뭘 모르셔. 그게 모델의 우선순위란 걸."

청희가 문희에게 곱지 않은 시선을 던진다. 문희는 서울대학교 법대생이고 자신은 이름도 낯선 대학교의 의류학과생이다. 재수해 삼류대학생이란 치욕을 만회하고 싶었지만 조모도 엄마도 반대했다. 더욱이 몇 분 앞서 세상에 나왔다고 언니라 불리는데 동생 아래 학년이 되는 건 청희 자신이 마다해야 할 상황이었다. 행동에서도 청희는 문희에게 모멸감을 느꼈다. 수다쟁이는 과묵한 자에게 책잡히기 쉬웠다. 쌍둥이래도 두 자매는 외모도 닮지 않았다. 언니는 키가 크고 인상이 부리부리 했다. 동생은 작은 몸매에 곱상 했다.

"요랬다조랬다 참 변덕도 많아. 일류 디자이너가 되겠다고 야단 떨더니 모델은 또 뭐야?"

문희가 청희의 발목을 잡는다.

"몽상가에 독창성이라곤 없잖아. 책만 들춰 본다고 세상 물정에 밝을 줄 알았다간 낭패 당해. 사법고시 일차 합격 되었다고 너무 폼 재지 마."

넌 수단 방법 가리지 않고 남의 것을 잘도 빼앗더라. 내가 엄마 품에 안기면 콧물 눈물 짜며 보호 받으려고 앙탈 부리질 않나. 내가 밤잠을 설쳐가며 수놓은 수예품을 훔쳐선 제가 수놓은 것처럼 속임수를 안 쓰나. 사기꾼이 바로 너잖아.

"청희 씬 야심만만하고 사교성이 뛰어난 건 좋은데, 동생은 지를 겸비 했지만 난 미를 겸비 했잖아요, 지식은 평생 동안 천천히 쌓아올려도 시간이 남아돌지만 잘생긴 건 타고 나야죠, 하며 자랑한다고 누가 알아 줘? 인간은 모름지기 속에 든 게 있어야 대접 받는 게지."

문희가 청희를 '씨' 로 예우한 건, 언니를 대접하란 조모의 훈계를 듣고 나서였다.

"오나가나 왜 이리도 시끄럽게 굴지?"

건넌방에서 나온 채희가 모둠발로 뛰어 마루가 쿵 울린다.

"넌 좀 긍정일 순 없니?"

청희 뒤이어 문희도 말참견한다.

"걸핏하면 신경질 부려 분위기를 흐려 놓잖아."

"아옹다옹 하다가도 단박 의기투합 한다? 애당초 나도 누구랑 쌍 자 돌림으로 태어 날 걸 잘못 했나 봐."

채희가 거실 벽에 걸린 칠판에 색분필로 쌍둥이를 그리고는 쌍 쌍, 하며 목소리를 높인다.

"수험생이라고 언제까지나 떠받듦 받는다곤 꿈도 꾸지 마. 막내라고 엄마가 마냥 오냐오냐, 하며 널 치마폭에 가릴까 보냐. 위아래를 알아야지. 우리가 가만히 둘 성 싶어? 안 그래, 언니?"

청희가 성희에게 동의를 구한다.

"언니가 우리 하소연을 들어 줄 리 없지. 오로지 약혼자 생각

뿐이잖아. 성가시게 굴면 혓바닥 굳어져."

문희가 성희 보고 눈을 찡긋한다.

"새삼스레, 우린 친구 사이야."

성희가 변명하자, 정림 여사가 충고한다.

"남편은 어디까지나 남편이야. 친구 같은 남편으로 우대해야지, 친구 같은 친구로 대접하면 안 돼. 넌 남편에겐 친구 같은 아내도 나쁠 리 없지만, 아내다운 아내가 최고의 덕목이란 걸 명심해."

"그리 하도록 하겠습니다."

보던 신문을 소파 옆에 두고, 성희가 자세를 고쳐 앉는다.

"큰 언니, 아내다운 아내가 뭔 줄 알고, 네 네, 하는 거야?"

채희가 토를 단다.

"순종, 물론 무조건 순종은 아니야. 그가 원하면 곁에 있고, 그가 싫어하면 멀리 떨어져서도 그를 위해 돕는 것."

아리송한 표정을 짓던 채희가 별 것 아니네, 라는 눈짓으로 큰 언니에게 맞선다.

"난 또 뭐라고. 순애보에 일편단심, 백의종군, 정절, 또 뭐지? 그런 신파극에 춘향이 웃든지 테스가 울든지 하겠어. 난 질투라고 봐. 소유욕 없는 아내가 어딨냐?"

"질투의 기본이 뭔 줄 알아? 빼앗는 거야. 남의 것을 빼앗기 전, 네가 먼저 쓰러지고 말 걸."

청희가 채희의 의견에 대응하자, 정림 여사가 제재를 가한다.

"질투도 유효적절 부릴 줄 알아야지. 질투란 자극이 없다면 부부 사이에 곰팡이 냄새가 나는 거란다. 질투도 아내다운 덕목이야."

"야아, 우리들의 조모님, 새삼 감탄의 면류관을 씌울까 봐."

문희의 부추김에 일제히 웃음을 터뜨린다.

"난 오직 주고받는 거야. 나의 모든 걸 그에게 바쳤는데 그가 내게 그러지 못한다면 끝장 아니겠어."

청희가 열변을 토한다.

"누가 다혈성이 아니랄까 봐 벌써부터 얼굴에 핏대 올리긴."

문희의 핀잔을 듣고 청희가 다그친다.

"그럼, 아우네의 고매한 연애론을 펼쳐 봐."

청희가 문희를 '아우네'라 부른 건 '아우'라는 살가운 표현에다 '네'를 붙여 언니보다 한 수 아래임을 강조한 능청이다.

"그때 가 봐야 아는 거지. 순종하든지, 질투하든지, 기브 앤 테이크 인지."

"암팡지게 요조숙녀 흉내라니. 나의 적수는 바로 너야. 네가 고시 공부한다고 골방에 틀어박힌 사이 난 이 세상에서 제일 매력남을 낚을 테야. 아우네나 나나 최후 보루는 남자 잘 만나는 게 아냐."

"그건 청희 씨 생각이고 난 달라. 최후 보루를 남자 잘 만나기 위한 거라면 여자 일생이 너무 허무하잖아. 남자들이 날 만나기 위해 저절로 제 발로 걸어오게 해야지. 여자가 남자 낚기 위해 나선다는 것도 꼴불견일 텐데."

열 마디 수다보다도 말 한마디가 천금의 무게를 지닌다던가. 약이 바짝 오른 청희에게 채희가 더욱 화를 돋운다.

"내가 쌍을 안 달고 혼자 태어나길 잘 했지. 만날 티격태격 하다 빛나는 청춘을 허송세월 한다면 나만 손해 보잖아."

"재수까지 하는 주제에 까불어, 까불긴."

청희가 주먹을 불끈 쥐는데, 채희가 재빨리 수인 품속으로 파고든다.

"다비다가 그러더라. 청희가 몸매도 나무랄 데 없고 천부의 자질도 타고 나 모델로는 안성맞춤이라고. 모델 수업 받게 해 전속 모델로 삼고 싶대."

정림 여사가 수인의 눈치를 살핀다.

다비다는 수인의 죽마고우 윤진영이다. 청희가 의상학과를 전공한 것도 의상실 마담인 진영의 조언을 받아서였다.

"어머님께서 허락하신다면 저도 동감입니다."

수인이 수긍한다.

"신여성 우리 여사님이 허락하신 거군요."

청희가 홀짝홀짝 뛰고는 조모의 몸을 얼싸안는다.

채희가 건넌방으로 가서 기타를 가져 오고, 성희가 거실에 놓인 피아노 앞 의자에 앉는다.

　화해당이 피면 우린 사랑을 하고파요
　화라락 타오른 꽃잎들이 얼마나 아름다운지
　비둘기가 날아와 벽에 동양화를 그리고
　우리 가슴에도 진홍빛 꽃잎들이 하트를 새기네

　기타와 피아노 가락에 맞춰 가족은 합창하고, 청희와 문희는
춤을 춘다. 열린 창을 통해 화해당 가지가 실내로 뻗어 꽃잎들이
하나씩 둘씩 흩날린다.

　2
　다비다 의상실은 삼성동에 위치한 중세기 사원 같은 바로크
양식의 건물이다.
　수인이 의상실 안으로 들어선다.
　"발바닥에 못이 박힌 줄 알았는데 웬 바람이 불었어?"
　진영의 인사말에 수인이 반박한다.
　"바람은 무슨 바람."
　"닥터 정이 여길 찾아 왔더구나. 우린 배꼽 쥐고 웃어댔지. 오
줌싸개 동무는 나이 타지 않고 주름도 안 생길 줄 알았다면서. 인
간이 평등한 건 골고루 나이 먹고, 어쩔 수 없이 늙고, 도리 없이

죽는 게 아닐까."

진영은 앞으로 훈종과 수인 사이가 어떻게 될 것인지 머릿골이 아프다. 그들이 오래도록 멀리 떨어져 마음을 놓았는데, 훈종의 귀국으로 둘 사이는 다시 시작의 조짐이 보인다.

"유행을 앞선 디자이너는 시냇가에 뿌리박은 나뭇잎처럼 싱싱한 줄 알았는데."

수인이 말머리를 돌린다.

실내 가장자리 벽에는 진영이 패션쇼를 열고 난 뒤 모델들과 찍은 사진이 걸려 시선을 끈다.

바람 바람 바람. 더 이상 작은 공간에 머물지 않는다. 내일을 향한 나의 새로운 도전이 시작된다. 나를 창조하는 아름다운 작업이 이루어진다.

"너네들 때문에 기도로 치유 중이야."

진영이 훈종과 수인, 미란의 삼각관계를 들춘다. 미란은 수인과 진영의 여고 동창이다. 진영에겐 둘 다 포기할 수 없는 소중한 친구들이다. 미란은 진영에게 눈을 부라리며 선언했다. 수인과의 싸움은 이제부터 라고.

"우스꽝스런 발언을 하더라. 닥터 정이. 모든 걸 감수하고서라도 너랑 결합하고 말겠대. 난 모멸 차게 쏘아붙였지. 다른 건 몰라도 수인네 집안의 질서를 파괴하는 짓은 내가 가만 두지 않겠다고. 오랜만에 만난 오줌싸개 동무에게 결례했지 뭐."

"네게 그딴 소리 듣기 위해 온 게 아냐. 부유층과 혼사 맺고 보니, 나도 멋 좀 부려 부티 내고 싶잖아."

"고객이 찾아 오셨는데 장사의 잇속이나 올려야지. 다만 이 얼뜨기가 충고하는 건 과거의 악몽을 다시 재연하지 말자야. 응, 알았지?"

진영은 수인의 몸 치수를 재기 위해 줄자를 든다.

훈종이 파리로 간 건, 군대 갔던 형이 갑자기 정신 이상자가 되어 돌아오고 난 뒤였다. 부모와 누나들이 병구완 했지만 차라리 죽은 목숨보다 못했다. 언제 무슨 괴이한 사건을 저지를지 모를 악순환의 연속이었다. 정신이 멀쩡해 고분고분 하다가도 수틀리면 식칼이나 낫을 들고 상대방을 죽이려 덤벼들었다. 상대방은 평소에 그를 올곧잖게 여긴 주민들과 훈종이었다. 주민들은 타인들이라 달리 대할지라도 동생에겐 너무한다고 이웃들이 쑥덕였다. 자라면서 성적도 동생에게 뒤떨어지고 행동도 모난 데 대한 자격지심이 겹친 결과라고도 했다. 훈종은 자신이 의학도로서 형의 병을 고치려 노력했지만 헛수고였다. 형은 정신장애자이면서도 부모에 대한 예우는 각별했다. 이웃들은 혼이 나가도 효자 노릇은 여전하다며, 효자는 하늘이 알아준다고도 쑥덕였다. 동생의 발자취를 찾아내는 데도 선수였다. 죄인처럼 동생은 도망자였고 형은 추적자였다. 훈종의 가정 내력을 알게 된 지도교수가 외국 유학을 권했다.

다른 이유는 당국의 감시를 받아서였다. 대학 선배가 주관하던 '민족구국결사대'란 친목 단체에 가입한 것이 잘못이었다. 그 단체를 이끌던 대학 선배가 북한의 지령을 받은 요주의 인물로 낙인 찍혀 감옥으로 끌려갔다. 훈종도 경찰서로 잡혀가서 조사받았지만 무혐의로 풀려나왔다. 그런데도 계속 경찰의 감시를 받았다. 민족구국결사대 회원들 중에서 북한에 갔다 온 회원이 경찰에 잡혀 수사 받은 사실이 신문 사회면을 장식했다. 실제 한 회원은 그에게 북한으로 밀항 하자고 꼬드겼다. 그는 타인을 만나는 것이 무서웠다. 형에게 쫓긴 것도. 죽마고우 하석재가 파리로 오라고 권유한 것도 자극제였다. 하석재는 K신문사 파리 특파원이었다.

그가 수인의 보금자리로 찾아가 동거에 들어간 건 의대 본과 이학년에 접어든 초봄이었다.

수인은 흑석동 달동네 맨 꼭대기의 벽돌집 방 한 칸을 세낸, 자취생이었다. 고등학교 교사였던 부친은 교원 노조에 가담했는데, 적색바람을 타고 불명예 퇴직 당했다. 유달리 교직에 긍지를 지녔던 이덕재 씨는 교원노조가 교직원의 자질 향상과 권익을 도모한 친목 단체로 여기고 가담한 것이 화근이었다. 직업을 잃은 이덕재 씨는 한동안 사업가로 변신했으나 재산을 날리고 지병으로 세상을 떴다. 수인은 야간대학교 국문과에 다니며 낮엔 친척이 경영하는 명문출판사에 근무해 학비를 벌었다.

훈종은 오 남매 중에 차남이었다. 부친이 부쳐 준 농산물 외엔 도움을 받지 못해 일자리를 구해야 했다. 그즈음 훈종이 명문출판사를 찾아 간 건 아르바이트 자리를 구하기 위해서였다. 수인을 통해 그 출판사에 근무한 훈종은 누울 자리도 없어 수인의 자취방을 방문했다. 겨울이면 어떻게나 추운지 그릇에 든 물이 밤새 얼음이 되었다. 그래도 그들은 행복했다. 서로의 몸 온기가 아랫목이었고 함께 있다는 사실만으로도 천하를 얻은 기분이었다.

훈종이 파리로 유학 가기 전날 밤, 그들은 자취집 지붕 위로 올랐다. 그들이 옥상을 즐겨 찾는 건 하늘과 가까운 거리에 있다던 우월감이었다. 달동네 주위에 그 옥상보다 더 높은 곳은 없었다. 그들은 여름이면 고무호스 물줄기로 옥상을 깨끗이 청소하고 하늘나라를 관찰했다. 그러면 달은 우주인의 거울처럼 다가오기도, 별은 그들이 다른 악기처럼 고운 소리로 어서 오라고 손짓하듯 했다.

내가 곁에 없어도 얌전히 있어야 돼.

훈종이 달을 쳐다보았다.

어떻게 그 말을 믿을까?

넌 내가 오직 너만을 위해 화살을 쥐고 있을 내 마음을 이해하지 못한 것 같아.

언제까지 기다려야 하지?

자리만 잡으면 곧 부를게. 저 달이 변함없이 우리에게 빛이 되
듯 우리의 사랑도 변함없을 거야.

훈종은 수인에게 다짐하고 다짐했다.

미란이 언니와 파리로 간 건 서양화를 향한 열정을 저어하지
못해서였다. 일찍 부모를 여읜 자매는 겁 없이 유학길에 올랐다.
자매가 파리에 생활 터전을 잡은 건, 석재의 격려가 많은 도움이
되었다.

석재는 미숙의 연인이었다. 정숙하면서도 예술의 혼을 지닌
미숙은 서양화가의 발판을 굳혔다. 석재와 결혼해 단란한 가정도
이뤘다. 허영심 많은 미란은 예술의 열정은 저버리고 환락의 세
계로 빠져들었다. 그림 공부보다도 옷과 향수가 좋았다. 남자들
과 놀아난 것도. 미란은 거리에서 손님들의 초상화를 그려주며
생계를 유지했다. 학원비도 마련하고 옷도 사 입고 남자 친구들
도 만나야 하니 부족한 건 돈이었다.

그즈음 훈종이 파리에 왔다. 15평 아파트에서 형부의 따가운
눈총을 받던 미란에겐 훈종의 출현은 구세주와 다름 아니었다.
미란은 훈종과 수인의 관계를 눈치 챘다. 그들의 동거는 여고 동
창생들의 입에 공공연히 오르내렸다.

석재는 훈종에게 제발 처제 좀 잘 봐 달라고 신신당부했다. 아내는 사랑스럽지만 처제까지 보살펴야할 정도로 생활이 여유로운 것도 아니었다. 한 집에 동거해야 할 까닭은 더더욱 없었다. 최고의 신랑감이니 처제의 수완에 달렸다고 미란을 부추겼다. 미란이 훈종을 유혹한 건 의사란 직업이 마음에 닿아서였다. 동서양 가릴 것 없이 의사란 직업은 돈과 명예를 얻을 좋은 직업이었다. 남의 연인을 가로채는 자극성도 자신의 성격과 맞았다.

미란은 자주 훈종의 아파트로 드나들었다. 가사 일을 돕는다던 핑계였다. 그런 어느 날 밤, 훈종이 술에 취해 귀가 했을 때였다.

얼마나 기다렸는데요. 오전에 왔는데, 자정이 넘었잖습니까.

마치 훈종이 기다리게 한 것처럼 미란은 원망 섞인 어투로 넘겨짚었다. 기다리다니, 순간 훈종의 눈동자에 수인이 떠올랐다.

그래, 미안해. 다신 안 그럴게.

훈종은 수인인 줄 착각하고, 미란을 껴안았다. 그 순간을 놓칠세라, 미란은 훈종의 품속으로 파고들었다.

미란은 연적의 존재를 지우기 위해 혼신을 쏟았다. 수인에게 온 편지를 훈종 몰래 감추거나 불태워 버렸다. 동거를 미끼로 수인에게 우리는 결혼 했다는 거짓 편지도 보냈다. 그들의 결합을 위해 석재와 미숙이 도운 것도 자극제가 되었다.

훈종은 미란이 싫지도 좋지도 않았다. 관심 밖의 여자라도 당장 필요한 존재인 건 분명했다. 욕정을 채우기 위해선 여자를 구하면 되었다. 가사에 필요한 일이라면 도우미 아줌마에게 맡기면 되었다. 병원에서 아르바이트하며 공부해 돈에 쪼들린 상황은 아니었다. 다만 외국 생활 중에 허전한 공백을 메우기 위해선 내 나라 여자가 필요한 점이었다. 언어와 생활이 다른 타국에서 모든 장애를 극복하고 발판을 굳힌 저력도 거기에서 나온 거라고 믿었다. 시골 생활에 뿌리박힌 그가 다른 여자들을 마다하고 수인을 연인으로 맞이한 것도 고향 여자란 맥락이 닿아서였다.

처음 훈종은 한사코 달라붙던 미란을 설득했다.

수인이 나의 아기를 뱄어.

임신 중이면 어때요? 수인이 파리에 오면 내가 비켜나도 늦진 않겠죠.

미란은 겉으론 태연한 척 굴었다. 날이 갈수록 훈종을 일생의 반려자로 삼고 싶은 마음이 간절해졌다.

파리에 간 지 일 년쯤 지났을까. 훈종은 수인이 다른 남자와 결혼했다는 사실을 알게 되었다. 수인의 소식을 알 수 없어 진영에게 전화를 했더니, 알려 준 놀라운 소식이었다. 그동안 그는 너무 바빴다. 의학이란 학문도 버거운데 불어를 익히기 위해 어학에도 열정을 쏟았다. 미란이 곁에 있는 것도 방해가 되었다. 비록 미란이 그의 영을 사로잡진 못해도 육은 만족 시켜 주었다. 아무리 수인이라 할지라도 여자가 그리 갈급한 상황은 아니었다. 무엇보다도 수인이 그의 씨를 잉태 중이어서 자리 잡을 때까지 기다려 줄줄 알았다. 수인이 결혼 하다니. 뜻밖의 소식에 분개한 그는 서울로 돌아왔다.

대학로 학일 다방에서 훈종은 수인을 만났다. 대학 시절에 자주 드나들던 곳이었다. 나무 계단을 오르면 다락방 같은 다방 위층 벽에 스트라빈스키와 채플린의 사진이 걸린 것도 예전의 분위기를 상기시켰다.

수인은 성희를 낳고 백일이 지났는데도 얼굴이 푸석푸석 붓고 해쓱한 모습이었다. 나의 씨를 낳기 위해 그만한 고통을 겪고 인내 했다면 난 너를 위해 무슨 고통이라도 달게 받으리라. 훈종은 수인이 아이를 낳기 위해 사력을 다할 때, 자신은 미란과 침대에서 뒹굴었을 거라 여기자 창피하고 부끄러웠다. 그러면서도 훈종은 적의를 품고 수인을 쏘아보았다. 수인도 적의를 품은 눈길로 맞섰다. 그제야 훈종은 그들 사이를 가로막던 진짜 훼방꾼이 누구란 걸 터득했다.

훈종은 걸림돌을 제거하러 왔는데 자신이 독거미를 키웠던 사실을 깨달았다.

미안해. 오해였어.

우선 잘못부터 시인하고 볼 일이었다.

그런다고 이제 와서 어떡하지?

수인이 되물었다.

왜 진실을 피하려고 해.

누가 먼저 진실을 져버렸어?

수인은 초연하면서도 냉담했다.

파리에서 예까지 왔다면 만사 제처 두고 수인이 따라 나설 줄 알았다. 훈종은 참을 수 없어 탁자를 쳤다.

어떻게? 뿌리 채 뽑아 부서뜨려야 된다? 남에겐 인격조차 없다고 여긴다면 오산이야.

수인도 맞섰다. 유순한 연인의 변모에 훈종은 더욱 충격을 받았다. 이러다간 수인과 나의 피붙이를 영원히 잃어버린다. 그는 강박에 사로잡혀 아껴 둔 걸 보물처럼 꺼냈다.

우리 아이와 파리로 가서 살자. 응?

수인의 입술이 사탕 빠는 것처럼 입맛을 다시더니 오므라졌다. 무얼 간직하고 싶다든지 성욕이 일면 행한 버릇이었다. 그 낌새를 놓칠세라 훈종도 뻐근해 온 아랫도리 압박을 저어하며 속삭였다.

우리 아이는 우리 둘이 알콩달콩 살면서 길러야 하잖아. 서울보다도 파리가 아이 기르기에도 훨씬 좋은 곳이라고.

연인의 풍만한 유방을 보고 훈종은 주체 못할 성욕을 느꼈다. 탱탱 부어오른 젖통은 나의 피붙이와 나누어 가질 우리 부녀의 것이다. 훈종은 다른 자의 손이 저 젖통을 만지고 입술을 들이댔을 거라 여기자, 질투와 소유욕으로 눈이 뒤집힐 지경이었다.

미란은? 여자를 두 번 울리지 마. 그런다면 내가 용서치 않을 거야. 이미 아이는 한 씨 가문의 호적에 올랐어.

수인이 다부지게 쏘았다.

누구 마음대로? 내 허락도 없이. 아기의 친권자도 아빠도 나야. 나 아니고 누구란 말이야. 우리 피붙이를 안고 파리로 가자. 응, 수인아.

훈종은 거듭 애원하고 애원했다.

난 그이가 아니었으면 사는 의미조차 잃었을 거야. 거듭 말하지만 안 돼."

마침내 수인의 입에서 나온 화살이 그의 가슴팍을 꿰뚫었다.

3

창경궁 뜰에서 아이들이 청백으로 나눠 달리기를 한다. 교사들이 든 확성기의 소음과 원아들 환호성이 행인들의 귓전을 울린다. 인기척에도 놀라지 않던 비둘기들이 윙윙 울린 확성기의 소음에 파드득 날아오른다.

수인은 향원정이 바라보이는 연못 옆 의자에 앉는다. 훈종이 수술 끝나면 온대서 옆 빈자리는 가방을 놓아두었다. 아직 성희에게 훈종의 귀국을 알리지 못했다. 곧 혼례 치를 성희에게 혼란을 주어선 안 되었다. 더욱 걱정인 건 훈종의 출현으로 일게 될 가족과의 불편한 관계였다. 그렇다고 훈종이 딸을 만나고 싶다는 데 거절하지 못했다. 아니, 거절할 수도 없는 문제였다. 혈연이란 어느 누구도 끊지 못할 인간의 맥이었다. 그렇긴 해도 수인은 훈종에게 멀리서 성희 모습만 보게 하리라 단단히 벼른다. 부녀끼리 만날 장소를 이곳으로 정한 것도 그런 이유에서였다. 그게 바깥사돈 될 강인평 변호사에 대한 예의이며 신뢰였다.

강 변호사는 수인이랑 담을 사이에 두고 자란 오줌싸개 동무였다. 유치원과 초등교 시절에도 단짝이었다. 훈종과 수인의 관계를 알던 강 변호사는 훈종이 파리로 떠나고 수인이 다른 사람과 결혼해도 성희를 친딸처럼 여기고 보살폈다. 성희를 며느리로 맞이하기 위해서도 앞장섰다. 수인은 아직 인평의 뜻을 헤아리지도 못했다. 그런데 친부라고 선뜻 훈종을 성희에게 안내할 자신도 없었다.

와아 와아, 아이들의 함성이 터진다.

원아들은 청백으로 편을 나눠 양쪽으로 갈라선다. 뒤이어 그들이 짝과 함께 모두뜀을 뛰어 중앙의 깃발께로 가서 줄에 매단 과자를 입에 물고 오는 놀이다. 뒤죽박죽 선 아이들의 줄을 바로 세우기 위해 부산스레 움직이는 성희의 얼굴도 빨갛다.

길게 늘어진 수양버들 가지가 수인의 머리를 쓰다듬는다. 그 아래 연못에는 수련 사이로 금붕어가 헤엄치며 수인의 그림자 뺨에 입 맞춘다.

신혼부부가 연못가에 서서 카메라 앵글을 돌린다.

"저 녀석 자길 닮아 우량체질인가 봐."

금붕어가 물 위로 고개 내밀더니 신부가 던진 먹이를 날름 삼키고는 다시 물속으로 사라진다. 수련 위에서 맴돌던 잠자리가 훌쩍 건너뛰어 둥글넓적한 연 잎사귀에 앉는다.

"저 잠자린 널 닮아 말라깽이?"

되묻던 신랑이 외친다.

"왔다. 빨리 셔터 눌러."

신랑이 오므렸던 연꽃이 벌어진 순간을 카메라에 담는다.

수인은 목이 잠긴다. 신랑의 얼굴에 한 얼굴이 오버랩 되어서다.

그날도 수인은 연꽃이 금붕어의 기지개에 파르르 떠는 걸 지켜보았다. 인기척에 고개를 드니 웬 청년이 자신을 향해 카메라 셔터를 눌러댔다.

"누구시죠? 타인을 몰래 찍는 건 결례 아닌지요?"

수인은 청년을 쏘아보았다.

"배경과 모델이 마음에 들어서요. 원하신다면 필름을 돌려드리겠습니다."

그는 청결한 차림새에 동안이었다.

"잠시 쉬어 가도 되겠습니까?"

그날따라 고궁에는 손님들이 많았다. 수인은 내키진 않았지만 자리를 비켜 앉았다.

"낙엽이 질 무렵이면 이 연못에도 가을걷이 하지요."

"가을걷이라뇨?"

"밑바닥까지 훑는 대청소랍니다. 나룻배를 타고 뜰망으로 연못 속을 뒤져 거둠질 한 것에는 별것들이 들었더군요. 소주병, 깡통, 수저, 지갑, 볼펜, 수첩, 안경, 비녀까지. 비녀는 여염집 부녀들이 쓸 수 없던 큰 용잠이었죠."

"용잠이라면?"

수인의 귀가 번쩍 뜨였다. 고궁의 연못에서 용잠이 나왔다면 필시 왕비가 사용했던 것이리라.

"민 황후의 조난지가 저기 아닙니까?"

청년이 손짓한 곳에는 회색 두루마기 입은 노인이 명성황후 숭모비 앞에서 고개를 수그렸다.

"옳지. 이 비녀야말로 민 황후가 사용한 게 틀림없다는 생각에 인사동 골동품상에 들러 감정을 의뢰했더니 망신만 톡톡히 당했습죠."

"어떻게 연못 속에 모조품이 들었을까요?"

"사극에 출연 중인 연기자가 잘못 빠뜨린 거래요. 그날의 수확은 평년작도 못 되었지요."

청년도 수인도 웃었다.

"여기서 근무하는 직원인가요?"

"두어 달 근무했습니다. 그 외에 참 많이도 떠돌아 다녔죠. 구두닦이, 차 세차, 세탁소 직원, 고궁 청소부 등. 직업 순례자가 되었지요."

"직업마다 공통점이 있네요. 깨끗하게 하는."

"맞습니다. 바로 때 빼기와 연이 닿았달지."

"그래서 그런지 목소리마저 청음이군요."

"청산 계곡을 찾아다니며 발성 연습도 했습니다."

"지금은 무얼 하시나요?"

"민속학 강의. 대학에서 한국사를 전공해 문화재 전문 요원으로도 채택 돼 여기저기서 강의 요청이 잇따라 밥 굶진 않습니다. 한때 연극배우가 되고 싶었지만 어머님의 반대로 그만 두었죠. 직업을 순례한 것도 배우 수업에 보탬이 되고자 한 몸부림이었는데. 환경을 청결하게 하듯 내 몸 속의 때를 제거하지 못한다면 참 연극인이 될 수 없거든요."

"나도 연극배우가 되고 싶어 극단에서 단역 출연도 해 봤습니다."

"어쩐지 다르게 보였어요. 호수를 내려다보던 옆모습이. 제가 모은 소품 중에 옛 비녀도 있는데 지금 당장 가져와 그 긴 머리채를 타래로 엮어 꽂아드리고 싶군요."

청년은 수인의 눈치를 살피고는 진지하게 고백했다.

"괜찮으시다면 얼굴에 드리워진 그늘을 지우는데 동참하고 싶습니다."

그날 수인은 파리에 유학 간 미란에게 한통의 편지를 받았다. 훈종 씨와 내가 곧 결혼하는데 앞으로 편지 따윈 보내지 말란 내용이었다. 파리로 가서 자리 잡으면 곧 부르겠다던 훈종의 약속을 의심치 않았는데. 수인은 아픔을 달랠 길 없어 고궁을 찾았던 것이다.

수인이 훈종과 미란이 동거 중임을 알게 된 건 임신 칠 개월째였다. 디자인 공부하기 위해 파리에 갔다 온 진영의 입을 통해서도 그들이 동거 중이란 사실을 알았다. 수인은 그의 배신에 절망했고 자살의 유혹까지 받았다. 그런 수렁의 굴레에서 헤어 난 건 생명을 향한 애착이었다. 혼자 죽을 용기는 있어도 둘이 죽을 결단은 없었다. 생활이 어려워 엄마와 남동생의 생계와 학비를 책임져야 할 가장으로 목숨을 끊을 수도 없었다.

주열은 주말이면 수인의 자취방을 찾아와 시간을 보냈다. 훈종에게 느껴보지 못한 포근함이었다.

"수인 씨의 얼굴에 드리워진 그늘을 지우는데 동참하고 싶습니다."

주열이 거듭 강조했다.

"우린 이웃으로 기쁨과 슬픔을 함께 누릴 사이였으면 해요."

수인은 친구 이상은 아니기를 원했다. 주열은 다른 방향으로 풀이했다.

"기쁨과 슬픔을 함께 누린 동반자야말로 평생의 반려자 아닌가요."

실오라기 하나도 잡고 싶었던 수인은 주열의 호의에 길들여갔다. 시간이 지나감에 따라 훈종은 암흑이었고 주열은 밝음이었다. 날이 지날수록 흑백의 논리는 분명해졌다.

"태아가 나를 손짓, 발짓하며 응석 부리는군요. 아빠, 아빠라고요."

주열이 만삭에 이른 수인의 배에 귀를 기울이며 진지하게 청혼했다.

"그건 안 돼요. 우린 이대로 지내는 게 좋아요."

"미혼모로 아기를 기르는 것보다 나의 아내가 되어 아기를 기르는 게 훨씬 수월할 겁니다."

"순간의 충동으로 일생을 거르면 후회할 날이 올 거예요. 주열 씨보다 내가 더 못 견딜 날들이 많을 겁니다."

청혼을 거절하면서도 행여 주열이 멀리 달아날까 봐 수인은 조바심까지 냈다. 만삭이 되어 주열은 수인을 병원으로 데리고 갔다. 마침내 산실에서 피붙이를 품에 안고 주열이 미소를 보냈을 때, 피붙이를 안은 훈종을 떠올릴 이유가 없었다. 날마다 주열은 병원을 방문했다. 옛 비녀를 가져 와 수인의 긴 머리채를 타래로 엮어 꽂기도 했다. 썩 잘 어울린다며, 주열은 그윽한 눈으로 바라보았다.

두어 달 지나 주열은 청혼했다.

"아기가 내게 윙크하는군요. 아빠라 부르고 싶다고. 어머님도 우리 결혼을 승낙하셨어요."

외아들이 수인과 결혼하겠다고 하자, 정림 여사는 방해해 봤자 모자 사이만 벌어지겠다 싶어 그들의 결혼을 허락했다.

"어쩌겠나, 내 아들이 마냥 고집 피우는데 어미가 져 줄 수밖에. 정녕 며느릿감이 마음에 들지 않으면 어미 행티가 나올 만한데 다행히 당사자가 내 마음에 들어. 예절도 모르고 행동에 모가 난다면 난 별수 없이 아들과 등졌을 게야."

정림 여사는 성희를 한 씨 가문 호적에 입양 시켰다. 며느리를 위해서가 아니고 아들의 장래를 위해서였다. 아무도 몰래 감쪽같이 해치운 거라 친척과 이웃들은 성희를 정림 여사의 친 혈육으로 알았다. 정림 여사는 수인을 며느리로 인정해도 사랑하진 않았다. 적당히 거리를 두고 대했다. 성희는 달랐다. 혼신을 기울이며 애정을 쏟았다. 따지고 보면 그 사랑마저도 진정 외아들을 사랑한다는, 당신의 권위를 위한 보호막일 터였다.

비둘기들이 취향교에서 노닥거리더니 향원정 지붕 위로 날아간다. 수련 잎사귀에 머물던 잠자리들도 공중으로 날아오른다.

취객이 기역자로 구부린 소나무를 향해 돌팔매질 한다. 조약

돌과 솔방울이 연못으로 퐁당 떨어진다.

"여기가 어딘 줄 알고 돌을 던지시오?"

순시 중인 경비원이 취객에게 항의한다.

"저절로 떨어질 솔방울을 앞당겨 떨어뜨린 것도 죄가 된답디까?"

취객이 입심 좋게 받아넘긴다.

수인이 그늘을 찾아 자리를 옮기려는데, 훈종의 운전기사가 다가온다. 급한 수술환자가 있어 약속을 다음으로 미루자는 전갈이다.

당신 아이, 우리 아이, 나의 아이

1

지열로 후끈 달아오른 거리는 찜통처럼 무덥다.

준기는 학원 앞에서 서성인다. 인파 속에서 빠져나온 채희가 준기를 보고도 모른 체 지나친다. 준기는 재바르게 캔맥주를 따서 채희 입 앞으로 갖다 댄다.

"물배 채우면 더욱 갈증 나잖아. 피울 게 있으면 좀 줘."

준기는 얼른 담배 두 개비를 불에 댕겨, 하나를 채희에게 권한다.

"축하해. 빌보드 안에 들었더구나. 난 성적은 안 오르고 느는 건 담배야."

빌보드란 한빛학원에서 문과 이과로 나눠 전체 성적 중 일백 등 안에 든 걸 가리킨다. 그만한 성적이면 일류대학 합격하는 게 쉬웠다, 학원생이라면 누구나 빌보드 안에 들고 싶어 했다. 준기는 빌보드에 오른 성적을 채희의 성적에 보태 주고 싶다. 거의 날마다 만났던 채희를 한 학원에서 두 달 동안 만나지 못했다. 마마의 강권에 의해 학원에서 수업을 마치면 곧장 집으로 가서 국어, 영어, 수학 세 과목을 과외수업 받아서였다. 아니 그보다도 채희를 만나면 만날수록 공부할 수 없다는 우려가 앞섰다. 준기는 전자공학을 전공하기 위한 이과생, 채희는 불문학을 전공하기 위해 문과생에 속했다. 그들은 한빛학원생이지만 강의실이 다른 건물이고 수험생들의 수가 많아 약속을 하지 않고선 만나기 어려웠다. 두 달 동안 채희와 담 쌓고 지낸 건 어려운 문제 풀이보다도 더한 심한 채찍이요 고된 훈련이었다. 한빛학원 게시판에 나붙은, 빌보드 안에 든 자신의 이름을 보고 만족한 준기는 채희를 만나 대화라도 나누고 싶었다.

"어디로 갈까?"

그들이 만나면 으레 묻기 마련인 질문이다.

"오늘은 안 돼, 선약 때문에."

"누구랑?"

"꼭 만나야 할 사람도 아니고, 만나기 싫은 사람도 아니거든."

"그런 애매한 답이 어디 있느냐? 좋다면 좋고 싫으면 싫다고 똑 부러진 분별력의 아가씨가 누군데?"

"하도 추근추근 따라붙어 거절 못하겠더라. 만나기 싫은 사람저기 오시는군.”

채희가 피운 담배를 휴지통에 넣는다. 웃음 띠며 오던 장윤경이 채희를 보고 표정이 굳어진다. 채희는 준기 엄마를 외면하며 인파 속으로 사라진다.

“나를 좀 자유롭게 놔 둘 순 없나요?”

준기는 채희와 시간을 못 보낸 게 못내 아쉽다.

“널 위해서다. 이 엄마 고생도 좀 알아주렴.”

승용차를 운전하면서도 윤경의 마음이 편치 못하다. 채희만 보면 가슴이 두근거리고 비위가 뒤틀린다. 남의 자식 밉게 보는 것도 죄라면 죄다.

“저를 어디든지 좀 세워 주세요.”

준기가 분을 삭이지 못해 헐떡인다.

“귀청 떨어지겠네.”

윤경은 장남보다 차남을 더 사랑했다. 기대 또한 더 컸다. 차남은 어린 시절부터 하나를 깨우치면 둘을 알았다. 다섯 살 때 한글과 천자문을 익혔다. 초등교와 중학교까지 상이란 상은 거의 휩쓸 정도로 공부 잘하던 아이로 인근 바닥에서 이름을 떨쳤다. 남편이 금융회사 회장인데도, 회장 사모님이란 존칭보다 준기 엄마란 호칭을 더 소중히 여길 정도로 자식 사랑에 긍지를 지녔다. 준서도 준기보다는 못했지만 수재였다. 회사모임에 나가면 임원들이 형제를 잘 둔 소감을 이야기 해 보라든지, 역시 남편 복

이 많아야 자식 복도 많다는 옛 어른들의 말씀이 하나도 그릇됨
이 없다고 부러워했다. 그러면 그저 보통 사람의 아내요 보통 아
이 엄마일 뿐예요, 라고 겸양의 자세를 취한 것만큼 윤경을 살맛
나게 하는 것도 드물었다.

"왜 채희를 미워하세요?"

준기가 친절하게 나온다. 윤경이 장남보다 차남을 더 좋아한
이유는 감정을 잘 다스리는 지혜를 높이 사서였다. 준서는 화를
내면 잘잘못을 떠나 끝까지 고집을 부려 윤경의 속을 썩였다.

"선입견이라 할지. 때때로 그런 묘한 느낌이 신통하게도 맞는
경우가 많거든."

"어떤 느낌?"

"우리 가족에게 누를 끼치고야 말리란 것"

"그건 잘못이에요. 우리 형제가 이성에 눈뜰 무렵부터 마마께
선 여아라면 무조건 공부에 방해 된다고 전화가 와도 도끼눈으로
째려보았지요. 성적 올리는 덴 여친이 청량제가 되는 걸 모르세
요?"

"어떻게?"

"여친에게 잘 보이고 싶은 신성한 갈망이 공부를 잘한 비결이
거든요."

"미워할만 해서 미워하는 거야. 복잡다단한 게 사람의 마음이
란다."

윤경은 채희가 앙큼한 계집애라 여겼다. 아무리 남자 친구 아버지라 해도 남의 남편 이마에 입 맞춘 것도 정나미 떨어진 행위였다. 며칠 전엔 유일투자금융 앞에서 서성거리던 채희를 보고 요망한 계집애라 싶었다. 다행히 남편이 중국으로 출장 가서 안심 했지만.

"그런 지론을 다르게 바꾸면 어떨까요? 좋아할만 해서 좋아한 거란다, 라고요."

"농담은 사절. 성적이 빌보드 안에 들었더구나. 곧 오십 등 안에 들도록 해라. 엄마 한이 풀리게."

"일등 하는 거 아네요? 마마가 만족하려면."

"그럼. 너의 별칭이 넘버원이었잖아."

윤경은 오른손 엄지를 치켜세운다.

2

채희는 정금마을 입구에서 발길을 멈춘다. 좁은 골목인데도 들락거린 차량의 행렬로 양쪽에 들어선 낡은 건물들이 폭삭 무너질 것 같다.

큰길에서 가게가 들어선 골목길로 쭉 올라오면 오른쪽 골목엔 알뜰슈퍼, 그 건너는 정금복덕방이다. 복덕방 영감쟁인 오지랖이 넓어도 인심이 후해 밉상은 아니다. 다세대주택들이 다닥다닥 붙어, 드나든 사람들이 마치 성냥갑 속으로 기어들어 가는 개미

떼를 연상 시킨단다. 칠십 평생 넘도록 정금마을에서 태어나 잠시 일본에서 생활한 것 외엔 그 마을에서 살아 이웃들은 나를 터주할미라 부른다. 외지 사람들은 정금마을이라 하면 옛날에 금이 많이 난 곳이라 여기는데, 전연 아니야. 조선 시대 당시 사격장으로 드나들던 남정네들이 그곳에서 훈련 마친 뒤 강나루를 건너기 전 인원과 장비를 점검했다 하여 점검마을이라 부르던 게 변해 그리 불린단다. 더러는 한양에서 강나루를 건너 지방으로 드나들던 나그네들이 잠시 쉬어갈 주막이 위치한 산모퉁이 동네라 하여 정거머리 동네라 불리기도 했단다.

채희는 노파가 가르쳐 준대로 정금복덕방 안으로 들어간다. 백발이 성성한 풍채 좋은 노인이 채희를 올려본다.

노인이 앞장서서 골목길을 건너 알뜰슈퍼 뒤를 지나자, 나지막한 산이 보인다. 노인이 지팡이로 산 끄트머리를 가리킨다.

"동작봉이야. 저쪽은 갯말, 이쪽은 배나무골, 여긴 정금마을, 이름만 들어도 옛날 풍경이 되살아난 곳이여. 북쪽엔 국립묘지 야산이 둥지 틀어 그 땅김으로 텃세도 누린다네."

채희는 노인 뒤를 따라 걸으며, 왜 내가 예까지 왔나 싶어 머리가 어지럽다. 단순히 노파의 꾐에 이끌린 건 아닐까. 왜 노파는 학원까지 찾아와 비실비실 거렸을까. 나 또한 남의 눈을 피해 노파를 대했을까. 거북한 자리에선 목소리를 높인 것이 나의 특기인데도. 노파는 꼬장꼬장한 늙은이였다. 왜소한 체격에 머리를 꺼멓게 물들이고 나이에 걸맞지 않게 울긋불긋한 옷도 입어 남에게 좋은 인상을 준 게 아니었다. 할머니보다도 주름이 많아 나이가 더 들어보였다. 노파를 보고 왜 할머니를 떠올렸을까. 대쪽 같은 성격에 기품 있는 정림 여사에 비해, 노파는 검질기고 야박해 보였다.

할머니가 양지에 핀 꽃이라면 노파는 음지에 핀 야생화 같았어. 어쩐지 추억을 간직한 퇴기 같은 인상을 풍겼거든. 할아버지 내연의 처였을까. 할아버지가 바람 피웠다던 이야기를 들어보진 못했는데. 아냐, 할머니라면 충분히 진실을 백지로 돌릴 수완가잖아.

채희는 자신에게 차가운 조모의 근엄한 얼굴을 떠올렸다. 그래 맞아, 노파는 내가 여기 온다는 사실을 할머니에겐 절대 알리지 말라고 신신당부 했잖아.

할머니가 부렸을 시앗 샘은 어떤 걸까. 모든 걸 알아내 엄마에게만 슬쩍 알려야지. 엄마와 나만 통한 은밀한 미소로 콧대 높은 신여성을 골탕 먹여야지.

채희의 발걸음이 한결 가볍다.

그들은 좁은 비탈길을 올라 벽돌집 앞에 선다.

"할미는 어디 갔나, 코빼기도 볼 수 없군."

복덕방영감이 지팡이로 철제 대문을 탕탕 친다.

"왜 없어 없긴. 영감탱아, 입이 궁금해 올라왔나. 발이 간지러워 찾아왔나."

노파가 대문 열고 나와 채희 어깨를 감싼다.

그들은 집안으로 들어간다. 마루에서 중년사내가 노인에게 꾸벅 절을 한다.

"고양이 사업은 잘 돼 가나? 고양이 고기를 개고기로 속여 파는 세상이라 말세지 말세야."

노인이 혀를 껄껄 찬다.

"없어서 못 팔지요. 호랑이 뼈다귀를 못 고와 먹는데 고양이 고기라도 먹어야 살맛난 치들이 어찌나 많은지. 양기 돋우고 신경통과 관절염엔 그저 그만이랍니다. 어른께서도 시식해 보실래요?"

마당 서쪽 귀퉁이엔 연탄 화덕이 놓였고 찜통에는 김이 새어 나온다. 바로 그 옆 철조망 안에서 고양이 무리들이 바깥을 내다본다. 겁에 질린 눈동자를 굴리며. 바람을 타고 재래 화장실에선 똥오줌 냄새도 풍긴다.

채희는 토악질을 가까스로 참는다.

"그걸 먹고 양기 안 돋워도 현역으로 뛰니 염려 놓게."

노인이 지팡이로 돌멩이를 힘껏 내리친다. 돌멩이는 공중에서 원을 그리더니 마당 동쪽의 남새밭으로 떨어진다.

"고양이 장사는 그만 집어치우게. 들고양이가 많아 귀찮긴 해도 쥐가 없어 태평세월이었잖아. 요즈음엔 하도 고양이 잡는 치들이 많아 쥐새끼들이 극성 부려 국립묘지까지 파먹는다면 어쩔 꼬."

옆방에서 나온 젊은 부부가 아니꼽다는 듯이 노인과 사내를 훑고는 대문 밖으로 나간다.

"술파는 주제에 남 업신여긴 꼴 조오타. 사내대장부가 장발이면 족하지 뒷머리를 말꼬리로 묶은 건 또 뭐야. 여편넨지 정부인진 몰라도 머리 꼴이 대머리처럼 팍팍 깎아 가지고설랑."

사내가 눈살을 찌푸린다.

서민 생활이란 이런 거구나. 수세 화장실이 아닌 오물을 퍼내는 공중변소잖아. 기름보일러가 아닌 연탄 사용도 그렇고. 채희는 세상은 비슷한 환경의 사람들이 끼리끼리 모여 사는 거라 여긴다.

준기네가 상류층이라면 노파네가 서민층이고 중산층은 우리 가족 아닐까. 중산층에서 아래로 굽어보면 목이 불편하고 상류층을 향해 위로 우러러보면 목이 아플 것이다. 하지만 인간이 보다 나은 내일을 꿈꾼다면 나는 당연히 목 아픈 쪽을 선택하리라.

노파는 채희 손목을 잡고 뒤꼍으로 간다.

뒤꼍은 깨끗하다. 동작봉 산자락을 타고 우뚝 선, 느티나무, 소나무, 졸참나무들이 숲을 이루었다. 나뭇가지로 얼기설기 뒤얽은 담장 안엔 감나무, 사과나무가 있는 조그마한 과수원도 드러난다. 호박 덩굴이 무성한 담장 아래는 남새밭이다. 상추와 배추가 청청하다. 육십 년만의 무더위라 했는데도 채소를 푸르게 가꾼 건 보통 정성이 아닐 텐데. 손끝 여문 정림 여사처럼 노파의 솜씨도 알아줄 만하다.

채희는 정림 여사의 근엄한 얼굴을 상기하자, 새삼 힘이 솟는다. 사랑을 쟁취하기 위해선 질투 이상은 없잖아. 구시대 여성들이 부렸을 시앗 샘은 어떤 건지 상상만 해도 짜릿하다. 남새밭 옆은 양계장이다. 대충 눈어림으로 닭이 스무 마리는 될 성 싶다. 노파는 닭장으로 가서 암탉이 갓 낳은 달걀을 가져와 하나는 채희에게 건네고 하나는 양쪽에 구멍 내 들이킨다. 마루 귀퉁이엔 달걀이 담긴 바구니가 놓였다.

저녁 식탁은 풍성하다. 묵은지 고등어조림은 입에 쩍쩍 달라붙고 백김치는 삼삼하고 초고추장에 곁들인 해삼과 멍게는 싱싱하면서도 씹으면 씹을수록 단내가 난다. 쑥 부침개도 별미다. 저녁상을 물리고 나자, 채희는 노파에게 채근한다.

"왜 저를 초청하셨죠? 할머닌 어디서 많이 뵌 분 같거든요."

"엊그제 학원에서 봤잖아."

"아네요. 유치원 놀이터에서, 가게 앞에서, 학교 등하교 장소에도, 소풍 길에서도, 언제나 할머닌 동화책에 나온 요술할멈처럼 제게 도움을 주셨잖습니까."

"맞아, 비 온 날이면 네게 우산을 챙겨 주었고, 가게 앞에서 군침 흘리면 맛있는 걸 사 주었으며, 도시락도 갖다 주었지. 이걸 보면 죄다 알게 될 거다."

봉녀는 장롱 안에 든 사진첩을 꺼내 상 위에 놓는다.

채희는 무섬증이 인다. 나는 이 사진첩 사람들과 어떤 관계일
까. 그렇긴 해도 호기심이 일어 사진첩 겉장을 넘긴다.

"이분은 누구신가요?"

카이절 수염에 안경 쓴 신사는, 일제 때 전형적인 친일파 모습
이다.

"나의 주인이시지."

채희는 멍해진다. 할아버지가 아닌 타인이다.

"무역을 하셨는데 머리가 비상해 왜놈들도 어르신에겐 손해
보곤 했단다. 슬하에 육남매를 두었어도 모두 어르신 신 벗어 놓
은 데도 못 따랐어."

육남매라면 당신이 모두 낳을 리는 없을 테고. 역시 당신은 첩
이군요. 아무리 남남일지라도 첩을 반긴 안방마님은 없잖습니까.
할머니가 하대한 건 당연하잖아요. 채희는 어르신을 사이에 두고
본처와 첩 사이에 오갔을 시앗 샘이 떠올라 눈에 불꽃이 인다.

봉녀는 실수한 걸 뉘우친다. 처음 외손녀와 단둘이 만난 자리
에서 고상한 척 해도 본바탕을 속일 순 없다. 불꽃같은 저 눈동자
는 영락없는 딸의 모습이다. 딸이 난산한 피붙이를 강보에 싸서
품에 안고, 봉녀는 어쩌면 내가 겪은 걸 딸이 또 겪어야 하는지,
덜덜 떨었다.

봉녀는 강나루 주막의 주모 딸이었다. 얼굴이 고와 강나루를 들락거린 한량들 사이에 소문이 자자할 즈음, 열여섯 꽃다운 나이에 어르신 내연의 여자가 되었다. 미모도 미모려니와 총명해 어르신에게 한글도 일어도 깨우쳤다. 어르신의 총애를 받고 남매까지 낳자 아이들을 호적에 올린 것만으로 직성이 풀린 게 아니었다. 본처를 쫓아내고 정실이 되는 것이 소원이었다. 사남매를 낳고 시부모까지 모신 본처를 밀어내기란 호락호락한 게 아니었다. 우선 시부모에게 잘 보이고 볼 일이었다. 봉녀는 어르신을 따라 일본을 드나들며 약과 옷, 그릇을 사다 바치고는 시부모의 환심을 샀다. 음식 솜씨도 좋아 시댁 집안의 길흉사는 발 벗고 나섰다. 그러다보니 설 자리를 잃은 본처는 목을 맸다.

"일본은 어떻게 가셨나요?"

"어르신 따라 현해탄을 건넜지. 그 시절이 좋았어."

봉녀의 볼엔 눈물이 흘러내린다.

채희는 사진첩을 한장 한장 넘기며 노파의 화려한 경력에 감탄한다. 정림 여사의 사진첩에서도 볼 수 없던 진풍경들이 속속 드러난다. 말 탄 어르신 옆에 양장 차림으로 시중든 모습, 한복 입고 동경 번화가 거리에서 어르신과 어린 남매의 나들이 풍경, 기모노 차림으로 일본 사무라이 배우와 찍은 사진 등, 나무랄 데 없는 멋쟁이다.

"이분은 아드님이신가요?"

군모 쓴 군인이 야자수 아래서 웃는 장면이다.

"아무렴. 씩씩하고 용감한 대한의 대장부였지. 월남전에서 전사해 국립묘지에 묻혔단다."

"이분은 따님인가 보죠?"

금테안경 낀 어르신과 봉녀 앞에서 남매가 나란히 앉은 모습이다. 소녀에서 처녀로 자라기까지 딸의 모습을 훑어나가던 채희의 표정이 새파래진다.

"나의 외동딸이요 너의 엄마란다."

봉녀의 고백이 채희 가슴에 칼이 되어 박힌다. 채희는 예리한 칼로 가슴이 난도질당한 듯 신음을 토하며 버럭 소리친다.

"새빨간 거짓말."

"넌 내 딸의 딸, 나의 하나뿐인 외손녀란다."

봉녀가 차분히 내뱉는다.

"이런 엉터리 좀 봐. 내게 올가미 씌우려고?"

채희는 사진첩을 내동댕이치고도 모자라 벌떡 일어나서 사진첩을 힘껏 내리친다. 봉녀는 사진첩이 망가질까 봐 온몸으로 싸안으며 외손녀의 발길질을 뿌리친다.

"피는 못 속인다. 넌 내 딸과 너무나도 쏙 빼닮았어."

여자의 눈빛이 고양이처럼 광채를 발하고 오뚝한 콧날에 입술은 얇고 하관이 빨렸다. 사진 속의 여자와 자신의 모습이 너무나도 닮아 채희는 울부짖는다. 이런 생벼락이라니. 아니야. 난 너

따위들과는 아무런 인연 없는 남남일 뿐이야.

"거짓과 속임수로 나를 현혹 시키지 말아 줘."

"어미와 딸이 닮은 것만큼 진실한 것이 어딨냐? 넌 이수인 딸이 아니고 오홍자 딸이란다."

"오홍자가 너의 딸이란 걸 내가 알 게 뭐야. 난 어제도 그 이름을 몰랐고 오늘도 모르고 앞으로도 모를 이름이야."

채희는 마루에 있는 달걀을 마구잡이로 던진다. 벽을 향해 던진 달걀이 깨져 그 아래 있는 봉녀의 머리에서 목으로 흘려 내린다. 갑작스런 달걀 세례를 받고도 봉녀는 혼신을 다해 부르짖는다.

"화를 못 참는 것도, 할미에게 불손한 태도도 꼭 네 에민 걸."

"내가 화를 내는 것도 나만의 것이지 네 딸과는 아무런 인연이 없어."

채희는 미닫이 창문 방충망도 왁살스레 찢어버린다.

"또 하나 알려 줄 게. 성희는 한 씨가 아니고 정 씨란다."

"거짓말 마. 의좋은 자매의 정도 떼려는 백여우 할미 같으니."

채희는 봉녀 얼굴을 향해 침을 뱉는다.

"정말이야. 콧대 높은 정림 여사에게 따져 봐. 내 말이 틀렸는지를."

채희는 귀를 막고 팔딱팔딱 뛰며 악을 쓴다.

"내가 여기 온 걸 우리 가족은 아무도 몰라. 지금 내가 여기 와 있어도 난 여기 오지 않은 거야. 내가 오고 싶어 온 게 아니고 네가 불러서 왔잖아. 난 여기 오지도 않았고 네가 누구인지도 모르고 오늘 일어난 일은 없었던 거야. 알겠지? 응? 그것이 내겐 생사가 달린 문제야."

채희는 주위를 살피고는 슬그머니 벽돌집을 빠져나온다.

3

수유리 산장 솔숲에서 시원한 바람이 분다. 소나무 가지 사이로 비친 달빛이 풀숲에 어룽어룽 무늬를 드리우자, 풀벌레들이 기지개 켜며 자장가를 부른다.

그들은 팔짱 끼고 숲길을 걷는다. 서로의 체온에서 감지된 다사로움이 옷깃 사이로 스며든다.

유리창을 통해 달이 알몸으로 껴안은 그들을 비춘다. 훈종은 그들 사이에 바람 한 올도 새어 나오면 초침이 지나고 분침이 흐르고 시간을 뛰어넘어 세월에 짓눌리고 말 거란 두려움이 인다. 그는 목덜미에 와 닿는 수인의 입김마저도 거두기 위해 입술을 핥는다. 다시 한차례 사랑의 불꽃을 태우고 나자, 충일함이 방안 가득 번진다.

수인은 달을 우러르며 기도하는 자세가 된다.

"오늘이 열여드레 날이에요. 아버님은 저 달빛이 고운 까닭은 보름달을 뛰어넘은 다함없는 은총이라 하셨거든요."

훈종은 연인을 껴안은 팔에 힘을 준다.

"언제 우리 딸내미를 만나지?"

기회를 놓친 안타까움이 훈종의 양미간에 일직선을 긋는다.

"부녀끼리 처음 대면인데 먼저 동생들과 어울리는 게 더 나을 것 같아요."

"그래, 그건 아무래도 좋아. 난 모든 걸 수용할 테니."

24년이란 햇수를 깡그리 지우기엔 걸림돌이 너무 많다. 그와 내가 시모를 모시고 딸들과 한 둥지 안에 살아가는 게 쉬운 걸까. 미란이 쉽게 물러서지 않으리란 중압감도 수인의 머리를 짓누른다.

"우리 앞에 가로놓인 멍에를 하나하나 해결해야지. 인내와 끈기를 붙잡고 담대히 나아가야 해."

훈종은 다시금 수인을 꽉 껴안는다.

4

강남동 강인평 변호사의 집은 침묵에 잠겼다. 상가를 찾아온 친인척들은 돌아가고, 가족은 갑자기 들이닥친 불행 앞에 숨소리조차 죽이며 슬픔을 삼킨다.

회오리바람이 삼층 거실 유리창을 두드린다. 달빛이 강 변호사와 성희를 비춘다.

"사흘 동안 시신 곁에서 떠나지 않겠다고?"

강 변호사의 입술에 거품이 인다.

"그이 곁에 있고 싶습니다."

성희는 무릎 꿇은 채 허리를 조아린다.

"영혼 혼례식이라니. 내가 남의 입김에 휘말리지 아니한다는 것쯤은 잘 알 텐데."

강 변호사의 강직한 성품은 법조계에서도 널리 알려졌다.

"전 물러서지 않겠습니다."

"나에게 악을 요구하다니. 악과 대결하며 반평생을 지냈는데 나의 전력에 오점을 남길 참이냐?"

강 변호사는 목에 맨 넥타이를 푼다.

"전 선을 행하고자 합니다. 사랑하는 사람의 영을 거두어 영원히 저의 가슴에 새겨 두려는데 어찌 그게 악인지요."

성희의 생각도 단호하다.

"난 영조 아비다. 아들이 숨졌으면 아직 혼례식 올리지 못한 아들의 권한 대행은 아비가 수행한다. 혼인 전의 약혼녀는 다시 짝을 찾아 얼마든지 행복할 권리를 지닌다. 세태가 달라 며느리가 홀로이면 시아버지가 짝을 구해 주는 게 인지 상정이다. 숨진 목숨을 고이 보낸 것도 산 자의 겸손이요 미덕이다."

"저도 그이를 고이 보내고파 아버님께 간청 드립니다. 그이 영혼을 제가 거둬들이지 못한다면 그이 원귀는 공중으로 떠돌아다니며 방황할 겁니다."

"죽은 자의 원귀가 공중으로 떠돌아다닌다? 만일 그렇더라도 산자의 삶이 죽은 자의 영혼보단 더 중요한 게 아니냐. 나를 더 이상 번뇌에 빠뜨리지 말아다오."

강 변호사는 허탈한 표정으로 성희를 내려 본다. 갑자기 장자를 잃은 슬픔이 뇌를 강타한다.

"우린 어릴 때부터 단짝이었죠. 점점 자랄수록 저는 그이 눈을 통해 세상을 보았고 그이 가슴을 통해 하늘이 높고 바다가 넓은 줄 알았지요. 그이는 저의 모든 것이었어요. 그이 영혼이라도 거두어들이지 않으면 저도 산목숨이 아닙니다."

"난 허락 못한다. 그건 옳은 길이 아니다."

강 변호사가 성희를 딸보다도 더 귀히 여긴 건, 장래 나의 며느리로 점찍고 있어서였다. 더욱이 성희의 대부임을 자처했던 것도 수인을 향한 변함없는 연민이었다.

인평은 동네 조무래기들과 남강으로 나가 멱을 감고 소꿉놀이 하며 수인을 장래 내 짝이라 다짐하며 자랐다. 유치원을 거쳐 초등교 졸업 때까지 바로 옆에 앉아 공부하고 숨 쉬곤 했다. 중학교 시절에는 남녀가 따로 자리를 배정 받아 단짝에서 밀려났지만. 그래도 인평은 전교학생회회장, 수인은 전교학생회부회장을 맡아 단짝 이상의 효력을 발휘했다.

수인네 가정이 몰락하지 않았다면 둘의 관계는 순조로이 부부가 되었을 가능성이 높았다. 양가 어른들도 은연중 서로 사돈 맺자던 묵약이 이루어졌다. 수인네 가정이 흐지부지 되어 객지로 나가고, 자신이 고시공부에 몰두한 사이 인평은 죽마고우 훈종이 수인과 동거한다는 사실을 알았다. 인간이 살아가며 방심이 얼마나 무서운 독인가를 인평은 뼈저리게 체험했다. 사법고시에 합격해 당당히 수인 앞에 나서리라 다짐했던 게 잘못이었다. 수인이 생활고에 어려움을 겪는 줄 알면서도 도움 주지 못했음을 그는 뒤늦게 후회했다. 수인네와는 달리 인평네 가족은 창창하게 누렸던 옛 영화의 토대 아래 지금도 부를 누렸다. 그가 이제까지 수인을 가까이 지켜보며 우정을 유지해 온 건 극기 훈련이었다. 훈종과의 동거, 대학동창 주열과의 결혼 생활을 지켜보며, 인평은 수인에게 일정한 거리를 두고 대했다. 그게 극기 훈련이었다. 그 과정을 쌓아가며 얻은 결과는 수인을 얼마든지 돕고 가까이 지켜볼 수 있어서였다. 그런 관계는 연인과 부부 사이보다도 더한 밀접한 유대 관계를 지속한 윤활유와 다름 아니었다.

인평은 훈종과 수인의 관계가 떨어질 수 없는 사이임을 알고, 현재의 아내 박민옥과 결혼했다. 인평은 영조와 성희의 성장 과정을 지켜보며, 수인과의 어린 시절을 상상하는 게 즐거웠다. 성희 또한 누구보다도 그를 따랐다.

"열흘 지나면 우리 혼례식이잖습니까. 그 후에 영조 씨가 숨졌다고 상상해 보시면 제가 그이와 지내고 싶다는 걸 굳이 반대하진 못하실 겁니다."

강 변호사는 성희의 완강한 고집을 꺾을 순 없었다.

"예식에 따른 절차를 밟으련?"

"그런 의식은 필요 없습니다. 전 다만 그이 곁에 있고 싶습니다."

"그게 원이라면 너의 뜻대로 하려무나. 우리가 네게 도움 될 일은 없겠느냐. 마실 거라도."

"물 한 방울도 원치 않습니다. 다만 저희를 자유롭게 내버려 주세요."

성희는 인평의 무릎 위에 고개를 묻는다.

외부와의 단절, 영안실은 숨소리조차 들려오지 않는다. 영안실은 영조의 방이다. 신부를 맞이하기 위해 새로 단장된 방안에는 큰 거울이 달린 화장대와 더불 침대가 놓였다. 그가 사용하던 옷장과 책장도 그대로였다. 영조는 그 방에서 태어나 자랐고 곧 맞이할 신부와도 오래도록 그 방에서 살고파 했다. 성희는 향유에 섞인 영조의 독특한 체취에 취한다.

해가 기울고 창가에 머물던 노을이 방안 가득 번진다. 어둠의 입자가 서서히 몰려온다. 약혼자의 체취도 더욱 강하게 성희의 코로 스며든다. 그러자 이 세상에 혼자 남았다는 허허로움이 노도처럼 밀려온다. 더불어 이 자리를 벗어날 도피와 접착제처럼 붙어야 할 끌림의 유혹에 혼란을 겪는다.

내가 도달하고자 할 봉우리는 아득히 먼 곳은 아닐까. 나는 지금 인간의 세계와 동떨어진 별천지에 온 건 아닐까. 성희는 무언가에 저항을 느낀다. 그건 죽음에 대한 공포다. 내가 이까짓 공포를 극복하지 않으면 영원히 그를 잃어버린다. 성희는 가슴 속에 든 칼을 갈아대며 공포의 악당에게 대항하기로 작심한다.

성희는 일곱 개의 초에 불을 댕긴다. 촛불은 가물거리며 타오른다. 찌르르 녹아내린 촉농이 고드름처럼 초에 엉겨 붙는다.

일곱 개의 은촛대는 오래된 내력을 지녔다.

증조모님이 밤하늘에 북두칠성 뜬 꿈을 꾸고 잉태해 조부님을 낳으셨대. 그 기념으로 증조모님은 그 별의 개수만큼 은촛대를 구입해 불을 밝히셨거든.

영조는 전설 같은 이야기를 성희에게 들려주었다.

임산부가 해를 머금은 꿈을 꾸면 대왕을 낳고 달을 치마폭으로 받으면 절세가인을 낳는다던가. 인간은 꿈을 잉태한 유일한 동물이다. 인간이 바라봄의 법칙에 따라 내일을 설계한 거라면, 꿈은 일용할 양식이요, 인간들의 최대 관심일 것이다.

꿈을 꾸십시오. 꿈이 없는 백성은 망합니다.

평강교회 조요한 목사는 카랑카랑한 목소리로 열변을 토했다.

증조모가 꾼 꿈의 효력이었을까. 영조 조부는 사법고시에 합격해 법조인의 길을 걸었다. 그 아들도 인권변호사가 되어 명성을 떨쳤다. 영조는 법조인을 마다하고 고고학자가 되고 싶어 했다.

올해 미수인 그의 증조모는 북두칠성 꿈을 꾸고 만든 일곱 개 은촛대가 증손자의 시신 머리맡에 놓인 걸 상상이나 해 보았을까. 아무도 내일 일은 모른다.

어제 아침, 성희는 서울역에서 영조를 만났다. 그는 '가야 유적 발굴' 작업에 동참하기 위해 김해로 가서 일을 마치고 상경했다.

"참외가 먹고 싶어."

성희는 맹한 표정을 지었다.

"달포 동안 못 만났는데, 기껏 참외 타령이야."

그들은 인근 슈퍼로 가서 참외를 샀다.

헤어질 때, 영조는 승용차 뒤창에 붙은 '초보 운전'이란 글귀에 손가락을 대고 탁탁 두드렸다. 운전 조심하란 뜻이었다. 그러고선 무얼 내밀었다. 백미러에 비친, 무언극 배우처럼 몸을 움직인 그를 뒤로 하고, 성희는 차를 몰았다. 귀가한 성희는 영조가 준 종이학을 풀었다. 여자 나신 그림이었다. 단순히 스케치한 것인데도 여자는 꽤나 미인이었다. 얼굴이 벽화에 그려진 고대 여인상처럼 보였다. 찢어진 눈초리와 애매한 미소, 볼록 내민 젖가슴과 폭 들어간 배꼽과 도드라진 음부가 특징 있게 그려졌다. 유난히 거웃이 까맣게 칠해져, 남자를 홀릴만한 모습이었다.

영조는 유적지 발굴 현장을 들려주었다.

자갈밭을 파내고 뒤엉킨 나무뿌리를 뽑아내자, 패총과 토기,

석실도 나왔어. 고대하던 여인 미라가 보이지 않아 실망했지만.

미라라니? 부패해서 형체도 못 알아 볼 텐데.

참외 씨앗을 입에 물 것 같았거든. 중국에서 발굴된 미라처럼.

만일 그 현장에서 참외 씨앗을 발견했다면?

뜰에 심어 참외가 열리면 입맛 다셔 보는 거지. 현재에 살면서 옛날 옛적의 과일을 먹어 본 실험일 테니. 아니지. 내가 그 시대의 선인이 되는 거야. 가야 사람이 되는 것.

갑자기 영조 목소리가 낮아졌다.

합환하는 거다. 오늘 밤에.

성희는 그 그림이 행여 발굴현장에서 그린 가야시대 여자 미라를 상상한 모형도가 아닐까 헤아렸다.

성희는 귀가해 거실로 가서 책장에 든 사전을 들췄다. 퇴근하면 곧장 영조와 만나기로 약속이 되어서였다. 그러므로 합환이 무언지 알고 그를 만나야겠다던 생각이 문득 들었다. 사전에는 '기쁨을 함께 함. 남녀가 잠자리를 같이 하여 즐김'이라 적혔다.

행동을 조심해라. 혼인 날짜 받아놓고 사고가 일어난 경우가 많아.

새벽부터 걸려온 영조와의 통화를 듣고 정림 여사가 주의를 상기 시켰다. 전화 내용은 발굴 현장에서 밤기차 타고 상경하니, 서울역 개찰구 앞에서 만나자는 내용이었다. 결혼을 앞두고 그는 무척 서둘렀다. 여행을 떠나기 전이었다. 그는 한밤중에 집으로 찾아와 약혼녀에게 애무하며 거친 숨을 몰아쉬었다.

참을 수 없어. 너를 소유하고 싶거든.

조금만 견뎌. 이제까지 참았는데, 그것도 못 견딘다면 약속 위반이지 뭐야.

그래. 우린 혼전 순결 서약을 했지.

영조는 허물 찔린 표정을 짓고는 뒤로 물러났다.

성희는 사생아란 속박에서 벗어나기 위해서도 혼전 순결을 지키리라 다짐하며 자랐다. 그건 의부가 마지막 내뱉은 저주의 말이 뇌리에서 떠나지 않아서였다.

난 네가 없었다면 참으로 행복했을 텐데. 성희야, 넌 한가가 아니라 정 씨란다.

일곱 살 아이가 듣고 이해하기엔 엄청난 고백이었다. 자신을 한가라 낮추고 의붓딸을 정 씨로 높인 순간의 의부 표정은 순전함을 갖춘 모습이 아니었다. 온갖 고뇌를 얼굴에 담은, 나의 근심이 바로 너 때문이란 걸 성희는 자라면서 터득했다.

성희는 침대에 반듯하게 누운 영조 곁으로 다가간다. 눈물이 볼을 타고 내린다. 방안에 들어와 한참 동안 서성인 것도 그에게 눈물을 보이지 않기 위해서였다. 순식간에 어이없이 당한 죽음이었다. 현실이 진실 같지 않았다. 초점 잃은 멍한 표정으로 한낮을 넘겼다.

영조는 편한 자세로 누웠다. 반듯하게 누워 그런지 큰 키가 더

크게 보인다. 집으로 오자마자 욕실에서 샤워하고 문을 열다 쓰러졌다고, 여동생이 들려줬다. 의사는 환자가 이미 숨졌다고, 심장마비처럼 깨끗한 죽음은 없다고 가족을 위로했다는 걸.

그는 필시 밤의 향연을 그렸으리라. 유치원으로 가서 원아들을 가르칠 때도 성희는 그 나체화를 떠올렸다. 퇴근길에도 그걸 포켓에서 꺼내 유심히 살폈다. 나체화의 모델은 벽화 속 미인도 고대 여인상도 아니었다. 육체 행위 중에 절정에 달할 성희 자신의 모습이었다.

그는 새하얀 백지처럼 표정이 없다.

내가 숨진 자의 얼굴을 처음 본 건 일곱 살 때였지.

밤중에 오줌이 마려워 일어나 안방에 새어나온 불빛을 보고 방문을 열었거든. 엄마는 보이지 않고, 의부가 꼿꼿한 자세로 누웠더랬지. 아이는 무언가 짓눌린 듯한 밤의 고요, 손에 닿은 싸늘한 감촉의 의부를 보고 공포에 질려 훌쩍였다. 의부의 얼굴은 누군가가 할퀸 자국이 선명히 드러났다. 곧 장의사가 들이닥쳐 시신을 관에 넣고 장례도 감쪽같이 해치웠다.

밤이면 성희는 자주 꿈을 꾸었다. 의부가 마지막 내뱉은 저주의 말과 손톱자국 난 시신의 얼굴이 나타나 괴롭힌 장면이었다. 조모 못지않게 의부도 성희에게 애정을 쏟았다. 왠지 한동안 의부는 의붓딸을 박대했다. 애정과 박대의 양 갈래 틈새에서 혼란을 겪자, 성희는 변함없이 대해 준 강 변호사에게 달려가 위안을 받았다. 의부의 꿈을 꾸고 나면 무섬증에 벗어나기 위한 유일한 도피처도 조모와 엄마 품이 아니었다. 강 변호사의 품이었다. 일기 쓰듯 하루 동안 일어난 일을 고하면, 강 변호사는 자애로운 눈빛으로 경청하며 말벗이 되어 주었다.

성희는 일어나서 침대 위에 걸터앉는다. 표정 없는 영조 얼굴에 생기를 불어넣고 싶다. 죽은 자의 얼굴이 평생의 반려자임을 확인하자, 꼭 살려내고 싶다. 죽은 자가 살아 숨 쉰 예는 가끔 있어 온 터였다. 그리스도는 숨지고 삼일 만에 부활해 전 세계인들에게 소망의 시금석이 되었다. 베드로 선지자가 다비다를 살렸잖아. 다비다가 기적의 여인이라고, 진영 아줌마는 의상실 이름과 예명을 '다비다' 라고 세인들에게 알렸다. 상호마저 다비다라 고집한 건 사업이 번창해 자산이 다락같이 불어나리란 기적을 고대한 간절한 소망일 것이다. 숨진 자가 살아난 건 기적 중의 기적일 터였다. 성경에 기록된 예화가 아니더라도, 누군 묘소에 안장하기 전 관을 열고 일어나 상주가 기절했다든가. 어느 병원 영안실에선 숨진 자가 뚜벅뚜벅 걸어 나와 문상객들이 혼비백산 했던 신문 기사도 없진 않았다.

정면으로 마주친 영조의 눈동자는 어디서 많이 본 듯한 낯익은 눈동자다. 너무나도 낯익은 얼굴 앞에서 다른 낯익은 모습을 떠올린다는 건 그가 아닌 다른 사람이 자신의 내부에 자리 잡았다던 증거였다. 그의 눈동자는 부인 못할 성자의 눈동자였다. 깡

마른 체구에 흰 피부와 숱 많은 눈썹 아래 속눈썹이 짙고 눈동자 또한 큰 그는, 이웃에게 성자 예수라 불리었다. 교회학교에서 연극놀이 하면 그의 단골 역도 예수였다. 작년 봄, 그들이 이스라엘로 성지여행 갔을 때였다. 그는 현지 가이드가 입은 고유의상을 빌려 입고 성자 흉내를 내어 일행을 웃겼다. 그에게 성자의 모습을 발견한 순간, 성희는 우왕좌왕하던 도피와 마주침, 혼란을 거듭하던 공포에서 벗어난다. 성자는 인류의 나약한 육체를 지키고 정신을 지배한 수호신 아닌가. 그리스도가 삼일 만에 부활하듯, 그도 부활해 찬연히 일어나리란 환상이 거역 못할 소명으로 성희를 채근한다.

달빛을 타고 창밖의 자목련과 백목련 그림자가 방안으로 비쳐든다. 두 목련 그림자가 일곱 개의 은촛대에서 뿜어 나온 촛불과 달빛의 조화가 어우러져 방안은 조명 받은 무대처럼 보인다.

예정된 밤의 향연이었다.

성희는 조심스레 그의 겉옷을 벗긴다. 장의사의 손을 거친, 육체를 편히 잡아 주기 위해 묶은 창호지를 벗겨내자, 그의 알몸이 드러난다.

그의 나신은 조각처럼 정교하다. 인체학자들은 사람만큼 정교하고도 복잡한 동물은 없다고 했다. 정교하다는 건 외부의 모습이고 복잡하다는 건 내부의 구조일 것이다. 성희도 밤의 향연에 동참하기 위해 스스로 옷을 벗는다. 벌거숭이 된 그들의 알몸이 대형거울에 비친다. 성희는 그에게 입술을 내밀던 걸 이 밤에는 수정하기로 한다. 자신이 먼저 그의 입술에 입을 포갠다. 뜨거운 입술로 그의 싸느란 몸을 데우고 싶다. 성희는 수없이 그의 귓불과 목과 가슴과 배에 이르기까지 입술로 열기를 토한다. 혼전 순결 서약을 지키지 못하게끔 무엇이 그토록 그를 여체에 탐닉하도록 했을까. 발기 안 된 그의 성기는 난해한 암호 같다. 처음 그의 성기를 본 건 열 살 때였던가. 그의 사진첩에 든, 백일기념 사진이었다. 의자에 오줌자국 밴 벌거숭이 사진을 보고 유독 남자의 중심부가 해독 못할 암호로 보였다. 성희는 그의 성기에도 생기를 불어넣기 위해 입술을 갖다 댄다.

이튿날 밤, 꿈인지 생시인지 누군가가 속삭인다.

나의 손을 잡아다오,

얼결에 성희도 나직이 속삭인다.

당신은 누구인지요?

나야, 성희.

분명 영조의 목소리다. 그의 왼손 장가락에는 성희 이름 약자를 딴 SH가 아로새겨진 순금반지가 끼었다. 더불어 성희 왼손 무명지에도 영조의 이름 약자를 딴 OJ가 아로새겨진 순금반지가 끼였다. 약혼식 때 주고받은 예물반지다. 두 번째 그의 목소리가 들린다.

한숨 푹 자자, 다시 내일이 오는데.

94

그의 인도에 따라 성희는 잠든다.

얼마나 잤을까. 희뿌연 빛이 창으로 스며들어 성희는 새벽임을 감지한다.

이젠 일어나야지.

영조의 목소리가 더 한층 부드럽다.

좀 더 자면 어때, 내가 자기 곁에 있는 게 싫어?

성희는 그의 몸을 더듬는다.

영혼과의 대화는 그렇게 시작 되었다.

창을 열자, 햇빛 찬란한 정원에서 바람을 타고 자목련과 백목련 잎사귀가 부신 듯 빤작거린다.

5

"요즈음 채희가 이상하지 않아?"

시모의 물음에 수인은 옷깃을 여민다.

"무슨 낌새라도?"

며느리는 속마음을 감춘다.

훈종과의 밀회를 눈치 챈 걸까. 채희를 앞세우고 나를 저울질한 건 아닐까.

시모의 움켜쥔 양손에선 혈맥이 도드라져 금세 핏줄기가 터질 것 같다.

"태도가 고분고분한 게 수상쩍잖아."

일순 예리한 감각이 정림 여사의 뇌리를 스친다. 왜 내가 그걸 눈치 못 챘나. 봉녀의 환영이 떠오른다. 그 망할 할망구는 나의 그림자였어. 빛을 향해 걸어가면 뒤에 진 그림자를 밟고 따르는. 빛을 등지고 가면 앞의 그림자를 밟고 앞장서서 가는. 정림 여사의 어깨가 축 늘어진다.

"하루에도 열두 번 변하는 게 개의 버릇 아닌가요?"

청희가 마루에 누워 양다리를 올렸다 내렸다 한다.

"언니가 동생에게 무슨 말 버릇이 그러냐?"

수인이 청희를 나무란다.

"엄만 만날 채희 편만 들어. 옳고 그름을 떠나 편애만 하니 버르장머리가 없는 거야. 할머닌 성희 언니 챙기기에 혈안이고 엄만 채희 보듬기에 바쁘잖아. 눈 밖에 난 우린 집을 나가 버릴까 봐."

문희가 보던 책을 덮고 기지개를 켠다.

며느리가 유일하게 시모에게 맞대응한 건 채희에 대한 애정이었다. 스스로 우러난 애정이 아니었다. 의무적인 보살핌이었다. 정림 여사가 성희에게 베푼 애정도 마찬가지였다. 고부끼리 타인의 혈육을 보듬고 감싸야 한 건 잔인한 고통이었다. 한 둥지 안에서 고부는 서로 애정을 의무적으로 쏟아야 할 외면 수습에 길들었다. 그 겨루기는 고단한 작업이었다. 쌍둥이는 고부에겐 친 혈육이라 허물없이 애정 기피를 마다하지 않았다.

"채희가 이상한 건 사실이야. 지저분한 내 책상을 깨끗이 정돈하고 구두도 말갛게 닦고 신발장도 정리했잖아."

문희 뒤이어 청희도 동조한다.

"공부하기 싫어 미리 포기한 건 아닐까? 모델 연습 많이 하면 장딴지에 알이 배기 쉬우므로 다리가 흉해진다고 안마해 주질 않나. 비가 오면 머리 모양이 헝클어지기 쉽다고 우산을 챙겨 주질 않나."

"바깥에서 잘못을 저질러 놓고 우리가 알까 봐 그물막 친 인상이더라. 내 차도 깨끗이 닦지 뭐야."

성희도 의심을 드러낸다. 약혼자가 숨져도 성희는 지극히 평온한 모습이다.

역시 네가 정확한 판단을 하는구나. 정림 여사는 성희의 의견에 공감한다. 근자에 채희가 조모에게도 유별나게 굴었다.

전 엄마도 많이 닮았지만 할머니를 더 많이 닮았다고 모두들 그래요.

옥상까지 올라와 잔심부름도 해 주고 목욕탕에 들어와서 때밀이 해 주기도 했다. 정림 여사는 막내손녀의 지나친 친절이 싫었다. 그래도 무턱대고 거부반응도 보일 순 없어 태연한 척 지나쳤다. 채희는 정림 여사의 몸속에 저장된 암세포였다. 언제 암이 퍼져 당신을 죽음으로까지 내몰지 모른다는 압박감에 내내 시달려온 세월이었다. 암세포 전수자는 주열이었다. 정림 여사는 외아들의 흔적조차도 없애버린 과거의 악몽에 휘말리고 싶진 않았다.

과거의 악몽에서 헤어나지 못한 건 수인도 마찬가지였다. 시모에겐 아들이요 며느리에겐 남편이란 공통분모는 고부에겐 어떤 모습으로 각인 됐을까. 흔히 모자 사이는 촌수가 있어도 부부 사이는 무촌이라고 했다. 촌수가 없다는 건 부부끼리 내가 네가 되고 네가 내가 된다는 뜻일 게다. 이심 일체 된 몸을 칼로 쪼갤 순 없지만 법으론 갈라지게 한다. 인륜은 인정이 물 흐르듯 하지만 법은 다스려야 할 냉혹성을 지녔다. 이도저도 아닌 거라면 부부끼리 하루아침에 남남으로 갈라서기 마련이었다. 그러면 촌수는 멀고도 먼, 하늘과 땅 사이 우주 공간만이 존재할 뿐이었다.

여름방학을 맞이해 그들은 가족끼리 어디 여행이라도 다녀오려다 그만 두었다. 수인도 일주일 동안 휴가를 허투루 보내고 싶진 않았다. 여러 해 동안 그들은 가족끼리 여행을 즐길 수 없었다. 딸들의 입시 문제도 그렇고, 살다 보면 갑작스런 일이 일어나기 마련이었다. 여섯 식구 중에서 하나라도 빠지면 가족 공동체가 무너질 것 같아 그만 두곤 했다.

올해는 고통이 더 늘어 여행은 상식 밖의 호사였다. 약혼자의 죽음으로 성희가 고통에서 허우적거리자, 가족은 침잠의 늪으로 빠져들었다. 성희는 아무렇지 않은 듯 변함없이 가족을 대하고 유치원 교사로서의 노력을 기울였다. 하지만 남자 없는 집안에서 남자를 맞이하기 위한 준비를 하다 당한 불행이었다.

잠시 어디 다녀오겠다던 채희가 한나절 지나서야 돌아왔다. 들고 온 시장바구니 안에는 찬거리가 들었다. 청희가 받아 마루에 신문지 깔고 그걸 쏟는다. 참조기, 멍게, 낙지, 쇠고기, 달걀, 부추, 애호박, 파, 풋고추, 당근, 찹쌀가루, 밀가루 외에 쑥도 드러난다.

"참 많기도 해라. 냉장고 배가 터지면 어쩌누."

문희가 말참견한다.

"근사한 저녁 파티 열려고. 나 혼자 요리할 테니 가만히 계셔요."

채희가 찬거리들을 채반에 담는다.

"평소엔 손끝 까딱 안 하던 애가 왜 이리도 수선 피우고 야단이지? 주제 파악 좀 해."

청희가 핏대 올린다.

"우리 가족 대변인 청희 씨가 아니래도 나도 못 참아. 지금 네가 이 따위로 건방 떨면 어떡해?"

문희가 청희 의견에 박차를 가한다.

"문희 언닌 청희 언니보고 씨라 부르지 말고 언니라고 깍듯이 예우 할 순 없어? 아무리 한 뱃속에서 십 개월을 자랐다고 해도 먼저 나온 이상 언니는 언니 아냐. 어쩐지 씨라 부르니 정나미가 뚝뚝 떨어지지 뭐야. 그렇지, 청희 언니?"

채희가 청희를 향해 눈웃음친다.

"아부하려 들지 마. 난 안 속아."

"무얼 안 속는다는 거지?"

"공부하긴 싫고 성적은 떨어지니 나중에 꾸지람 듣기 전, 미리 입안에 재갈 물리려는 너의 속셈을."

청희가 손사래 친다.

"재갈이 아니라 진수성찬 만들어 바칠게."

"누군 못 먹어 배 아프냐? 다이어트 시대에 진수성찬이라니. 차라리 공사판에 가서 자갈을 져다 바치렴."

문희가 역성 낸다.

"난 말이야. 문희 언니의 지혜로운 행동엔 언제나 감동 받아. 그래도 애지중지 한 동생에게 공사판 운운은 너무해."

"언제 내가 널 보고 애지중지 하던? 엄마라면 몰라도."

문희가 코웃음 친다.

"옳은 말씀이야. 나의 유일한 백은 엄마거든. 난 엄마가 없으면 못살아. 엄마도 그렇지?"

채희가 수인을 응시한다.

"어떻게 했기에 언니들에게 따돌림 받고 눈총꾸러기가 되었니? 누가 네게 시장 봐 오라 했으며 부엌일 하라 하던? 너 때문에 가족들이 당한 고통도 알아 줘야 할 게 아냐. 전화를 마음대로 걸지도 못하고. 발소리도 고양이 흉내 내야 하니. 그저 조심조심 조용조용, 온통 신경을 네게 쏟잖아. 근데 황금 같은 시간을 허비

하고 가족 위해 끼니를 마련하고파 안달이야?"

수인은 채희 눈길을 외면하고 시선을 돌린다.

"엄마도 왜 이래. 모처럼 가족끼리 모여 저녁식사 하려는데 내가 요리 좀 하기로 서니 뭐가 나빠. 여자 본업이란 게 뭐야? 음식 잘 장만하는 게 아니겠어. 시간 낭비도 아니고 재산 비축과 다름없는 중대한 일과의 하나잖아."

채희가 수인의 허리를 감싼다. 수인은 채희의 손길을 뿌리친다. 어떻게 시모 앞에서 채희를 박대할까. 수인은 흠칫한다.

정림 여사가 성희에게, 수인이 채희에게 애정을 쏟기로 한 건 고부 사이의 묵계였다. 그건 한 둥지 안에서 자신의 자리를 굳히기 위한 안간힘이요 방패막이었다. 고부간의 힘겨루기에서 졌다는 낭패감이 수인을 혼란으로 빠뜨렸다. 그 힘겨루기에서 승리할 유일한 방법은 자신에게 맡겨진 타인의 혈육에 대한 애정 어린 양육이었다. 때때로 사랑의 매질은 양약이 되었다. 수인이 지금 가한 행동은 사랑의 매질이 아니라 미운 감정의 폭발이었다. 근자에 수인은 채희와 마주치면, 이 아이는 내가 키운 나의 딸이 아니라 이제까지 나를 괴롭혔으며 앞으로도 나를 괴롭힐 독종으로 여겼다.

그 여자를 너무나도 쏙 뺐어.

채희가 자랄수록 수인은 그 사실을 지우기 위해 처절한 노력을 기울였다. 그 여자야말로 나를 괴롭힌 독종 중의 독종이었지.

남의 남편을 가로채고 그것도 부족해 죽음으로 유도한 악녀였어. 왜 이제까지 잘 참았는데 쓰디쓴 잔을 다시 음미해야 할까. 정 박사의 출현으로 채희가 목에 걸린 가시로 변한 건 아닐까. 수인은 격렬해진 감정을 추스르지 못해 몸을 홱 돌린다.

"이러지 마, 엄마. 내게 잘못이 있다면 용서해 줘, 응."

채희가 양손을 싹싹 비빈다.

수인은 자리를 털고 일어선다. 다시 채희가 품속으로 파고들며 잔재주 부릴 걸 생각하면 견디지 못할 것 같다.

"무얼 장만하려고? 보아하니 돈도 엄청 든 것 같은데."

성희가 찬거리를 살핀다.

"역시 큰언니가 최고야. 용돈 모아둔 걸로 샀어. 알배기 참조기는 소금 절여 구울 거야. 멍게와 낙지는 초고추장 곁들이고. 쇠고기는 다른 채소랑 신선로 만들고, 나머진 쑥전을 부칠 거야. 별미치곤 특급 별미거든. 산 속에서 갓 캔 거라 쑥이 부드러워."

"어디서 쑥을 캤지?"

정림 여사가 쏘아본다.

"할머님도 참, 별 걸 다 물으시네. 생선과 회는 수산시장에서 샀고 쑥은 제가 캤어요. 제가 누구 손녀유? 할머님에게 물러 받은 유전이요 어깨 너머로 익힌 음식 솜씨를 선보일 테니."

"어디서 쑥을 캤니?"

조모의 추궁이 거듭 되자, 채희는 초조해진다.

"동작봉에서 캤어요."

"거기 쑥이 있는 걸 어떻게 알았지?"

"쑥은 어디든 흔하잖아요. 우리 아파트 둘레에도 많은 걸."

채희 목소리가 떨린다. 노파가 사는 곳을 조모가 모를 리 없겠지. 봉녀가 차려 준 저녁상에 놓인 쑥전이 별미였다. 채희는 그걸 만들어 가족에게 칭찬 받고 싶었다. 과거의 쇠사슬에서 벗어나기 위해선 가족에게 인정받는 거다. 칭찬이야말로 별미 중의 별미일 것이다.

"학원에는 안 나가고 시험도 안 치르고 그동안 어딜 쏘다녔니?"

정림 여사는 서랍 속에 든 통지서를 꺼내 채희 앞으로 던진다. 학원 측에선 달마다 치른 성적표와 출결석이 적힌 통지서를 집으로 우송했다. 통지서에는 채희가 칠월 모의고사를 치르지 않았으며, 출결석 기재 표에 칠월 내내 결석이라 적혔다.

"왜 제가 공부해야 하는지 이유를 알 수 없었어요."

막내손녀의 풀 죽은 자태가 더욱 정림 여사의 신경을 거슬린다. 수인이 채희에게 의무로 애정을 쏟는 거라면, 정림 여사는 경계선을 그어 대했다. 며느리가 책임질 권한을 간섭하기도 싫었고 혈육의 정이 우러나오지 않아서였다. 채희 생모가 내 아들을 수렁으로 몰아 죽음으로 유인했던 악감이 채희를 대하면 어김없이 되살아났다. 정림 여사를 더욱 난감하게 한 건 성희의 순종이었다. 심성이 착한 성희는 정림 여사의 훈육에 알맞게 길들였다. 예절바른 행동과 충정어린 태도는 정림 여사가 품어온 요조숙녀의 표본이었다. 성희는 조모가 입을 벌리면 혀끝을 감싸고도는 침샘이었다. 순종의 표본인 성희에 비해 자극과 반항을 일삼던 채희와 마주치면 정림 여사는 며느리랑 힘겨루기에서 승리했다던 쾌감보다도 참담한 열등감이 앞을 가렸다. 타고난 본성을 뒤바꾼다는 건 인력으로선 불가능한 일이었다. 두 손녀의 행동반경은 극과 극이었다. 그래도 며느리에게 채희를 잘못 가르쳤다고 추궁할 수도 없는 문제였다. 아직도 집안을 다스리는 건 당신의 손아귀에서 좌지우지 되었다. 하지만 성희가 잘못을 저지르면 며느리가 시모에게 책임을 물을 순 없었다. 채희의 잘못도 시모가 며느리에게 책임을 따질 문제가 아니었다.

"왜 그런 생각을 했지?"

정림 여사의 추궁이 점점 막내손녀를 압박한다. 채희는 혀가 굳고 다리가 후들거려 식탁의자에 주저앉는다. 식탁 위에 놓인 멍게가 채희 눈에 잡힌다. 거북한 순간을 넘기기 위해선 요리에 몰두하는 거다. 채희는 떨린 손으로 칼을 들고 멍게 껍데기에 난 돌기를 떼어낸다. 피익 소리 내며 물집이 솟아오르더니 채희 얼굴에 확 끼얹는다.

"이리 줘. 멍게 다듬기가 보통 힘든 게 아니란다. 냄새도 지독하잖아. 빨리 얼굴 씻고 할머님의 말씀에 대답해."

성희가 조모의 눈치를 살핀다.

"참견하지 마. 난 내 하고 싶은 걸 할 거야."

채희가 신소리 낸다.

"누굴 바보로 아나 봐. 언제 너 하고 싶은 걸 안 했니?"

성희가 역성 낸다.

"정말 큰언니까지 왜 이래. 모두 나를 따돌리기로 작정한 것 같아. 큰언니가 할머님 앞에서 나를 닦아세운 게 좀 이상하네."

채희가 눈을 희번덕거린다.

"뭐가 이상해?"

청희가 일어나 여동생에게 맞설 자세를 취한다.

"아냐. 아무 것도 아냐."

채희가 엉너리친다.

"네 눈은 야광충처럼 번들거리고 속내는 보호색에 따라 변한 카멜레온처럼 도무지 종잡을 수 없어. 넌 어디서 주워 온 무지렁이 같아."

문희 입에서 나온 독침이 채희의 가슴에 꽂힌다. 채희는 비실비실 거리며 손에 쥔 식칼로 도마 위를 두들긴다. 청희가 재빨리 채희에게 식칼을 빼앗는다.

"아무도 나를 몰라, 나를 몰라 준다고."

채희가 울부짖는다. 봉녀의 눈빛이 야광충처럼 번들거렸던 것이다. 꺼이꺼이 울며 몸부림치자, 눈에 낀 콘택트렌즈가 빠져나갔다.

"내 렌즈 어디 갔어. 렌즈 좀 찾아 줘."

채희가 엉겁결에 고함친다.

"장님이야? 그것도 못 찾게. 만날 엄마처럼 네게 시중 들 줄 알았어? 우리 집엔 안경쟁이가 없어. 칠순 넘은 할머님도 돋보기 사용을 안 하신다. 넌 정말 돌연변이야."

청희가 미운 감정을 쏟아낸다.

"그래, 어쩔래. 난 돌연변이다. 우리 집에 돌연변이가 나 하나 뿐인 줄 알아?"

채희 얼굴이 일그러졌다.

수인은 얼른 그 자리를 피하고 싶었다. 외출하기 위해 현관으로 나가는데 채희가 하소연한다.

"엄마, 렌즈 찾아 끼워 주고 나랑 같이 가. 응, 엄마."

수인이 채희의 하소연을 외면한 채 현관 손잡이를 잡은 순간, 무엇이 날아와 현관문 벽을 치고 떨어진다. 깨진 달걀에서 흰자위와 노른자위가 뒤엉켜 흘러내린다.

"일찍부터 알아봐야 했어. 달걀 세례 받아야 할 상대는 바로 너네들이야."

채희는 식탁 위에 놓인 달걀을 손에 쥐고 성희를 향해 던진다.

"잘 들어, 성희, 넌 잡종이야. 고급 잡종이지만 넌 한가가 아니고 정 씨야. 정성희라고. 나도 잡종이지만 천한 잡종이지. 하지

106

만 난 성이 당당한 한가고 한채희인 건 분명해. 정림 여사님의 친혈육이거든. 아무리 따돌림 받아도 진짜 혈육 한채희 앞에 가짜고 남남인 정성희가 할머님을 감싸고도는 게 이상치 않아? 다들 그런 멍청한 눈빛은 질색이야. 감동으로 빛난 눈빛을 보여 줘."

재방송은 안 할 테니 잘 들어. 우리들의 아버지 한주열 교수가 이미 다른 남자 씨를 잉태 중인 이수인 미혼모를 사랑해 결혼한 거야. 물론 한청희와 한문희는 순종이지. 한주열 교수랑 이수인 여사 사이에 태어난 공인된 자매인 건 분명해. 순종인 이상 자존심이 있어야 할게 아냐. 그까짓 가면 애정을 좀 빼앗겠다고 나팔불게 뭐람. 난 말이야. 한주열 교수가 남몰래 슬쩍 바람 피워 어쩌다 작부의 증손녀 사이에서 생긴 미운 오리 새끼지. 세칭 일컫는, 우리 자매들은 세 갈래로 분류 되었거든. 당신 아이, 우리 아이, 나의 아이라고."

채희는 울부짖으며 길길이 날뛴다. 엄청난 비밀을 폭로한 사실을 감당 못해 공포에 사로잡힌다.

욕망의 그늘

1

아침 일찍 집을 나간 미란이 자정이 되어 돌아왔다. 훈종은 아내의 뒤늦은 귀가에도 아랑곳없이 계속 텔레비전 화면에 시선을 둔다.

"어쩐지 이상하더라. 서재에 불 켜진 걸 보고 나를 기다린 줄 알고 발걸음을 재촉했는데."

훈종은 아무런 대꾸도 없다.

"내가 왜 석녀인지 이유를 모르겠어. 산부인과 박사님, 속 시원히 답해 줄 순 없나요?"

미란은 아침부터 아이를 갖기 위해 노력했지만 돌아온 건 허허로움이었다. 운명 감정소, 종합병원 진찰실 등 신물 나도록 돌아다녔다. 그들은 남편의 협조가 있어야 한다는 걸 누누이 강조

했다

"내 사전엔 석녀란 단어는 없어. 기필코 아이를 낳고 말 테다."

미란의 입 꼬리가 아래로 쳐질수록 분노의 앙금은 바깥으로 터질 시한폭탄이었다. 가끔 미란은 싸늘한 눈초리로 훈종을 쏘아보았다.

당신의 맥은 찬피일까요, 온피일까요.

차지도 안하고 덥지도 않은 중간치.

자문자답한 미란의 검붉은 입술에선 바늘이 튀어나왔다. 남에게 상처 주는, 모난 성격의 아내와 맞부딪히면 훈종은 참담한 기분에 빠져들었다.

미란은 생명 경시 사상이 뿌리박혔다. 훈종과 동거하며 아이를 낳지 않겠다고 선언했다. 삶이란 살며 즐기는 거지 왜 아이를 낳아 생고생 하느냐가 미란의 주장이었다. 훈종도 아이를 원치 않았다. 수인이 낳은 자신의 피붙이가 살아 있는 한, 미란이 낳은 아이가 달가울 리 없었다.

"아기를 낳던 안 낳던 그건 당신 자유야."

훈종이 화를 삭인다.

"나의 사전엔 이혼녀란 단어는 없어."

미란은 탁자 위에 놓인 난초 화분을 집어 든다. 훈종이 미란에게 그걸 빼앗아 먼저 선수 친다. 탁자 위를 향해 힘껏 내리친 난초 화분이 산산조각 난다.

"경망 떨지 마. 나의 사전엔 이혼남이 반드시 존재하니까"

미란은 허망해진다. 날이 갈수록 훈종의 폭력은 자신의 완력으론 당하지 못했다. 처음부터 그를 이길 순 없었다.

불혹을 넘기자, 미란은 훈종이 귀국하기 위해 서둔다는 걸 알았다. 자신도 타국에서 여생을 마칠 생각은 없었다. 언니가 가산을 정리하고 서울로 돌아간 뒤부터 파리를 등지고 싶은 생각이 절절해졌다. 문제는 귀국하면 수인과의 대결이 불가피한 사실이 미란을 옥죄었다. 훈종을 가로채고 동거에서 결혼까지 했지만 진정한 승부는 이제 시작이었다.

2

어느새 가을인가. 나무마다 잎들이 붉게 물든다.

수인은 사무실에서 창밖을 내다본다. 한강이 바로 내려다보여 위안을 준다. 깨알 같은 글과 씨름한 나날들이었다. 전망이 확 트인 시야는 정신 안정제와 다름 아니었다. 전화벨이 울려 수인은 수화기를 든다.

"노을이 아름답구나. 별일 없을 테지."

시모의 목소리가 전파를 타고 귓가에 맴돈다. 퇴근시간이 거의 일정하던 며느리가 근자엔 밤늦게 귀가한 데 대한 우려일 것이다.

"오늘 밤은 제가 늦더라도 편히 주무세요."

훈종과 만나기로 예정 되었다.

"밤공기가 차가울 테니 겉옷을 껴입어라. 서풍이 부니 곧 비가 올 것 같다. 근데 말이야. 내가 네게 너무 무거운 짐을 맡겼어."

막내손녀의 가출로 마음고생이 심한 시모의 모습이 훤히 보인 듯하다.

"아닙니다. 제가 짊어질 업이잖습니까."

수화기를 놓자, 열린 창으로 빗방울이 후드득 떨어진다. 갑자기 뇌성과 번개가 창공에 타탕탕 대포를 쏜다. 그 불꽃 속에서 타오르며 소멸된 두 얼굴이 수인의 뇌리를 스친다.

결혼한 지 이태 지나 수인은 가족과 함께 부산으로 이사 갔다. 주열이 D대학 전임강사로 발령받아 부임하기 위해서였다. 그 대학총장은 정림여사의 친척이었다. 주열의 민속학 강의를 높이 평가해 전격적으로 영입했다. 교내에 민속 자료실을 마련하기 위해선 민속학의 전문요원도 필요해서였다. 주열은 직장에선 열정 쏟는 교수였다. 가정에서도 성실한 가장이었다. 그런 와중에 주열이 이상한 행동을 보인 건 음반 수집이었다.

주열이 수집한 음반은 가곡, 유행가, 판소리 등 다양했다. 나팔 모양의 레코드와 가야금, 북, 징 등 옛 민속품을 수집해 월급이 바닥나곤 했다. 생활비는 정림 여사의 저금통장에서 지출돼 그런대로 넘겼다. 그 방은 서재였다. 책은 멀리하고 유행가와 판소리 가락이 흘러나와 고부는 근심에 쌓였다.

내 목소리가 좋다고 학생들이 야단이야. 목소리 틔우기 위해 산속 수려한 곳으로 다니며 판소리를 익힌 게 얼마나 다행인지 몰라.

수인은 조심스레 물었다.

당신은 교수 아닌가요?

교수는 만능이 돼야 해. 그래야 수강생들이 구름떼처럼 모여들거든.

주열은 한껏 혈기를 뿜어댔다.

또 다른 버릇은 백지에 사람 얼굴을 그려 가위표로 딱지 붙인 작업이었다. 처음 수인은 그림의 얼굴이 누구인지 알지 못했다. 그 작업을 하면 주열의 눈은 증오로 불탔다. 그림을 그린 횟수가 잦아지더니, 그린 얼굴에 마구잡이로 짓이기며 낙서도 해댔다. 수인은 주열 몰래 증오의 상대가 누구인지 살펴보았다. 찢어진 화선지를 맞춰 봤더니 얼굴 모습은 달라 보여도 인상은 비슷했다. 여러 날을 두고 살피자 누구인지 감이 잡혔다. 수인은 깜짝 놀랐다. 어떻게 그가 훈종의 얼굴을 알아냈을까. 알고 보니 인평을 통해서였다.

그 당시 인평은 부산에서 법무관으로 근무했다. 주열이 훈종의 사진을 보고 싶어 해도 인평이 무턱대고 보여 줄 리 없었다. 주열이 인평네 집에 들려 친구끼리 서재에서 바둑 두다 인평이 자리 비운 뒤였다. 책장 속에 든 사진첩을 펼쳐본 주열이 훈종의 얼굴을 알아냈다.

그 다음은 성희에 대한 무관심이었다. 지나친 편애에서 무관심으로 바뀌자, 성희의 칭얼거림이 더했다. 여섯 살 아이가 내비친 무관심의 반응은 민감했다.

아빠, 용두산 공원으로 데려다 줘. 해운대에 수영하러 가.

칭얼거리면 주열은 못들은 척했다.

정림 여사가 성희를 감싸도 수인의 충격은 컸다.

수인을 대하는 태도도 예전 같지 않았다. 잠도 서재에서 잤다. 밤이면 훌쩍 떠나 새벽이면 들어오곤 했다. 외박하는 날도 잦았다. 수인이 견딜 수 없는 건 가정에 대한 무관심보다도 직업에 대한 경시였다. 교수가 불성실하면 먼저 반응을 보인 게 제자들이었다. 한주열 교수에게 여자가 생겼다는 소문이 나돌았다. 주열이 주일 새벽에 생쥐 같은 모습으로 귀가하자, 수인은 더 이상 참을 수 없었다.

"난 당신이 가르치는 직업을 얼마나 보람으로 여긴 줄 몰라요. 결강할 정도로 소중한 일이 있다면 교수직을 그만 둬야죠."

"미안해. 앞으론 당신의 남편으로 교수로서 성실히 살겠다고 약속할게."

아내에게 잘못을 비는 주열의 표정이 밝게 빛났다. 주열은 트럭에 아내와 음반과 민속품들을 싣고 야산으로 향했다. 주열은 태울 건 태우고 버릴 건 넝마주이에게 넘겼다.

나의 방황은 헛된 것이 아니었어. 무엇보다도 난 당신 아니면 아무 것도 할 수 없다는 거였어.

주열이 부르짖었다. 나는 다시 태어났노라고.

직장에선 주열의 가르침이 예전보다 더 진지했다. 가정에도 예전처럼 성실한 가장으로 되돌아왔다. 그의 참회 앞에 수인도 자신을 되돌아보았다. 훈종과 성희가 없었다면 주열의 방황도 없었을 거라고. 수인도 더욱 아내 노릇에 충실했다.

그 해 겨울이었다. 새벽 산책 나갔던 주열이 갓난아이를 안고 귀가했다.

"세상에 피붙이를 버리다니. 망해도 보통 망한 집안이 아닌가 봐. 여보, 이 아이를 어떻게 하면 좋겠어?"

주열이 화끈 달아오른 얼굴로 서성거렸다.

"경찰서에 신고해 친부모를 찾아 줘야죠."

수인은 대수롭잖은 반응을 보였다.

"내 참, 교육자 아내가 어떻게 그런 망발을 하지?"

주열이 뜨악하게 나왔다.

"망발이라뇨?"

"우리가 키워야지. 바로 우리 집 앞에 버려진 아이는 우리 아이와 다름 아니잖아. 업둥이를 버린 교수, 신문에 대문짝만하게 실릴 제목이군."

수인은 아찔했다. 교육자 아내로서 어떤 일을 감내 하고파도 남의 아이를 키우는 건 못할 노릇이었다. 가슴 조여야 했던 성희의 출생과 쌍둥이를 낳아 기른 고통 또한 컸다. 수인은 정림 여사의 눈치를 살폈다. 낳은 자식 귀중히 키우자. 아들이 없어도 괜찮다, 라며 며느리에게 복강경 수술까지 하게 한 시모였다. 쌍둥이를 낳을 때 난산이었다. 수인이 더 이상 아이를 낳는다면 목숨까지 위태롭다던 의사의 진단을 받아서였다. 아들의 원이라면 거의 받아 들였던 정림 여사였지만 이번 일은 절대 안 된다고 완강히 거절했다. 파출부가 도와도 일손이 딸리는데 이 무슨 자선 행위냐며. 고부의 반대에도 주열은 당분간 맡아 길러 보자며 고집 부렸다.

해가 바뀐 가을, 수인은 여느 날과 다름없이 아이들 뒷바라지에 정성을 쏟았다. 성희는 유치원, 쌍둥이 자매는 어린이 집에 맡겼다. 채희에겐 우유 먹이고 기저귀를 갈아 끼우는 등 고단한 나날을 보냈다.

시간이 지날수록 고부는 암암리에 주워온 아이가 주열의 친자임을 알아차렸다. 먼저 주열의 행위에서 여실히 드러났다. 아이를 미워해도 성희에게 보였던 미움과는 달랐다. 아이를 냅다 던졌다 가슴에 안았다 애증의 갈등을 심하게 나타냈다. 수인은 아이 엄마 노릇을 성실히 하다가도 역성을 냈다.

당분간 키워보자 하고선 시간을 오래 끈 게 아녜요?

우리가 맡아 길렀는데 끝을 봐야지.

왜 우리가 남의 아이를 끝까지 돌봐야 하죠?

내가 성희를 사랑하듯 당신도 채희를 사랑해 봐. 사랑은 모든 걸 수용하고 견디는 거야. 견디는 건 참는 거고 참는 건 이기는 거야.

누구에게 이긴다는 거죠?

당신과 나를 갈라놓으려는 저주 앞에.

주열의 태도로 봐서 아이의 아빠임이 사실로 드러났다. 수인이 마음의 동요를 가라앉힐 수밖에 없었던 것은 주열이 무엇에 쫓긴 듯해서였다. 그에게 아이를 기를 수 없다고 하는 건 그와 헤어짐을 뜻했다. 더구나 정림 여사가 성희를 지나치게 싸고돌던 것도. 내가 성희를 이렇듯 잘 키우므로 너도 업둥이를 잘 키우란 일종의 시위였다.

그날, 수인이 마루에서 채희에게 죽을 먹일 때였다. 열린 대문 사이로 낯선 여자가 뜰을 지나 마루에 걸터앉았다. 당돌하면서도 남을 업신여긴 고자세였다. 정림 여사는 외출 중이었고, 아이들은 뜰에서 바깥으로 드나들며 뛰놀았다.

남의 아이를 품에 안은 기분이 어떠세요?

수인은 머릿골이 띵했다.

댁은 누구시죠?

몰라서 물어? 채희를 줘.

못 줍니다.

수인은 아이를 꽉 조여 안았다.

못 준다고? 참으로 웃겨.

여자가 아이를 왁살스레 빼앗아 품에 안았다. 아이가 앙앙 울었다. 여자가 뜰을 맴돌며 아이를 달래도 아이는 더한층 자지러지게 울었다

"얼른 우리 집에서 나가세요. 채희는 이리 주고요."

수인은 여자에게 아이를 받아 안았다. 아이가 울음을 그쳤다.

나를 이 집에서 나가라고? 네가 짐 챙겨 이 집에서 나가 줘. 내일부턴 내가 이 집의 안방마님이 되는 거야. 알겠지? 오늘 밤에 한 교수랑 담판 지을 테니.

여자가 앙칼지게 쏘아붙였다. 대문께로 나가던 여자가 청희와 문희 등을 쓰다듬고는, 성희를 향해 눈을 흘겼다.

너도 네 엄마랑 이 집에서 나가 줘.

수인은 더 이상 참을 수 없었다. 주열과 담판 지을 사람은 바로 나라고 벼르는데, 뜻밖의 사건이 일어났던 것이다.

그날도 비는 세차게 쏟아졌다. 집을 나간 주열이 일주일 지나도 돌아오지 않았다. 가족보다도 더 안절부절 못한 건 D대학 관계자들이었다. 예고도 없이 결강하니 어찌된 영문이냐는 전화가 집으로 왔다. 아무리 기다려도 주열은 나타나지 않았다. 고부는 사흘 밤을 뜬눈으로 지새우고는 주열을 찾아 나섰다. 종일토록

주열을 못 찾고 치친 몸으로 귀가하자, 어떤 여자가 방문했다.

홍자 에밉니다. 화급한 일이 생겼으니 지체 말고 갑시다.

여자가 안내한 곳은 어느 외진 과수원이었다. 방안에 누운 남녀 시체를 보고 정림 여사의 장탄식이 터졌다.

결국 당신 딸이 내 아들을 죽였군.

무슨 해괴한 말씀을. 지금 그걸 따질 땝니까. 장례를 빨리 서둘러야지요.

여자가 협박조로 몰아붙였다. 고부도 고집 부릴 상황이 아니었다.

수인은 현장에서 일어난 장면을 보고 사건의 내막을 짐작했다. 홍자는 주열에게 아이를 빌미로 한 교수 사모 자리를 원했고, 그가 거절해서 일어난 사고였다는 걸.

정림 여사는 D대학총장에게 도움 청했다. 사망의 원인은 심장마비라 알려졌다. 장례식은 감쪽같이 해치웠다. 갑자기 억장 무너진 꼴을 당한 정림 여사는 아들의 흔적을 지우는데 혈안이었다. 수인도 주열의 흔적을 지우는데 동참했다. 교직자가 가장 경계해야 할 게 여자 관계였다. 무엇보다도 고부는 아들이요 남편을 용서할 수 없었다. 더욱이 수인은 주열을 자살로 이끈 건 자신의 과거 때문이란 좌절감에서 헤어나지 못했다.

주열의 장례를 치르고 난 뒤였다. 수인은 서울로 이사 가기 위해 짐을 정리하다 서재에서 수첩을 찾아냈다.

성희를 대하는 내 태도가 왜 이리도 불편할까.

그날 호수를 내려다 본 수인의 눈빛을 보고 내가 원했던 순전한 여인임을 알고 청혼했는데. 아내가 되어도 수인은 누군가를 향한 그리움의 눈빛을 담은 듯했다. 성희를 귀여워하고 정성을 쏟은 것도 수인의 순전함을 내 것으로 소유하고픈 갈망이었다. 창가에 서서 누군가를 기다리는 듯한 자태, 하늘을 보며 애절한 소망이 담긴 눈빛조차도 누군가를 그리워 한 몸짓이었다.

마리아도 그랬을까.

창조주를 향한 온전한 순종 앞에 동정녀로 아기를 잉태하고 하늘을 우러르며 애절한 소망이 담긴 눈빛을 던졌을 때, 요셉의 마음은 어떠했을까. 필시 나 같진 않았으리라. 왜냐면 마리아는 누군가를 향한 몸부림은 없었을 테고, 어느 누구에게도 창조주는 질투의 대상은 아니니까.

고난이 내게 유익이라면 그를 사모하고 그린 것도 내게 가시가 된다는 걸. 비록 내가 가시에 찔러 피를 철철 흘릴지라도 나는 고난에 기꺼이 참여하는 순례자가 되리라.

수인이 수첩에 적은 신앙 고백이었다. 나는 분노로 몸을 떨었다. 그건 주님을 향한 신앙 고백이 아니었다. 옛 연인을 향한 사랑 고백이었다.

음반을 구입했다. 창이었다. 적벽가와 홍부가 외에도 무속곡도 들었다. 곡을 듣자 홍미가 당겨 또 음반을 구입했다. 하나를 가지면 열 개를 채우는 게 수집자의 근성이었다. 어느새 나는 음반 수집광이 되었다.

성희를 바라보는 수인의 눈빛이 예사롭지 않았다. 누군가를 그리워하던 눈빛이었다. 내가 희구하던 순전한 눈빛이었다. 왜 몰랐을까. 성희가 수인을 닮지 않았다는 사실을. 나는 정훈종의 사진을 보고 성희가 생부를 닮았다는 사실을 알아냈다. 수인은 성희를 보고 연인을 그리던 게 분명했다. 성희와 한 울타리에 사는 한 수인의 순전한 눈빛을 나의 것으로 되돌린다는 건 불가능한 일이었다. 성희를 품에 안은 것도 손에 만진 것조차 싫었다. 성희를 보면 정훈종을 떠올렸고 증오가 걷잡을 수 없이 일었다.

요즈음 내겐 못된 버릇이 생겼다. 판소리 가락을 들으며 정훈종의 얼굴을 그려놓고 낙서 하는 일이었다. 나날이 그 일이 재밌고 짜릿한 쾌감 또한 일었다. 그 뒤의 공허감은 음반을 구입한 것으로 메웠다.

민속학 강의가 있어 상경했다. 인사동에 들려 탈 전시장에서 양반탈 한 쌍을 골랐다. 내가 강의 할 내용도 '하회 별신굿 양반

탈'이었다. 탈은 생각보다 값이 비쌌다. 어떻게 할지 망설이는데, 내 등 뒤에서 값의 절반은 내가 치루겠다고 누군가가 선뜻 나섰다. 오홍자였다. 강의 때마다 앞자리에 앉아 경청하던 낯익은 여자였다.

오실 줄 알고 기다렸어요. 전 교수님의 강의 찬미자랍니다.

의외의 반응에 내가 선뜻 물었다.

어떻게 내가 올 줄 알았나요?

한국학 세미나가 경복궁에서 열렸잖습니까. 인사동에서 인간 문화재 탈 전시회가 열리는데 그냥 지나치진 않으리라 생각 했거든요. 사실 이런 유형에 관심 갖는 분들이 적어 전시회에 가보면 그 얼굴이 그 얼굴이잖아요. 뭐랄까. 자석처럼 끌어당긴 힘이랄까요.

홍자가 먼저 값을 치르고는 나의 팔짱을 꼈다.

나는 답례로 홍자와 찻집으로 가서 차를 마셨다.

양수리에서 내일 밤에 놀이마당을 펼친대요. 탈을 살 때 초청장을 받았잖습니까. 우리 같이 가요.

홍자가 끈질기게 권유했다. 우리는 양수리로 가서 탈춤놀이에 참가했다. 여러 사람들이 하회 별신굿 양반탈 놀이에 취했다. 양반 체통을 드러낸 위엄, 권위, 덕성스러움을 뛰어 넘어 양반의 권위는 허세와 비리와 거드름을 피운 쪽으로 춤사위가 변했다. 한바탕 춤추고 나서 우리는 탈 이야기로 밤을 새웠다. 놀이마당에 들어갈 땐 손을 잡고 나란히 들어갔는데 나올 땐 내가 먼저 나왔다. 수인에게 느꼈던 순전함이 짝에겐 없었다. 두 번 다시 그 여자를 만나고 싶지 않았다. 순전함 없는 미녀는 순전한 추녀보다 못하다는 걸 강하게 심어주었다. 내가 더욱 감사해야 할 건 수인이 추녀가 아니란 사실이었다.

두어 달 지나 홍자를 다시 만났다. 강릉에서 신사임당과 율곡 선생의 추모제에 내가 강사로 초청 받아서였다. 그들 모자의 혈연과 시를 설명하는데 역시 홍자는 강의실 앞자리에 앉자 경청했다.

전 교수님의 강의를 듣기 위해 서울에서 밤기차 타고 왔는걸요.

홍자의 진솔한 고백을 듣자 묘한 감성이 일었다.

나는 홍자의 애절한 눈빛을 저어할 수 없어 모텔로 가서 동동주 맛에 취했다. 자정이 넘어 우리는 서로를 껴안았다. 홍자의 촉촉한 입술을 보자 끓어오른 욕정을 저어할 수 없었다.

직장 생활은 엉망이었다. 목이 뻑뻑해 오고 명치끝이 송곳으로 찌르듯 아팠다. 홍자는 대담하게도 대학 근처 여관방에서 진을 치고 유혹의 손길을 뻗쳤다. 우리는 다시 관계를 맺었다. 홍자는 나의 출근길과 퇴근길을 가로막고 협박하며 나를 여관으로 유인하기까지 했다.

나의 여자관계가 소문나자, 어머님이 알고 홍자를 만난 것 같았다. 상당량의 돈을 주고 설득까지 했던 사실을 나는 뒤에 알았다.

홍자가 자취를 감추자, 나는 지리산으로 올랐다. 어머님과 수인에게 알리곤 집을 나섰다. 결혼 전에도 종종 목소리를 틔우기 위해 찾았던 암자에서 나를 점검하고 싶었다. 탐욕으로 일그러졌던 나의 두뇌가 깨끗해짐과 동시에 '비움의 미학'이 나를 사로잡았다. 나를 버려야 진정 내가 올바르게 변화 된다는 걸 터득하곤 하산했다.

나는 음반과 그에 관한 걸 불태웠다. 나는 진정 교수가 되겠노라고 어머님과 수인에게 맹세했다. 나는 예전처럼 성희를 포근히 안아 주는 아빠가 되었다.

새벽 산책을 마치고 귀가 길이었다. 가로등 불빛 아래 비친 웬 시커먼 그림자가 어른 거렸다. 나는 걸음을 멈췄다. 홍자 모녀였다. 아이를 안은 홍자를 보자, 나는 귀가 멍멍해지며 명치끝이 쑤셨다. 뒤따라 온 동료 교수들이 얼음장처럼 변한 나의 어깨를 툭 치며 지나쳤다. 그들은 새벽 산책의 회원들이었다.

인사하게나. 나는 홍자 어미고 이 아이는 자네 딸일세.

모녀는 멍하게 서 있는 나를 고문했다. 내가 고문에서 헤어날 유일한 방법은 그 자리를 도망치는 거였다.

홍자 모녀는 나를 협박했다. 모녀는 내가 이혼하지 않으면 법의 투쟁까지 불사하겠다고. 나는 아이가 남의 피붙이길 바랐다. 교직자가 당한 시험 중엔 그런 유형도 있어서였다. 천륜은 피부로 느낀다던가. 아이가 나의 피붙이인 건 의심할 여지가 없었다. 절대 절명의 위기에서 벗어나기 위해 나는 하나님께 부르짖었지만 헤어날 출구는 없었다.

나는 홍자 모녀와 담판했다. 이혼은 절대 못하겠으니 다른 방법이 있으면 수락하겠노라고. 모녀는 새벽 산책길에서 이 아이가 누구 씨인지 동료들에게 알리겠다고, 아이를 데리고 학교에 가서 폭로하겠다고, 협박했다. 피할 방법이 없었다. 내가 워낙 모질게 대하자, 홍자 모녀는 아이를 맡아 키워 달라 하고는 떠났다. 나는 아이를 안고 집으로 왔다. 수인을 바로 쳐다볼 수 없었다.

어머님도 수인도 아이 아빠가 나란 걸 눈치 챈 것 같았다. 지난번 어머님이 홍자를 만났을 때 홍자가 임신한 걸 알았다면 어머님은 무슨 수를 써서라도 낙태하라고 설득했을 것이다. 홍자도 임신한 걸 상경해서 뒤늦게 알았다고 실토했다.

수인은 나와 마주치면 나를 속이는군요, 라는 뜻이 담긴 의심의 눈초리로 바라보았다. 수인, 난 당신을 속인 게 아니야. 나의 입에서 불륜을 고백하면 당신을 놓칠 것 같아 두려웠던 거야.

홍자가 다시 찾아온 건 십 개월 지난 뒤였다.

내겐 오직 한 교수뿐예요.

난 절대 이혼 못해.

난 절대 한 교수 아내가 될 테니까.

홍자는 교수실까지 찾아와서 나를 극도의 혼란으로 빠뜨렸다.

수첩에는 더 이상의 기록은 없었다. 수인은 주열이 어떻게 숨졌는지 알지 못했다. 정림 여사와 함께 현장으로 달려갔을 땐 시체는 염습하고 난 뒤였다. 홍자네는 비밀이 외부로 새 나가는 게 두려워 과수원지기에게 부탁해 염습장이를 불러 염습해 두었다고 했다. 수첩에 나타난 글을 살펴보면 이 세상을 하직하기까지엔 부족한 내용들이었다. 결정적인 단서가 될 내용이 누군가에 의해 찢긴 흔적이 뚜렷했다.

주열이 죽음의 현장에서 남긴 게 녹음 테이프였다. 주열의 마지막 목소리, 숨을 거두기 전 힘겹게 고백한 내용이었다.

수인, 난 당신을 사랑해, 당신을 사랑해, 수인.

아들의 흔적을 지우기 위해 정림 여사는 수인에게 물었다.

"얘를 고아원으로 보낼까? 외국으로 입양 시킬까?"

단순히 며느리 뜻을 묻는 게 아니었다. 아이를 우리가 키울 수 없다는 단호한 태도였다. 아무리 아들의 혈육일지라도 불륜의 씨앗을 거두진 못한다. 아들을 죽음으로 이끈 사악한 여자가 낳은 피붙이를 내 손녀로 받아들일 수 없다는 뜻이었다.

제가 키우겠어요.

수인의 단호한 결심이었다.

주열의 마지막 유언이 올무였다. 생을 마감하며 내뱉은 육성을 듣고 수인이 다짐한 건 사랑의 완성이었다. 난 당신을 사랑한다던 주열의 고백이 올무가 되었다. 수인은 사랑의 확증을 얻기 위해 채희를 친딸 이상으로 키울 의무를 스스로 져야 한다고 마음에 새겼다. 그건 사랑의 승리일 것이다. 성희를 친딸 이상으로 보살피고 키운 주열을 이길 방법은 그보다 더 채희를 아끼고 사랑해야 할 것이다.

"버려진 아이를 주워 왔는데, 버려도 마땅한 일 아니겠느냐."

정림 여사는 채희를 친 혈육인 사실도 부인하려 들었다.

"제가 잘 키우겠습니다."

"정녕 너의 뜻이 그러하다면 말리진 않겠다."

정림 여사는 수인에게 아들의 실수를 당신이 책임지지 않겠던 뜻을 분명히 밝혔다.

3

북쪽 산등성이엔 안개가 자욱하다. 그 나지막한 산은 아침저녁 산책길로 그만이었다. 약수터도 있어 물맛도 좋았다. 미란은 운동도 하고 생수를 떠 올 겸 해서 자주 약수터를 오르내렸다.

미란은 집 정원 둘레를 돌아본다. 1만 평 넘은 대지 위에 우뚝 선 이층 양옥은 오만하면서도 고귀해 보인다. 파리의 상류사회에 물든 미란의 취향에 맞게 지은 것이다. 외부는 양식이면서 내부는 한식도 고려한 저택이었다. 그 뒤 3만여 평의 동산도 수목과 꽃들로 장식 된, 전원주택이었다.

노랭이 근성이 이만큼 부를 축적한 게지.

미란은 자위한다.

결혼 전은 멋모르고 낭비했지만 결혼 후엔 절약하며 돈을 저축했다. 미숙이 화가로 자리를 굳혔다면 자신은 돈이라도 모아 풍족하게 살고 싶었다.

파리 생활을 마감하기로 하자, 미란은 훈종 보다 일 년 앞당겨 귀국했다. 보금자리를 마련하기 위해서였다.

처음 미란이 관심을 기울인 곳은 서초동 반포아파트였다. 일 이층의 대형 아파트도 있어, 그만하면 고급 공무원들과 재계 인사들 틈새에서 귀족 행세도 하리라 싶었다. 구닥다리 아파트지만 수리를 잘하면 새 아파트처럼 꾸미고, 오층 아파트란 것도 미란의 관심을 끌었다. 구닥다리라면 파리만큼 옛 아파트가 많은 곳도 드물 것이다. 몇 백 년 넘은 아파트들의 고풍스런 품위에 길들은 탓인지 압구정이나 다른 고층 아파트는 눈이 빙빙 돌 정도로 어지러웠다. 다른 무엇보다도 반포아파트 단지 내에 수인이 살고 있어 발길을 되돌릴 수밖에 없었다.

미란은 일산 서부 변두리의 동산과 그 아래 대지를 마련해 집을 지었다. 토지 값이 저렴하고 자연환경이 마음에 들었다. 미란은 건축가에게 집을 짓는 조건으로 자연환경을 살리고, 아이들의 즐거운 놀이터란 주문도 추가했다. 불혹을 넘겼지만 미란은 잉태의 희망을 잃지 않았다.

그 희망의 끈을 붙잡게끔 용기를 실어 준 건 슈나이더였다.

미란은 안채로 오르기 위해 돌층계를 밟는다. 층계 따라 놓인 화분들과 나무들에 둘러싸인 집은 친근감을 안겨 준다. 남향이라 볕바르고 살아가는 덴 더할 나위 없는 보금자리다.

미란은 안방으로 들어와 거울 앞에 앉는다. 얼굴이 푸르죽죽하다. 훈종의 폭력으로 생긴 상처와 나이 먹어 난 기미와 잔주름이 얽힌 모습이다. 미란은 눈에서 콘택트렌즈를 빼내려다 떨어뜨린다. 시력이 낮아 형광등 불빛 아래도 큰 물건들을 겨우 가려 낼 정도였다. 렌즈를 찾기 위해 양손으로 더듬어도 손에 잡히지 않는다. 생리 식염수가 담긴 곳에 넣어야 하는데. 잘못 보관하면 세균 번식으로 눈동자가 벌겋게 변하고 눈두덩이 퉁퉁 붓는다. 안과 의사의 충고가 아니더라도 이젠 렌즈 대신 안경을 사용해야 할 나이가 이미 지났다. 그런데도 미란은 그날의 분위기에 따라 안경을 쓰기도, 렌즈를 사용하기도 했다.

미란은 파리 시청 광장에서 초상화를 그릴 손님을 기다렸다. 파리 생활에 익숙하고 불어도 웬만큼 알아 현지인들과 대화를 나눌 즈음이었다. 때맞춰 슈나이더가 파리지앵을 데리고 왔다.

"레오라고 합니다. 동양의 천사라고요?"

악수를 청한 레오의 손이 질척하게 달라붙었다.

"나를 천사라고 부른 건 환영하겠지만 동양인이라면 좀 섭섭하군요. 난 일본인도 중국인도 아닌 꼬리아 국민이라 '꼬리아 천사'란 게 합당하지 않을까요?"

"옳은 말씀. 초상화를 아주 잘 그린다던데?"

"부족하지만 모델의 특징을 살릴 실력은 갖췄죠."

부잣집 아들이고 잘만 보이면 팁을 넉넉히 준다던 슈나이더의 귀띔을 들은 뒤였다. 미란은 한껏 공손하면서도 나긋나긋 굴었다.

"나의 특징은 뭘까요?"

레오의 미간이 좁혀들었다.

파리의 방랑자일까. 푸른 눈동자와 얇은 입술, 차림새도 기름이 자르르 흐르잖아. 생김새도 곱고. 바람둥이보다 더한 고질병은 영혼의 방랑일 것이다. 섣불리 입을 놀렸다간 봉을 놓칠까 봐 미란은 그물막을 쳤다. 아직 감이 안 잡히니 두고 보자고. 슈나이더의 친구라는 사실도 건둥건둥 그릴 모델은 아니었다. 며칠 두고 서너 번 만난 뒤에야 미란은 속마음을 털어놓았다.

"고독을 부른 보헤미안."

"꼬리아 천사가 나의 외로움을 잠재워 주십시오."

레오는 감격해 미란을 껴안았다. 나는 초상화를 모으는 게 취미다. 이제까지 스물아홉 명의 국적 다른 초상화가랑 관계를 가졌다, 곧 서른 살이 된다, 이번에야말로 나의 방랑에 종지부 찍을 근사한 여인을 만났다. 우리 오늘 밤을 새우자. 세계를 품안에 넣으려고 무던히도 방황했다. 지도를 펴놓고 그 많은 나라에 발자국을 남길 순 없지만 그 나라 여인들을 품에 안곤 했다, 라고 떠벌렸다. 슈나이더도 레오의 고백이 거짓 아니라고 했다. 파리뿐만 아니라 밀라노와 피렌체에도 국적 다른 초상화가들이 득실거린다. 세계 여러 나라 여인들이 그림 공부한답시고 프랑스에 오면 거의 초상화를 그려 학비를 번다고.

미란은 레오가 이끈 호텔에 들어가 레오의 초상화 두 폭을 그렸다. 연필로 그린 것과 천연색으로 그린 것이다. 그 초상화를 들고 레오는 이제까지 그린 초상화 중에 단연 압권이다. 친구들을 불러 멋진 파티를 열자고 했다. 그 파티가 끝난 뒤, 미란은 레오와 열애에 빠졌다. 레오는 날마다 고급 레스토랑과 호텔을 돌며 미란을 꼬리아 천사라고 떠받들었다. 파리지앵들에겐 나의 애인이라 소개했다. 그런 사이 레오 몰래 그의 지갑에 든 돈도 슬쩍 빼내곤 했다.

임신하자, 미란은 레오의 여자관계가 복잡한 걸 알았다. 나를 만난 뒤부터 여자 사냥은 안 한다더니. 나날이 레오의 발길이 뜸했다. 얼굴엔 기미가 끼고 양쪽 볼에는 주근깨가 돋아났다. 레오가 샹젤리제 근처 호텔에서 파티를 주관할 거란 소문을 듣고 미란은 한껏 치장하고는 길을 나섰다. 오동통한 얼굴에 안경이 안 어울려 눈에 렌즈를 꼈다. 파티 장소는 조르주 생크 호텔이었다. 육중하고도 기품 있는 건물에 빼어난 미술품들이 벽을 장식한 초호화 호텔이었다. 꿈에도 그린 호텔에서 레오가 파티를 주관하다니. 미란은 가슴이 부풀었다. 하지만 초대받지 않은 손님이라 호텔 문지기에게 거절당했다. 파티가 절정에 이를 무렵 어수선한 분위기를 타고 경비원 몰래 실내로 들어섰다. 레오의 마음을 되돌리기 어렵다는 걸 헤아린 미란은 무엇이든지 훼방 놓고 싶었다. 네가 내게 욕정을 채웠다면 난 네게 고통을 주리라. 너의 살점을 물어뜯어 아귀아귀 씹어 뱉으리라. 행여 잘못했다고 빌면 용서해 주리라. 뱃속의 아기를 위해서라도. 아니, 레오 아내가 된다면 만사형통의 길이었다. 상류사회 부유층 인사가 되는 것도.

난데없이 나타난 미란을 보고 레오의 목소리가 쩌렁 울렸다.

"마침 잘 왔군. 갈보 갈보 꼬리아 똥갈보."

천사에서 똥갈보로 추락한 순간이었다. 최고의 찬미는 사라지고 최악의 욕설이 미란의 가슴을 후려쳤다.

"내가 왜 불면증에 시달린 줄 알아? 걸핏하면 지갑에 든 돈이 없어지잖아. 내가 바보야? 내 몸에 지닌 지폐가 얼마인지 모를까 봐 얌생이 짓에 눈독 들여, 응? 내겐 아프리카 흑진주도 갈보였고 잉글랜드 백합도 갈보였거든. 하물며 꼬리아 갈보쯤이야. 나의 영원한 짝은 역시 파리지엔이거든. 자크리니 인사해."

갈색 머리 여자가 고개를 까딱였다. 미란의 눈이 뒤집혔다.

"오냐, 너를 삼켜버리마."

미란은 레오를 향해 달려들었다. 악에 받친 미란의 완력보다 레오의 정중한 저항이 더 강했다. 미란은 앞으로 꼬꾸라지며 울컥, 오물을 토했다. 에구머니, 참석자들의 경악이 터졌다. 미란은 이를 앙다물었다. 복부에서 살을 에는 듯한 통증으로 허우적거렸다. 렌즈마저 빠져나가 시계가 흐릿했다. 미란은 손으로 렌즈를 찾으려고 했지만 잡히지 않았다. 누군가가 미란의 손에 안경을 쥐어 주었다.

"슈나이더, 갈보에게 도움 주다니."

레오가 구둣발로 안경 쥔 미란의 손을 짓밟았다.

"자아, 천사라 부를 테니 내 구두에 묻은 오물을 혀로 핥아 봐. 개처럼 말이야."

레오가 고래고래 소리치며 구둣발을 미란의 입에 댔다. 참석자들은 불청객을 내려다보며 조소를 지었다. 미란의 입에선 다시 오물이 쏟아졌다. 아랫배가 뒤틀리며 입에서 똥물까지 쏟아진 순간 쓰러졌다.

그 당시 치욕이 되살아나 미란은 머리를 쥐어짜며 운다. 평소 말수가 적은 훈종이 이혼 운운 할 땐 많이 생각한 뒤끝일 것이다. 아직 합의란 편리한 무기가 남았지만. 그는 녹음기인지도 모르리라. 나의 잘못을 빠짐없이 머릿속에 담아 두었을 것이다. 미란은 짐승처럼 울부짖는다. 옷을 마구잡이로 찢는다. 경대 위에 놓인 화장지도 침대 커버도. 악몽은 다시금 가슴을 꿰뚫어 돌덩어리로 자란다. 미란은 돌덩어리에 짓눌러 직사하기 전, 그걸 쥐고 누군가를 향해 던져야 한다고, 고래고래 악담을 쏟는다.

여태까지 미란을 미란답게 키우고 험난한 가시밭길을 헤친 매혹의 목소리가 꼬드긴다. 그래, 예까지 걸어온 길을 결코 포기할 순 없잖아. 레오에게 버림받고 병원에서 낙태수술 하고 퇴원한 뒤 심한 우울증으로 자살의 충동에 허우적거릴 때였다. 훈종의 등장은 구원이었다. 미란은 벼르고 벼르던 상대에게 돌을 던지기로 작정한다. 가령 그 돌덩어리가 되돌아와 자신의 가슴팍을 칠지라도.

전화벨이 울린다.

"밤이 깊었는데 아직 잠자리에 안 들었구나."

미숙의 목소리가 전파를 타고 울린다. 여느 때보다도 미란은 언니의 목소리가 반갑다. 다시 울음이 터져 나오려는 걸 참으며 냉정을 되찾는다.

"하 부장이 술에 취해 거리를 헤맬까 봐 걱정되어 한밤중에 전화를 걸었어?"

마음과는 달리 미란의 목소리는 차갑다.

"형부는 잠에 빠져 코골이 중이야. 너의 일이 걱정이다."

"걱정도 팔자야. 왜 들쑤셔서 야단이지, 야단이긴."

미란은 목울대를 높인다.

"야단났기 때문에 야단 방비책이 필요해. 정 서방이 형부에게
이혼 선언 했대."

미숙이 단도직입적으로 나온다. 어물쩍거렸다간 동생에게 무
슨 책이 잡힐지 모른다. 순발력 있는 반격이야말로 동생의 저돌
성을 저지할 것이다.

"넌 남편의 몸과 마음을 무기력하게 하는 데도 이골 났어. 정
서방이니 그만큼 참은 줄 알아. 형부였다면 어림도 없어. 벌써 갈
라섰을 걸."

미숙은 석재가 고백한, 당신과 처제는 남남인 것 같아. 난 처
제도 당신 닮은 줄 알고 친구랑 결혼하길 원했지. 친구의 불행한
결혼생활을 보면 내 잘못인 것 같아 괴로워, 라고 한 말을 차마
입에 올리지 못한다.

"그래, 난 흠집투성이고 화가님은 온전한 분이시니 대화가 통
할 리 없었지. 이 어려움을 타개할 신통한 묘책은 없을까?"

미란의 태도가 수그러진다. 극한 상황에서 생고집 부리다니.
솔직히 시인하고 볼 일이다.

"어떻게 남편을 모셨기에 이혼 운운에 휘말려. 자존심 좀 지켜라. 참된 승리는 져 주는 거야, 악바리처럼 목을 꼿꼿이 세우니 종당엔 남편마저 떠나려는 게 아냐."

"독창적이고 섬세한 화필로 호평 받은 화가님의 그림도 하 부장에게 져 주는 데서 비롯된 거로군."

"그야 당연하지. 예술도 평범한 진리에서 우러나온 거거든. 난 우리 결혼식 때 주례 서 주신 분의 말씀을 생활신조로 삼아. 부부끼리 싸움은 하되 이기지 말라는."

"우린 시작부터 잘못이었어. 그인 달아날 궁리만 하거든. 그걸 알고 아이를 원했던 거야."

미란은 인간 경시 사상에 뿌리박혀 아이를 원하지 않았다. 레오에게 당한 수모로 유산한 후유증이기도 했다. 그리고 근원적인 이유가 내내 미란을 괴롭혔다.

영등포에서 봉제공장을 경영하던 부모와 오빠가 화재로 숨진 장면을 목격하고서였다. 하룻밤에 일어난 화재로 생명이 무참한 최후를 맞은 거라면 잉태의 고통은 왜 해야 하는가에 대한 의문이 미란을 괴롭혔다. 절대로 난 아이를 낳지 않으리라 선언한 미란이 파리지앵과의 사이에 임신한 것도 원해서 된 게 아니었다. 어쩌다 남자와 접촉해 생긴 거고, 아이란 존재는 파리지앵에게 부와 명예를 얻기 위한 도구에 지나지 않았다.

얼어붙은 미란의 마음을 데운 건 슈나이더였다. 레오 구둣발에 채여 쓰러진 미란을 병원으로 옮겨 치료 받게 한 것도 슈나이더였다. 미란은 그 은공을 잊지 못해 슈나이더가 장애인을 낳아 고생하던 걸 도와주었다. 곁에서 지켜보며 생명의 경외감도 체험했다. 슈나이더의 임신은 유별났다. 임신 중 내내 무엇이든 먹으면 토하고 물도 마시면 똥물까지 뱉은 악성임신이었다. 태중에서 아이는 자라고 산모는 먹지 못해 빈혈로 까무러치곤 했다. 낙태수술을 하지 않겠다고 선언한 훈종도 보다 못해 둘을 잃는 것보다 하나 목숨이 더 소중하므로 슈나이더 보고 낙태를 권했다. 그래도 슈나이더는 끝까지 견뎌 여아를 낳았다. 손과 발이 안으로 구부러진 신체장애자요 발육이 더딘 미숙아였다. 미란은 어찌 저런 아이를 키울까. 나 같으면 휴지처럼 버렸을 거야. 속으로 되뇌었다. 훈종은 미숙아의 치료와 발육에 관한 걸 책임지며 도왔다.

훈종에겐 가까이 하지 못할 그 무엇을 지녔다. 그건 사랑하는 사람들만이 교감하는 환희의 눈빛이었다. 아내에겐 단 한 번도 내비치지 않은 그 눈빛을 훈종은 슈나이더 딸에게 내비쳤다. 그런 이유로 미란은 의부증에 걸렸다. 남편이 슈나이더를 사랑한다고 여겼다. 미란이 투정 부리면, 슈나이더는 의미심장한 표정을 지었다.

"나도 그런 줄 알고 한동안 닥터 정 대하기가 거북스러웠거든. 그건 착각이었지. 내게 보낸 환희의 눈빛은 병원을 찾은 여자 손님들에게도 골고루 비춘, 공의의 빛이었지. 덧붙일 게 있다면 그

빛이 나오게 하는 저장용 탱크를 지녔다는 거야."

"그 게 뭔데?"

"연인에게 향한 사랑의 빛을 단골손님들에게 나눠 주는 것. 그만큼 사랑의 힘이 강한 게 아닐까."

필시 수인 모녀를 향한 애절한 사랑을 갈무리 해 임산부와 신생아를 돌볼 때 하나씩 둘씩 내비친 정감일 것이다. 미란은 수인 모녀를 잊은 건 아니었다. 가슴 속에 자란 돌덩어리는 바로 수인 모녀에 대한 증오의 표적이었다. 훈종과의 마찰이 잦은 것도 가슴 속의 돌덩어리가 미란을 괴롭혔기 때문이었다.

미숙아가 자라 열 살 때 정상아가 되었다. 구부러진 손과 발도. 슈나이더의 헌신과 훈종의 노력이 엮어낸 인간 승리였다. 미란은 환희에 빛난 훈종의 자애로운 눈빛을 잊을 수 없었다. 그 눈빛을 자신과 태어날 아이에게 옮겨 놓고 싶었다. 그동안 여아를 정상인으로 키우기 위해 보조를 담당했던 미란에게도 생명의 경외감이 몽실몽실 피어났다.

언니의 목소리가 다시 들려 미란은 신경을 곤두세웠다.

"내가 낳은 아이를 내가 기른다는 건 더 바랄 것도 없어. 근데 남의 아이를 내 아이로 키우는 것도 바람직한 일이기도 해."

마치 넌 아이를 낳을 수 없으므로 양자를 구하란 언니의 뜻인 것 같아, 미란의 표독성이 되살아났다.

"왜 가난뱅이 신세에서 벗어나 딸이라도 팔고 싶어 안달이야?"

석재가 농조로 훈종 부부에게 그동안 키운 양육비만 준다면 막내딸을 주겠다고 한 말을 미란이 빗대 빈정거린다. 그들 부부는 슬하에 삼남매를 두었다.

"그건 얘깃거리고 너희 생활은 별개다. 신중히 선택해 봄직한 일이야. 아내가 겸손하지 않으면 남편과의 공동체는 무너진다. 아이를 구한다면 나도 동행해 주마."

"괜스레 귀찮게 굴지 마. 내 일은 내가 알아서 할 테야."

전화를 끊고서도 미란은 안절부절 못한다. 수인과의 싸움에서 판정승으로 이긴 것도 자신이 심판관이 되어 내린 자위였다. 외국도 아닌 한국에서 생활 터전을 마련한 이상, 자신이 돌에 치어 질식하든지 돌을 수인에게 던져 질식 시키든지 둘 중의 하나였다. 미란은 2층으로 오른다.

훈종은 옷을 챙겨 가방에 넣는다. 더 이상 미란과 신경전을 벌이며 살 이유도 없었다. 한 울타리 안에서 별거한 것도 할 바가 못 되었다.

미란이 가방 든 훈종과 마주친다.

"나가. 어서 빨리 꺼져 버려. 너 따윈 필요 없단 말이야."

미란은 훈종의 멱살을 거머쥐고 쥐어짜듯 울부짖는다. 훈종은 미란의 손길을 냉정히 뿌리치고 층계로 내려간다.

아차고개

1

"해쓱해졌구나, 몰라보리만치."

준기는 담배 한 가치를 불에 댕겨 채희 입으로 가져간다.

"학원에도 안 나오고 집에도 없고, 도대체 어딜 갔었지?"

"나를 어디든 데려다 줄래?"

"좋아. 나도 머리 좀 식히고 싶어. 어디로 갈까?"

그들은 과천의 미술 전시실에 들려 그림을 관람했다. 채희를 가르친 미술학원의 지도교수와 제자들의 서양화 전이었다. 체희는 아직 초보 단계라 그 전시회에 작품을 출품하지 못했다. 채희는 낯익은 학원생들의 눈길을 피해 준기랑 뜰로 나와 나무 그늘에 앉는다.

"그림을 그리고 싶어."

채희가 공중을 향해 그림 그리는 시늉을 한다.

"성적이 안 올라 피신처 찾기?"

준기가 밀감을 까서 반으로 갈라 채희에게 건넨다.

"꼭 그런 건 아냐. 작년부터 그랬는데 너무 늦었다고 할머니도 엄마도 반대해 포기했거든. 달포 동안 집을 떠나 미술학원에 다녔어. 손놀림이 유연해지고 화필에 자신감이 생기더라."

채희가 작년 봄 어버이날에 그린 그림이 모 신문사가 주최한 공모전에 특상을 받아 교내에서 화제가 되었다. 제목은 '가족'이었다. 거실에서 그들 가족이 음악회를 여는 장면이었다. 미술교사는 당신이 가르친 제자들은 입상도 못하고 엉뚱하게도 채희가 상을 받자, 미대에 진학하기를 권했다. 상 받은 분위기를 타고 채희도 미대에 진학을 원했지만 가족의 반대에 부딪쳤다. 실기 연습 등 미대 입시생이 되기엔 기간이 짧고 그에 따른 지도교수 선정 등 과외비도 걸림돌이었다. 채희도 자신이 없었다. 문과 지망생이 어쩌다 타게 된 상을 빌미로 진로를 바꾸기엔 기본 기예 등 여러 가지 여건이 부족한 탓이었다.

개미들이 모여들어 준기는 먹다 남은 밀감을 쪼개 여기저기 흩어놓는다. 채희는 엎드려 턱을 양손으로 괸다.

가출한 채희는 자정이 넘어서야 정림 여사의 남동생 집으로 갔다. 백상현 부부는 자녀들이 외국에 살고 있어 쓸쓸하므로, 체희 더러 아예 우리 집 가족이 되라고도 했다. 그들 부부는 누이 손녀를 돌맞이 때까지 길러 채희에 대한 정이 남달랐다. 정림 여사는 아들이 바람 피워 난 씨를 며느리에게 곧바로 떠맡긴 게 내키지 않아 남동생 부부에게 의뢰했던 것이다.

평소에 채희가 자주 간 곳은 외가였다. 수인의 남동생 이기택 부부는 누이 의붓딸을 건둥건둥 대했다. 외삼촌은 선주라 자주 외항선을 타고 출타 중이었고 외숙모는 은행 직원이므로 집을 비운 예가 많았다. 그들 슬하 삼형제는 고종사촌 누이를 따랐다. 삼형제가 여아들이었다면 채희는 외사촌들을 좋아하진 않았을 테고 동생들을 거느릴 인성도 못되었다. 여자들만의 둥지에서 자란 채희는 남자 세계를 그리워했다. 그렇지만 수인이 생모가 아니란 사실이 밝혀진 이상 외가는 남남과 다를 바 없었다.

채희의 행패로 드러난 가족사의 비밀로 한동안 그들 가족은 우울증에 시달렸다. 충격을 많이 받은 건 쌍둥이 자매였다. 그렇긴 해도 청희와 문희는 채희가 받았던 충격보다는 훨씬 덜했다. 성희와 채희의 출생이 정상 아니고 자신들이 한 씨 가문의 정통이란 사실이 한결 보람을 안겨 주었다. 이때까지 조모와 엄마에게 따돌림 받았던 사실까지도 편애 속에 자라난 언니나 동생보다도 더 귀한 값어치를 지녔다고 여겼다.

그들 가족의 우울증도 며칠 못 갔다. 모두들 제 일에 바쁜 나날들이었다. 정림 여사는 들꽃여행을 위해 강원도로 떠났다. 수인은 명문출판사의 삼십 주년 기념행사에 몰두했다. 성희는 유치원 학예회를 앞두고 그 준비에 바빴다. 청희는 다비다가 겨울 옷을 선보이기 위한 패션쇼에 모델로 출연하기 위해 준비 중이었다. 문희는 고시공부에 열중했다. 마치 하릴없는 자만이 불행해 질 수밖에 없다는 듯, 그들 가족은 제 할 일에 열심이었다. 그들은 채희가 가출한 아픔을 남의 일처럼 멀찍이 바라본 형국이었다. 한 둥지에 사는 가족이래도 개인의 아픔을 공유할 순 없어도 기쁨은 함께 누릴 활력소였다. 문희가 사법고시에 합격하자, 평소에 소원했던 친인척들의 발걸음이 잦았다.

준기는 채희 입김이 입 안 가득 알싸하게 퍼져 가슴이 뜨거워진다.

"병역 면제 받았어."

"무엇이 모자라 면제 받았지? 신체가 병신이란 것도 수치일 텐데."

"세상살인 참으로 웃긴 일도 많아. 우리 마마는 아들 형제 병역 문제로 머리 싸매고 고민하고도 고민을 거듭해 수명이 많이도 짧아졌을 걸."

근데 극히 미미한 부분에서 형은 3급 받아 방위병이고, 난 5급으로 면제 되었잖아. 형은 시력이 턱없이 낮거든. 난 악성 두드러기에 왼손 검지가 수지강직手指强直이라 권총 쏘기 어렵다고 면제 받았어. 이 손이 생활하는 데는 불편이 없는데도 병역 면제가 된 게 웃긴 거잖아. 어찌 창조주가 잠시 졸다 잘못 어긋매낀 신체

부분이 효자 노릇에 기여한 셈이랄지. 그 과정이 있기까지 마마가 병무청을 얼마나 들락거렸든지 병역에 관해선 도가 트였어.

"형은 무얼 하지?"

"방위병. 과거 이력도 현재 위치도 제일이라고 가슴에 심지 박은 잘 난주의 고수야. 전공이 경제학과라 아버님 후계자로 발판을 굳히겠지."

준기는 형에 대한 감정이 좋지 않았다. 두 살 위인 준서는 권위의식에 사로잡힌 철저한 프로 근성을 지녔다. 풀리지 않은 문제나 실생활에 어려운 일이 있으면 어떻게든 해결하고 넘어가는 완벽주의자였다. 빈틈없는 형의 사고와 행동이 준기에겐 비정하게 보였다.

새털구름이 공작 깃털처럼 서쪽 하늘을 수놓는다.

"내게도 잘난 언니가 있거든."

채희는 문희를 떠올린다.

갑자기 준기가 벌떡 일어난다. 팔과 다리에 두드러기가 일어 피부가 붉게 부르터서였다.

"병역 복무 면제 받았다고 좋아할 것도 못 되는군."

채희가 두드러기 난 준기의 팔에 입을 대어 뜨거운 입김을 쏟는다. 단짝의 입김이 피부에 와 닿는 순간, 준기는 가려움증이 저절로 사라지는 것 같다.

"좀 지나면 괜찮아질 거야. 어떤 땐 푸른 색소처럼 퍼런 물집이 생겨."

준기는 포켓 속에 든 알약을 꺼내 입안에 넣는다.

"내가 남자였대도 군 복무 면제 받았을 거야. 난 시력이 형편
없거든. 할머님 말씀처럼 평생을 얼굴 한가운데 업을 달고 다닌
것도 못할 노릇이잖아. 눈 수레 대신 렌즈 낀 것도 정도 나름이
지. 얼마나 주의를 요하게."

"어쩐지 눈빛이 수상쩍더라."

"내 눈에 콩깍진 안 씌었으니 염려 마."

"개미떼가 몰려들어 눕지 못하겠다. 어디로 갈까?"

"난 진외가에 들어가기 싫어. 집에 간다는 것도 지옥일 테고."

백상현 부부도 고교교사라 집을 자주 비웠다. 서너 시간 미술
학원에서 그림 그리기 강습 받은 시간 외엔 혼자서 외갓집 지킴
이가 되는 것도 못할 노릇이었다. 가족에겐 아무런 연락도 없었
다. 누구 하나 찾아오지 않았다. 가족의 무반응은 자신이 그들에
게 미운 오리 새끼에 지나지 않았다던 증거였다. 출생 비밀이 탄
로 나자, 채희를 더욱 괴롭힌 건 수인을 어떻게 대하느냐가 엄청
큰 멍에로 다가왔다. 생모가 아님이 밝혀진 이상 예전처럼 스스
럼없이 엄마라 부르며 따를 것인가. 의붓자식을 친딸보다도 더
귀애한 수인이 미운 오리 새끼를 어떻게 대할 것인지도 의문이었
다. 조모의 냉랭한 표정과 언니들의 얼룩진 표정도 두려웠다.

학원의 여름방학이 끝날 무렵, 정림 여사에게서 진외가로 전

화가 왔다. 학원에 등록금을 냈으니 공부에 전념하란 내용이었다. 시월 초순부터 배치고사를 치르므로 채희도 고집부릴 상황이 아니었다. 채희는 조모의 명령에 순종하는 것이 엄마를 스스럼없이 만나리라 싶어, 한빛학원으로 나갔던 것이다.

"나도 그래. 마마의 잔소리에 질렸어. 좀 가만히 놔 둘 순 없을까."

"어디로 가지?"

"발길 닿는 대로 걷자. 오늘밤은 같이 지내는 거다."

그들은 잡은 손에 힘을 준다.

2

수인은 한빛학원 상담실로 들어선다. 자모와 대화를 나누던 상담실장이 손짓으로 의자에 앉기를 권한다.

차례가 되자, 수인은 채희 성적표를 상담실장 앞에 놓는다.

"내신도 좋지 않은데다 성적도 별로군요. 다행히 마지막 배치고사가 잘 나와 성적이 오름세지만 서울은 피해야 될 것 같습니다."

"딸애가 지방으로 가기를 한사코 마다해서, 작년에 응시한 곳에 재도전해 봄이 어떨까요?"

채희가 응시한 곳은 성문여대 불문과였다. 문희가 사법고시에 합격한 것이 자극제가 되었는지, 출생에 대한 반발인진 모르지만 공부에 몰두해 성적이 오른 것도 사실이었다.

채희가 귀가한 것은 백상현 부부 집에서 지낸 지 달포 지난 뒤였다. 진외가에 있는 것도 하루 이틀이지 채희는 집이 그리워 안달 날 정도였다. 그렇다고 고래고래 악쓰며 나온 집을 제 발로 들어가기엔 저질렀던 행패가 엄청나 번번이 발에 족쇄를 채웠다. 이제나저제나 가족에게 연락 오기를 고대하던 채희는 문희의 고시 합격이 신문에 난 걸 보고 집으로 전화를 걸었다. 마침 문희가 동생의 축하 전화를 받았다. 채희는 순순히 문희에게 이끌려 가정의 둥지 안으로 들어섰다. 지난날처럼 지나치게 고집 피운다거나 응석받이도 못 되고 한결 풀죽어 공부에 열성을 쏟았다.

"현재의 성적은 합격과 불합격의 확률이 반반입니다. 고삼이라면 배짱 좋게 도전해 볼 테지만 재수는 안전 지원을 해야죠. 세칭 서울의 사년제 대학이 서울대학이란 설은 그만큼 들어가기 어렵다는 뜻이거든요."

"어느 곳이 안전 지원일까요?"

"요즈음 여학생들이 남녀 공학을 선호하잖습니까. 여대를 지원하되 인기학과인 영문과나 의대를 제외한 과라면 무난하겠습니다. 남자들에게 인기학과인 법대와 경제학과, 경영학과가 여대에선 비인기학과인 것도 명심하십시오."

수인이 밖으로 나오자, 학원 입구에서 기다리던 채희가 제의한다.

"바람 좀 쐬고 싶어."

모녀는 학원 앞 육교를 건너 언덕배기에서 걸음을 멈춘다.

"저 고개 이름이 뭔 줄 알아?"

채희가 사육신공원 마루터기를 손짓한다. 수인은 채희의 코트 단추를 꿰어 줌으로 답을 피한다.

"아차고개야. 이곳 지명 유래를 살펴보면 참 재밌어. 노량진이 뭔고 하니 백로가 노닐던 나루터란 뜻이래. 우리 선조들이 한강에 뗏목 띄우고 강을 건널 때 백로 떼가 날았다던 걸 상상만 해도 머리가 가벼워져."

수인은 백로가 날던 남강을 떠올린다. 훈종과 자신은 백로 깃털을 줍고, 인평은 강 주위를 카메라에 담았다. 석재는 깃촉으로 글씨를 쓰고, 진영은 그것들을 기워 부채를 만들었다.

"관악산에서 흘러내린 맑은 물에 아낙네들이 빨래했다고 빨래골, 소나무가 울창한 모퉁이라 하여 솔모텡이라 불렀는데 도둑이 많았대. 어찌 지금의 강도들 보단 달라 보이잖아. 도둑은 도둑일 텐데도 그 시절의 도둑은 의적 같은 느낌이 들거든."

한강물이 불어나면 길이 막힌 마을이라 하여 가칠목이랬는데, 전염병자들을 격리 시켜 가두었대서 붙여진 이름이라나. 예나 지금이나 건강이 인간들에겐 최대의 축복인가 봐. 근데 가칠목의 한자 표기법이 신묘하면서도 해학적이지 않아? 시렁 가架, 일곱 칠七, 나무 목木, 무슨 나무 이름 같아 보이지만 시렁을 둘러싼

나무라고 생각 해 봐. 그게 이두 표기법이래.

정금마을을 설명 하려다 채희는 봉녀가 기억나서 그 얼굴을 지워버린다. 정거머리 주막이 있었대서 정금마을이라 불리어졌다는 봉녀의 설명이 귓전에 쟁쟁거린다. 어떻게 알아냈는지 봉녀는 진외가까지 찾아와 채희를 괴롭혔다. 도시락 반찬이라며 쑥전과 낙지볶음과 땅콩조림 든 찬합을 가져왔다. 채희는 그걸 내동이치며 내가 죽어야만 속 시원하겠느냐, 악담을 퍼붓고는 쫓아버렸다.

"이 공원 둘레에 서당이 많았대. 사육신을 모신 민절서원愍節書院이 바로 이 공원 안에, 남쪽엔 사충서원四忠書院, 서쪽엔 노강서원鷺江書院도 있었대. 호사가들은 예부터 서원이 많은 지역이라 그 땅김으로 노량진에 학원이 수두룩하대나."

모녀는 사육신공원 안으로 들어간다. 차량 통제구역이라 쓴 푯말 위로 우뚝 선 홍살문을 지나 불이문 앞에 선다. 일본 관광객들을 앞세운 한인 가이드가 일어로 열심히 설명한다. 얼핏 들으니 사무라이 정신과 사육신의 충절을 비교한 내용이다.

"저 마루터기가 아차고개래. 그 이름의 유래는 세조 때 어떤 선비가 육신을 처형함이 부당함을 아뢰기 위해 한양으로 말을 타고 오며 이 고개에 이르렀을 때였어. 이미 육신이 처형 되었단 소식을 듣고 아차, 늦었구나, 한탄하던 고개라고 붙여진 이름이래."

148

콜록콜록, 채희가 기침하자, 수인은 자신이 맨 자색 목도리를 막내딸에게 매어준다. 감기 조짐인 줄 여겼는데 얼굴이 발그레하고 목소리가 달떠, 전해 온 이야기에 꽤나 흥미를 지닌 걸 알고 안도한다.

"아차 아차 아차, 나도 숨이 가빠지는 걸."

수인이 그 내용에 빠져들자, 채희의 볼이 더욱 발그레 달아오른다.

"우리 학원 논술고사 문제에 그 이야기가 나왔어. '사라진 옛 것들을 위하여'란 부제가 붙은 내용이었지. 내가 어떻게 쓴 줄 알아?"

"출제자의 뜻대로 얼마든지 해답이 줄줄 나오겠는 걸. 정해진 운명에 대한 인간의 고뇌, 실수 연발한 인간들의 어리석음, 남을 의심한 것이 크나큰 비극이 된다는 걸 조명하면 어떨까."

"나도 엄마가 생각한 것처럼 줄줄 나열해 놓았어. 결론은 이번 대학 입시 시험엔 아차고개 신세가 되지 않도록 끝까지 최선의 노력을 다하겠다고 썼거든. 다른 학원생들도 그런 내용으로 결론 맺은 게 많대나. 한때 학원에서는 아차고개 노, 란 유행어가 만발했어."

"어느 누구든 아차고개 아닌 인생은 없을 걸. 인간들은 아차고개 같은 삶을 살도록 지음 받은 지도 모르지."

모녀는 불이문 안으로 들어가서, 사육신 위패를 모신 의절사를 향해 묵념을 올린다. 이어 의절사 북쪽 담 샛문으로 빠져나온다. 푸른 소나무 숲을 배경으로 사육신 묘들이 두둥실 떠오른 듯한 환각에 사로잡힌다.

"남자친구가 그러던 걸. 여기 충신들의 혼백이 시퍼렇게 살아 위정자들과 국민들에게 나라 사랑을 일깨우기도 하겠지만, 충절에 가려 한글 창제의 공이 뒤안길에서 맴돈 억울함도 있대나."

"아무렴. 근보 선생은 세종대왕의 명으로 음운학사 황찬 선생을 만나기 위해 요동 땅을 열 세 번이나 다녀오셨잖아. 충절도 그렇지만 한글 창제의 공도 지대하다는 걸 우리 후손들이 깨달아 한글의 위대함을 세계만방에 알려야 하잖겠어."

그들 모녀는 공원 오르막 길 옆 정자 마루턱에 걸터앉는다.

어쩜 하늘이 저리도 푸를까. 채희의 목소리가 한결 높이 튄다. 구름 한 점 없는 하늘은 갓 짠 쪽빛 비단처럼 해맑다.

"엄만 아빠 만난 걸 후회해?"

"아니."

"아빠랑 결혼한 건?"

수인은 채희의 긴 머리카락을 손가락으로 빗질한다.

"결혼은 하지 말았어야 했어. 그 당시 난 누구에게든지 기대고 싶었단다. 기대고 싶은 간절함이 아빠에게 화근이 된다곤 예상 못했지."

"아빨 사랑했어?"

"물론. 어떤 연인에겐 사랑이 하나이면, 어떤 연인에겐 사랑이 여럿일 수도 있거든. 성희 언니 아빠와 나는 사랑의 꽃을 채 피우지 못하고 헤어졌단다."

난 마음 정리를 미루고 아빠를 잠시 동안 사랑했던 거야. 아빠랑 결혼하고 쌍둥이 언니를 낳고 나자, 아빠와의 사이가 아차고개란 감이 들더구나. 내가 아차고개를 느낌과 동시에 아빠도 너의 생모를 알게 되었단다. 인간은 나약한 존재라 아차고개를 뛰어 넘지 못해. 하지만 삶이 있기에 아차고개에서 질식하지 않고 헤엄쳐 나갈 모험을 기꺼이 수용한단다.

강바람이 매섭게 분다.

"왜 입시철이 겨울일까. 봄이면 좋으련만. 몸도 춥고, 마음도 추워 입시생들의 체구가 짜부라진 것 같아."

채희의 고백이 한결 수그러진다.

"엄마, 날 낳은 여자 말이야. 어떻게 생겼어? 혹시 아빠를 죽음으로 이끈 악녀 아닐까?"

"너의 생모가 악녀라면 난 천사이게? 사람들은 조금 잘하면 천사로 추켜세우고 조금 잘못하면 악녀로 매도한단다."

나도 한때 천사입네 라는 시선으로 네 생모를 악녀로 몰아붙였어. 남을 악녀로 매도하며 저주하고 미워할수록 나도 저절로 악녀가 되었지. 그런 과정을 벗어나기 위해 내 자신을 건사하느라 무진 애를 태웠단다. 제 몸도 건사 못하고 남의 일을 간섭하려

든 게 사람들의 속성이거든. 먼저 간 생모의 한도 있을 테고 내게
도 상처가 깊긴 해도, 잘못은 아빠와 너의 생모와 내가 더불어 져
야 할 업이었단다.

채희는 더 이상 묻지 않는다. 아빠와 생모와의 관계도 죽음에
대해서도 묻고 싶었으리라. 수인은 그늘 진 채희의 얼굴에서 여
유와 포근함을 감지한다. 딸을 먼저 재수 시켜본 여고동창이 말
했다. 딸이 재수에 입문한 걸 불행이라 생각하지 마. 보약 먹은
잠복 기간이라 여기면 돼. 절제와 겸양의 미덕을 배울 좋은 기회
거든. 이제까지 다른 채희의 변화된 모습을 보고 수인은 흐뭇해
진다.

"상담실장님이 뭐라 해도 작년에 응시했던 곳에 재도전해 꼭
합격할 테니 두고 봐."

"작년처럼 또 이십대 일이 넘으면 어떡하지? 다들 그러더라,
눈치작전도 필요하대. 아무리 낮은 과라도 십대 일이 넘으면 재
고해야 하고 이십대 일이 넘으면 피해야 한다고. 거품 숫자라도
함정은 있대나."

"응, 자신 있어. 꼭 합격해 엄마를 기쁘게 해 줄게. 불어와 영
어는 성적이 잘 나오고 수학만 조금 올리면 돼. 그동안 열심히 하
면 충분할 거야. 왜 수학 선생님은 불어 선생님처럼 매력남이지
못했을까."

채희가 불어 성적이 좋은 건 고1 때 불어 교사를 잘 만난 탓이

었다. 프랑스 시집을 들고 불어로 시낭송 하던 모습이 멋져 보였다. 불어 교사에게 잘 보이기 위해 불어 공부를 열심히 했더니 불어 성적과 영어 성적까지 올랐다. 채희는 불문학을 전공해 프랑스 유학 가는 게 소원이었다. 그림은 얼마 동안 현실 도피에 대한 처방이었다.

"공부는 나 위해 하는 거지, 남에게 잘 보이기 위해 하는 건 아니잖아?"

"엄마도 참, 소녀 시절에 그런 낭만이 없다면 사는 게 재미없잖아. 근데, 엄마, 이곳 토박이 어른들이 아차고개가 이 사당의 마루터기라 하던데, 여기가 아닐까?"

채희가 왈츠를 추더니 구둣발로 땅을 탁탁 두드린다.

"그런 것 같아."

"역시 울 엄마가 최고."

채희가 응석을 부려도 예전과 같지 않고 서먹서먹하다. 경쾌하게 부르던 엄마란 단어가 녹슨 기계처럼 매끄럽지 못하다. 수인은 울컥 치밀어 오른 분노를 삭이며 채희를 껴안는다. 어느 때까지 주열과 홍자에 대한 증오를 씻지 못해 이 참한 아이에게 미움이란 그물망을 씌울 것인가. 수인은 녹슨 증오의 허물을 닦아내려는 듯 채희를 다독인다.

연결고리

1

신사동의 '에벤에셀 병원'에는 환자들이 모여들었다. 원장이 파리에서 이름을 떨친 명의로 치료 능력도 탁월하다는 입소문이 퍼져서였다. 더욱이 병원 개업식 때 초청된 마르시아노 병원장과 슈나이더의 기자회견이 그 사실을 뒷받침했다. 마르시아노 병원장은 정훈종 박사야말로 탁월한 치료자라고 칭송했다. 슈나이더도 정 박사가 우리 모녀를 어떻게 보살피고 치료했는지 그 과정을 설명했다. 나다나엘이 정 박사의 목을 껴안고 환히 웃는 사진이 신문에도 실려 독자들의 가슴을 데웠다.

훈종은 상담실에서 임산부와 마주 한다.

"우리 아기는 괜찮을까요?"

임산부의 근심어린 질문이다.

"양수 속에서 즐겁게 헤엄칩니다. 태교 음악은 잘 듣고 계시겠죠?"

"그럼요. 전 분만 때 마취주사는 한사코 거절할 테니 그리 아세요. 그러다 전신마비가 오면 어떡하죠."

아직 임신 중기였다. 훈종은 딱하다는 표정을 짓고 부인을 안심시킨다.

"정 무엇하면 배를 자르도록 하지요."

"끔찍해라. 이 나이에 노심초사 끝에 밴 금지옥엽을 칼을 대고 끌어내다니요."

분만 땐 어떤 고통도 감수하겠다는 태도다. 사십 대 중반의 출산이라면 골반이 굳어 임부나 태아에겐 적잖은 위험이다.

수간호원이 원장 곁에서 설명한다.

"이제부턴 색다른 분만법을 익혀야 합니다."

라마즈 분만법이란 독특한 호흡법과 이완법을 임신 중기부터 반복하는 연습이다. 따라서 진통을 줄이고 자연 분만을 부드럽게 유도하는 방법이다.

수간호원이 임산부를 입원실로 안내한다.

저녁때, 인평이 에벤에셀 병원을 방문했다.

훈종은 친구의 방문이 달갑지 않다. 성희 대부인 친구에게 무한한 수치를 느낀다. 자신이 누려야 할 특권을 친구가 가로챈 데 대한 수치다. 훈종의 심중을 헤아렸는지 인평은 그에게 따진다.

"자기 알을 다른 새에게 품게 한 뻐꾸기가 산부인과 의사라니."

인평의 너털웃음이 그의 급소를 찌른다.

"난 자네 충고를 듣고 싶지 않네."

"충고를 듣고 싶지 않은 것도 자네 고유 권한이고, 내가 달가운 손님 아닌 것도 자네 고유 뜻일 테지. 자네가 이혼하는 것도 자네 고유 권한일 테고. 허나 옛 연인을 아내로 삼는다는 것도 자네 고유 권한 일 순 없어."

인평은 석재에게 훈종의 근황을 듣고 경악을 금치 못했다. 훈종이 미란과의 이혼은 신경 쓸 바 아니었다. 수인과의 재결합 운운에는 피가 거꾸로 치솟았다. 누구보다도 훈종, 수인, 주열의 삼각관계를 잘 알던 인평은 친구의 행위를 도저히 용납할 수 없었다.

훈종, 인평, 석재는 고향에서 이웃들에게 삼총사로 불리며 촉망받은 젊은이들이었다.

우린 진주 성씨 강, 하, 정이잖아.

인평이 사자후를 발하면, 석재가 아무렴, 하, 정, 강이지, 반박했다. 훈종은 한술 더 떴다. 정, 강, 하이므로 조상의 음덕에 빛을 발해야지. 진주에는 예부터 토박이 강 씨, 하 씨, 정 씨가 텃세를 누렸다. 진주라 하면 그들 성씨를 앞세우며 논하던 호사가들의 입담도 거셌다. 그들은 자주 만나진 않아도 우정의 신뢰는

변치 않다고 여겼다. 훈종이 이혼하면 그들 사이에 금 갈 조짐이 보여, 인평은 그것도 걱정이었다.

인연이란 묘한 그 무엇이었다.

인평은 법을 전공했으면서도 인연은 어떤 논리 정연한 사고도 보잘 것 없다는 걸 느꼈다. 삼총사의 얽히고설킨 인연을 청년 시절에는 감히 상상조차 했던가. 인평은 장남을 잃고 인연이란 날줄 씨줄로 짜인 모눈종이 위의 삶을 많이 생각하고 고민했다. 어떤 준엄한 법도 인연의 도정을 넘어 설 수 없다는 사실을 뼈저리게 통감했다. 법은 강하면서도 인간을 다스려도, 인연은 약하면서도 검질겼다. 인간의 지혜와 능력으론 어림도 없던 경우가 많았다. 그건 돈이 인간의 90%를 좌지우지해도 10%는 도무지 미치지 못한 것처럼, 인간이 뛰어넘을 수 없던 완강한 벽이었다.

인평이 인권 변호사가 된 건 고3 때의 살인 사건을 목격하고 난 뒤였다. 술과 노름으로 가산을 탕진한 남편의 구박과 학대에 못이긴 아내가 남편을 죽인 사건이었다. 살인자 아내는 인평과 한 교실에서 공부한 학우의 엄마였다. 밤마다 술집 작부를 집으로 데리고 와서 추태를 벌이며 아내에게 폭력을 가한 아빠를 죽이기로 결심한 아들이 범행을 못 저지르게 엄마가 먼저 남편을 살해한 내용이었다. 학우 엄마는 결국 징역 십 년을 언도 받았다. 그 사건을 맡은 판사가 인평의 부친이었다. 부친은 여러 기관의 호소에도 장기 징역을 언도 할 수밖에 없음을 통분히 여겼다.

아들에겐 법조인 길을 걷되 인권변호사가 되라 권유했다. 인평도 부친 뜻에 따라 평생을 불우한 사람들을 변호하는 길을 선택 했던 것이다.

인평의 삶을 향한 수칙은 담담함이었다.

세상의 부조리에 당당히 맞서거나 정직을 간판으로 내세우지도 않았다. 소리 대신 침묵, 울분 대신 인내를 선택하는 여유를 지녔다. 부유층과 노동자들 삶의 뿌리를 투명하게 들여다본 것도 비록 죄악에 물든 세상이지만 만물 중에서 그래도 인간이 인간답게 살아갈 길이 존재한다는 믿음 때문이었다. 그 믿음의 근원도 담담함에서 우러나온 것이다. 그런데도 울분을 토한 건 가장 믿었던 친구에 대한 배신감이었다.

"내 사생활을 간섭하기 위해 왔다면 나가 주게. 난 자네 충고 따윈 필요 없네. 내가 이혼하든 재혼하든 자네에게 변론해 달란 간청은 않을 테니."

"오호라, 그럼 법정에 서는 것도 불사하겠다는 뜻이군. 우린 지금 혈기 부려야 할 정도로 젊진 않았어."

"땅바닥을 내려다보며 휘청거릴 정도로 늙지도 않았어."

훈종의 격노로 간호사가 찻잔을 들고 원장실로 들어오려다 밖으로 나간다.

"오십에 이른 초로의 신사, 난 요즈음 이 호칭에 매료된다네. 늙음을 인정하고 들어가야만 얼굴에 진 주름도 아름답고 흰 머리카락도 청청해 보이거든. 아울러 아내의 얼굴에 진 주름도 아름답고 흰 머리카락도 청청해 보여. 더불어 백년해로 하는 건 축복 중의 축복이야."

인평은 친구의 혈기 앞에 담담함으로 돌아온다. 인성을 따진다면 석재보다도 훈종을 더 좋아했다. 석재가 발 빠른 행동으로 선도한다면 훈종은 감성에 젖은 이상주의자였다. 석재가 개혁 바람을 일으키고 새로운 도전을 시도한다면 훈종은 주어진 여건에 성실하면서도 비현실이었다. 석재보다 훈종이 더 순수한 게 마음에 들었다. 훈종이 무턱대고 결혼의 파경을 바랐을 리는 없을 것이다. 인평이 친구를 이해하기보다도 비판의 눈이 될 수밖에 없던 건 수인 때문이었다.

처음 훈종과 수인의 동거를 알고 인평이 흑석동 달동네 벽돌집을 찾아갔을 때였다. 내 눈으로 확인하기 전엔 결코 수인의 혼전 동거를 용납할 수 없었다. 나의 신붓감을 누구도 아닌 친구가 가로챈 사실을 두 눈으로 똑똑히 보고 자신의 앞날을 결정 할 지고의 순간이었다.

흑석동 달동네 길이 가팔라 인평은 승용차를 가게 옆에 세워두고 석재가 그려준 그들 자취방 약도를 살피며 비탈길로 올랐다. 구불구불한 길로 걸음을 옮길 때마다 담도 없던 집들 한뎃부엌에선 연탄가스 냄새가 풍겼다. 추운 날씨인데도 그 달동네 사람들이 연탄가스 사고를 안 당한 이유가 뭔 줄 알아? 연탄가스가 강풍에 쫓겨 제트기 마냥 한강으로 날아가 강물에 멱을 감아서 그래. 석재의 농담이 거짓 아니었다. 인평은 가쁜 숨을 몰아쉬며 발걸음을 재촉했다. 빙판에 미끄러지기도 하며 겨우 꼭대기 집에 당도했다.

수인은 군용잠바를 입고 담요를 뒤집어쓴 채 인평을 맞이했다. 마루에 걸터앉은 건 연탄을 새로 갈아 방안에 있을 수 없어서였다. 수인은 임신 중이었다. 몸은 굼뜨고 누르께한 얼굴은 허기가 져 부황증에 시달린 것도 인평의 눈에 거슬렸다.

훈종은?

그의 첫마디가 친구의 안부였다. 안부는 안부로되 빌어먹을 망나니가 너를 이 따위로 처박아 두었느냐는 따끔한 질책이었다.

의사 고시 시험 치러 갔어.

수인의 눈빛이 생생해졌다.

예비 의사라면 적어도 너의 건강부터 챙겨야 하거늘.

인평의 눈이 분노로 이글거렸다.

배고파. 제사밥 좀 먹게 해 줘.

죽마고우의 호소는 더할 나위 없이 인평의 마음을 적셨다. 인평네 가족이 제사 때마다 차례 지내고 맨 먼저 밥상을 차려 보낸 곳이 옆집 수인네였다. 수인네 가족은 그 제사밥을 즐겨 먹었다. 수인네 조모와 엄마도 차례나 생일잔치가 있으면 맨 먼저 대접하던 게 인평네 가족이었다.

구정을 앞둔 섣달, 그날은 인평 증조부 기일을 지낸 바로 이튿날이었다. 증조부 기일을 기억하고 제사밥 먹고 싶다던 수인의 고백이 인평의 가슴을 데웠다.

수인은 인평의 승용차를 타고 강남동으로 갔다. 인평의 모친은 수인의 초라한 모습을 안쓰러워하면서 극진히 대접했다. 입덧 나도 뱃속에 든 아기를 위해 먹어야 된다며 어른들은 봉과를 싸서 주는 배려도 잊지 않았다. 수인은 비빔밥 두 그릇과 탕국 두 대접을 먹어 허기와 부황증에서 놓여났다. 인평 가족에게, 남동생은 부산 해양대학교에 다니며 엄마도 부산에서 아들 뒷바라지한다고, 그 동안에 일어난 가족사도 들려주었다.

인평이 수인을 향한 뜨거운 열정은 다른 여자와 결혼했어도 변함없었다. 아내에 대한 배려와 수인을 향한 연민을 어떻게 분별 있게 처신하느냐가 인평의 과제였다. 아내에겐 아내로서 베풀어야 할 배려, 수인에겐 친구로서 대접해야 할 선을 분명히 했다. 사랑하는 여인을 가까이 두고 뜨거운 열정을 겉으로 드러내지 못하고 안으로 다스려야만 했던 극기 훈련은 모진 고통이었다. 그 단계를 넘어서자, 이젠 훈종 보다 자신이 훨씬 행복한 사랑의 승리자란 확신이 들었다. 훈종과 수인은 뜨거운 열정을 간직한 채 헤어져 남남으로 지낼 수밖에 없었다. 자신은 가까이서 수인의 숨결을 느끼고 고통도 함께 나누며 우애를 다져오곤 했다.

인평은 수인이 무엇을 원하고 무엇에 어려움을 겪고 있는지를 알아내 알게 모르게 도움을 주었다. 문희가 고시공부 한 걸 알고 그에 필요한 서적을 챙겨 주고 가르치기도 했다. 집을 마련할 때는 목돈이 부족한 걸 짐작하고 직원을 대리인으로 내세워 계약이 성사 되도록 유도했다.

무엇보다도 수인에게 도움이 되고자 했던 건 성희였다.

어린 시절부터 대부 노릇해서 그런지 성희는 작은 일도 인평과 의논하고 따랐다. 연약해 보이면서도 의지가 굳은 성희를 인평은 무한히 사랑해 주고 싶었다. 성희의 대부 노릇이 그렇게 좋을 수가 없었다. 생김새도 행동도 성희는 훈종을 많이 닮았다. 연인을 영원히 소유하고자 영혼 혼례식을 올린 성희와, 연인을 잊지 못해 이십 년이 지났는데도 재결합을 꿈꾼 훈종은 부녀 사이가 아닐지라도 맥이 닿았다.

간호사가 커피를 가져와, 그들은 커피를 마신다.

"자넨 모를 걸세. 우린 어쩌다 만난 사이였지. 우리가 결합 된 날부터 나는 이게 아닌데, 이게 아니란 사실이 부르지 못한 노래로 가슴에 쌓이고 쌓였어. 이젠 가슴에 쌓인 한을 토해내지 않고선 견딜 재간이 없어. 난 이제부터라도 결혼생활이란 이런 것이란 걸 마음껏 노래 부르고 싶어. 수인이 아니더라도 우린 헤어질 수밖에 없었을 거야."

훈종은 속마음을 털어놓는다.

"수인 씨가 자네 구혼을 받아들인다? 남의 가정을 파괴하고 질서를 무너뜨린다? 더욱이 성희가 자네 딸이다? 참으로 외양간 소가 웃겠네."

인평의 충고는 준엄하다.

"왜 안 된다는 거지? 수인이 나를 사랑하고 내가 수인을 사랑하는 데도. 성희가 내 딸이란 사실도 자네가 모를 린 없을 텐데."

"사실이 마냥 진실은 아니거든. 게다가 자기 알을 다른 새에게 품게 한 비열한 자에겐. 뻐꾸기가 기회를 놓치고 자식이 그리워 뻐국 뻐국 울어도 울음소리만 메아리 되어 올 뿐이라네. 자네가 명심할 것은 정훈종은 알을 놓친 게 아니라 버렸어. 자네가 버린 알은 다른 새의 품에 안겨 부화 돼 나옴과 동시에 정성희가 아니라 한성희가 된 게야."

"한성희가 되어도 내 딸임을 부인 할 순 없지. 난 이제부터라도 애비 노릇 좀 하고 싶어. 딸과 팔짱 끼고 걷고 싶고. 쇼핑도 다니고 싶고. 팔씨름도 하고 싶고. 껴안아 보고 싶기도 해. 무엇보다도 아빠란 소리를 듣고 싶어."

훈종은 귀국하고 나서 성희를 두 번 만났다.

처음은 영조가 쓰러졌다는 연락을 석제에게 듣고 새롬유치원으로 가서 성희를 승용차에 태우고 인평네 집으로 갈 때였다. 다음은 그들 네 자매와 함께 저녁식사를 했다. 훈종이 혈육을 만나보고 싶은 청을 마지못해 응한 수인은 네 딸과 함께 부녀의 첫 만남이 이루어지게 했던 것이다.

토요일 저녁식사 자리였다. 채희가 먼저 훈종을 알아보고 환호성을 질렀다.

아저씨를 무척 뵙고 싶었다고요. 우리 엄마랑 어떤 관계죠?

우린 소꿉친구였단다.

훈종은 그들의 호기심을 무마하기에 진땀을 뺐다. 성희와 단둘이 만남을 수인이 무척 꺼렸다. 성희의 결혼을 앞두고 훈종은 주혼은 마땅히 나의 것이란 환상에 사로잡혔다. 주혼은 인평이 서기로 했는데 그것마저도 영조의 죽음으로 실현되진 못했지만.

신랑 주혼도 신부 주혼도 자네라니, 그것도 법조문에 있는가?

훈종이 비아냥거리면, 인평은 인연과 법의 효율성을 역설했다.

법조문에 그런 명확한 구절은 없어도 법전의 시작부터 끝까지 그 흐름이 무르녹았거든. 그게 인연의 실타래야. 무명실은 튼튼하면서도 무던하고 명주실은 가늘면서도 질기고. 실 꾸러미에 감긴 실에서도 인생의 삶이 담겼거늘. 하물며 인간을 다스린 법전에 인연이 안 담겼을까. 인연은 인간의 모든 걸 수용하는 하늘이고 바다야.

훈종은 성희에게 필요한 거라면 무엇이든지 해 주고 싶었다. 하늘의 별이라도 따서 성희 품에 안겨 주고 싶었다. 실제로 하늘의 별을 성희 품에 안겨 줄 수 없듯이 훈종은 자신의 생각이 얼마나 망상인지 뒤늦게 체험했다. 돈으로 자식에게 환심 사는 우를

범한다는 걸 미처 깨닫지 못했다. 애비로서 못다 베푼 사랑을 쏟고 싶은 격한 감정을 가눌 길 없어 돈으로 자식 사랑을 매수해도 좋다고 여겼던 것이다. 훈종의 간절한 바람은 영조의 죽음으로 성희의 혼수 마련조차도 무로 돌아갔다.

"피붙이를 안아보지도 못하고, 기저귀 한 번 채워 주지도 않았잖아. 아이 손잡고 병원 문턱 한 번 넘지 않았으면서도, 아버지라고 떳떳이 나설 순 없지."

"애비 노릇 안한 게 아니고 못할 수밖에 없었잖아."

훈종은 화를 삭이며 이성을 되찾았다.

"요즈음 성희의 모습이 그게 뭐야? 죽은 자와 신접살이에 깨가 쏟아지든? 남의 고명딸을 영원히 성처녀로 늙게 할 거야? 너와 성희가 시아버지와 며느리 사이야?"

"나도 왜 그때 성희를 말리지 못했는지 모르겠어. 그 상황으로 봐선 어쩔 수 없었어."

"그래, 옳고 그름을 잘도 가려낸 자네가 가장 옳지 못함을 묵인했던 건 중죄 아닌가."

"사람이 극한 상황에 놓였을 때, 극으로 대하면 화가 되고 불이 붙고 나면 잿더미가 되기 쉽잖아. 난 그날 젊은 혈기를 다스릴 묘책은 성희의 의견을 듣고 뒷날 강구책을 마련해야겠다는 단안을 내린 걸세."

"그건 자네의 편견이야. 단호한 결단을 내렸어야지."

"자네가 성희 친부지만 딸에 대해 무얼 알지? 난 성희의 피붙이 때부터 지켜봤잖아. 갑자기 연인을 떠나보내기 전, 시신과 함께 지내고 싶다던 걸 거절했다면 아마 자네는 다시 딸을 보지 못했을지도 몰라. 난 또 하나의 관을 준비하기에 바빴을 거고. 아니면 지금쯤 자네가 정신병동에 갇혀 쇠고랑에 메인 딸을 보고 통한의 눈물을 흘릴지도."

"그렇다고 매일 귀신과 동행하는 성희를 그냥 보고 넘길 거야? 나는 대부일세, 품만 재고 말이야."

"나도 그 문제를 두고 많이 고민했다네. 지금 자네를 찾아 온 것도 그 난제를 의논하기 위해서야. 어디 조용한 곳으로 가서 대책을 강구해 봄세."

그들은 병원을 나선다.

2

양지회를 찾아가는 미란의 발걸음이 무겁다. 미숙의 마음도 편치 못하다.

"벌써 몇 번째니. 네가 원한 아이는 어떤 형이지?"

양육원을 찾아 나선 지도 손가락으로 셀 수 없을 정도였다. 이왕 아이를 낳지 못한다면 양자를 구하자고 한 게 바로 자신이면서도 미숙은 여동생의 처신에 진절머리 났다. 혈통을 무시할 수 없다. 나중에 손버릇 나쁘거나 치한이 된다면 어떡해. 버린 아인

믿을 수 없다. 자신의 핏덩어리를 버린 엄마라면 그 여자는 알아볼 필요 없이 순 악질일 텐데 피붙인들 오죽하랴. 부모가 양육원에 맡긴 아이라면 다 키워 놓고도 친자라고 나서기 쉬워 **빼앗길** 소지가 충분하다. 그런저런 조건이 많아 양육원 관계자들도 손들기 마련이었다.

"사랑의 감성이 우러나온 귀염둥이."

"넌 지금 꿈속을 헤매는 거야. 남편은 이혼하자고 **빡빡** 조르는데, 내 참 기막혀."

미숙은 훈종에게 새삼 미안한 마음이 앞선다. 오죽했으면 오십이 넘어 이혼을 내세울까. 이해한다 해도 미숙에겐 훈종은 타인이다. 동생이 있기에 훈종이 제부가 되었다. 미숙에겐 동생의 불행이 바로 자신의 불행이었다. 부모가 돌아가신 뒤 여동생에겐 부모 역을 담당해 온 미숙은 모든 걸 감수해서라도 동생의 행복을 지켜 주고 싶었다.

양지회는 군 고위 장성의 부인이 경영하는 양육원이다. 고급 관리였던 장성의 후광에 힘입어 사회에 명성을 얻은 자선 단체다. 다른 양육원보다 시설도 좋고 환경도 깨끗하다.

미숙과 미란이 원장실로 들어서자, 예순 넘은 원장이 자매를 맞이한다.

"하석재 부장님의 전화를 받고 기다렸습니다. 지난번 우리 양지회에 사건이 터져 위기에 몰릴 때 매듭을 잘해 주신 그분의 호의를 잊지 못하거든요."

　외국인들을 상대로 해외에 입양하던 양지회가 신문에 대서특필 되었다. 한국인 미혼모가 미국인에게 입양된 딸을 양부모 몰래 납치해 온 사건이었다. 애초에 미혼모가 신생아를 맡기면 양지회 측에선 서약을 받아놓았다. 양육원에 맡긴 이상 친자 확인의 무자격을 내용으로 한 서류였다. 신생아가 외국으로 입양돼 간 이상 아기의 행선지에 대해선 비밀에 붙인 것이 관례였다. 어떻게 된 일인지 미혼모가 아기의 행선지를 알고 미국에 가서 양부모 몰래 다섯 살 된 여아를 납치해 온 사건이었다. 양부모가 한국에 와서 법원에 소송을 제기하겠다고 으름장을 놓았다. 잘못했다간 망신살 뻗칠 사건을 석재가 인평의 도움으로 해결했다. 양지회 직원이 서류를 빼돌려 미혼모와 공모한 사실이 들통 났다. 미혼모가 법정에 낸 계약 파기 소송을 거둬, 아이가 다시 양부모 품으로 돌아간 사건이었다.

　"남아를 원하십니까? 아니면 여아를?"

　원장의 질문에 미란이 수굿한 자세로 답한다. 예의를 차려야 할 자리임을 미숙이 누누이 강조해서였다.

　"남아든 여아든 구별 없이 마음에 들면 됩니다."

　"그건 좀 곤란해요. 우선 그 문제부터 명확해야 입양 절차가 순조롭습니다."

　원장은 사진첩을 탁자 위에 놓고 자리를 피한다. 고급 인사들을 상대한 탓인지 다른 양육원 원장보다 고자세다.

두 개의 사진첩에는 남아와 여아가 따로 있으며, 증명사진 아래 생년월일이 적혔다. 사진에 담긴 아이들의 모습은 부모가 맡기거나 버린 아이 같지 않다. 맡긴 아이와 버린 아이는 질적으로 다르다고 했다. 산모나 미혼모가 어쩔 수 없이 낳아 기를 수 없는 처지에 놓인 아이는, 길거리에 버려졌거나 병원에서 낳아 몰래 도망친 산모의 아이 보다 출생부터 앞날이 다르다. 앞서 방문했던 양육원 원장의 귀띔이었다. 전자는 입양도 순조롭고 양부모도 괜찮은 상대를 만난다. 후자는 그렇지 않은 경우가 많다. 아기를 맡겼던 버렸던 공통점은 친부모 품을 떠나 타인의 손에 양육되며, 버림받은 점에선 의심할 나위가 없었다. 나의 혈육이 아니고 버림받은 아이를 내 피붙이처럼 키워야 한다는 게 미란의 적성에 맞지 않았다. 적성에 맞지 않는 일을 발 벗고 나선 것도 미란의 비위에 거슬렸다. 훈종이 입양아를 원치 않은 것도 부담이었다. 그러면서도 미란이 양육원을 찾아 나선 건 훈종과의 별거에서 나온 불안과 공포에서 해방 되고픈 몸부림이었다. 가장 밑바닥 현장을 순례해 봄으로써 위기에 몰린 자신의 입장을 재조명하기 위해서였다. 훈종과 헤어지는 걸 원치 않지만 만일 이혼하면 입양아와 함께 여생을 보내리란 각오도 다진 뒤였다.

미란은 세 개의 사진첩을 훑는다. 사진으로 봐선 자신이 키울 만한 아기를 찾아낼 순 없다.

"여기 있는 아이들을 모두 면접해 보고 나서 결정해도 늦지 않아."

"원장님이 남아냐 여아냐 결정하고 나서 상담하자고 했잖아. 남의 피붙이를 내 품에 키우다 보면 내 자식이 되는 거야. 선택이 자연스러워야 양육 문제도 술술 풀리는 거란다."

결국 미란이 원장의 허락을 받아 자매는 영아실을 돌아본다. 식사 시간인지 보모들이 아이를 품에 안고 우유를 먹인다. 미란이 한 보모에게 양해를 구해 아이를 품에 안는다. 보송보송한 피부 색깔로 봐서 아이는 태어난 지 달포도 안 돼 보인 남아다. 아이가 미란의 품에 안김과 동시에 양다리를 뻗대며 울부짖는다. 남아가 하도 강한 거부감으로 버둥거려, 미란은 하마터면 남아를 떨어뜨릴 뻔했다. 남아가 울자, 다른 아이들도 덩달아 울어 영아실은 울음바다가 된다.

보모가 얼른 남아를 받아 품에 안는다. 남아는 보모의 품에 안기자마자 울음을 뚝 그친다. 다른 아이들도 울음을 그친다.

"그래, 내 품에 안겨 울지 않는 아이가 있으면 당장 데리고 가마."

미란은 다른 영아실을 돌며 아이를 품에 안아 보아도 역시 마찬가지다.

마지막 영아실을 뛰쳐나온 미란이 부르짖는다.

"누가 내게 양자를 구하라 했어? 난 내 아이를 꼭 낳고 말 테야."

3

초겨울 날씨가 매섭게 옷깃으로 스며든다. 성희는 강풍에 한 껏 몸을 움츠린다.

식당 입구에서 청희와 문희가 언니를 맞이한다. 자매들은 정 훈종 박사가 예약해 둔 좌석에 앉는다. 엄마가 정한 시간보다 앞 당겨 미리 가서 기다리라고 한 건, 드러난 비밀의 혼란스러움을 지혜롭게 처신하란 당부일 것이다.

엄마 연인이라니, 참으로 멋진 신사였는데.

청희는 신사를 향한 호감이 내내 뇌리에서 지워지지 않았다. 그분과 같은 남자라면 기브 앤 테이크 같은 사랑을 폭포수 같이 쏟아 부으리라, 다짐을 거듭했다. 신사가 엄마 연인이란 사실이 밝혀지자, 정 박사가 새삼 호감 위에 호감을 더한 연인으로 다가 왔다.

엊저녁, 수인은 성희와 쌍둥이를 불러놓고 정 박사와의 관계 를 털어놓았다.

우린 사랑하는 사이였단다.

고백할 때 엄마의 얼굴에 나타난 달보드레한 모습이 얼마나 보기 좋았던가.

엄마의 안목이 보통 아니야. 지금이라도 안 늦어. 그분을 다시 연인으로 영접해. 청희가 권할 때 부끄럼 타던 엄마 얼굴 또한 얼 마나 멋졌던가. 청희는 엄마의 로맨스를 그려보며, 오늘 밤만이라도 신사의 연인이 되고 싶었다.

"난 그분이 좋단 말이야. 장래 내 연인이라 생각하면 돼. 난 오늘 밤 그분과 데이트 하고 싶어."

"청희 씨, 환상에서 깨어나세요. 데이트 할 상대는 성희 언니라고 엄마가 미리 알려 주었잖아. 정 박사님의 속내도 모르고 어찌 철부지처럼 굴지."

문희가 구둣발로 청희 발등을 밟더니 쉿, 한다. 정 박사가 성희 옆에 앉는다.

"한 분이 빠졌잖아."

정 박사가 빈자리에 시선을 둔다.

"입시생이라 학원에서 공부하는 걸요."

청희가 낯을 붉힌다.

"문희 양, 축하해. 앞으로의 진로는?"

"대법원장이 되고 싶습니다. 어떻게 여자가 높은 자리를 꿈꾸느냐 하시겠죠?"

"고시 성적이 좋아 앞으로도 노력하면 얼마든지 가능한 일인걸."

"왜 동생이 대법원장이 되고 싶은 줄 아세요?"

청희가 느긋한 자세를 취한다.

"글쎄, 최고봉은 누구나 꿈꾸는 희망이랄지."

"아네요, 그건. 동생은 영원히 못 벗어날 오명을 씻기 위해 제

일이 되고 싶은 거예요."

정 박사는 고개를 돌려 성희의 옆얼굴을 살핀다. 어떤 동요도 내비치지 않은 채 양손가락을 깍지 꼈다 폈다 한다.

"저의 뒤에 태어난 이인자라 일등이라면 수취감에 몸 둘 바를 모르거든요."

청희가 눈썹을 치떴다 내리뜬다.

"먼저 바깥 구경 나왔다고 저를 잘도 골탕 먹이는데 박사님의 명쾌한 조언을 원합니다."

문희가 새치름해진다.

"처음과 나중, 알파와 오메가, 그런 유형 아닐까. 부르기 나름으로, A는 청희와 문희라 쓰고, B는 문희야 청희야 부르는."

정 박사가 빙긋 웃는다.

"달걀이 먼저인지 병아리가 먼저인지, 산부인과 의사님의 지론은?"

청희가 불만이 담긴 얼굴로 입을 쫑긋거린다. 입체화장한 입술의 선이 선명해 개성이 강하다는 느낌을 준다.

"흔히 아리송한 질문일 때 그 말이 회자되거든. 난 병아리가 먼저라고 봐."

"어디에 근거 둔 학설인가요?"

정 박사의 무엇이 엄마를 사로잡았을까. 청희는 정 박사를 유심히 살핀다. 부드러운 말씨, 폐부까지 찌른 듯한 눈, 귀공자 풍모, 큰 키, 어느 하나도 엄마를 사로잡는데 부족함이 없어 보인다. 사랑하는 연인에게 아이를 잉태케 하고 파리로 훌쩍 떠난 기억을 더듬으며 엄마는 눈물 흘렸다. 엄마의 뺨을 타고 흐른 수정 같은 눈물, 그들 연인의 이별까지도 아름답게 느꼈다. 만일 오늘 밤 정 박사와 데이트 하면, 우리 엄마를 놓치지 마세요. 엄마도 행복해질 권리가 있거든요. 청희는 그 말을 꼭 들려주고 싶다.

"학설이 아니고 말씀에 의거한 거지. 하나님이 육축을 만드셨다고 성경에 적혔거든. 육축이라면 소, 말, 돼지, 양, 닭 아니겠나."

"박사님은 의술과 인술 중 어느 것에 더 가치를 두나요?"

문희는 분위기에 등 타지 않겠다고 단단히 벼른다.

"의술과 인술은 불가불의 관계라 둘을 동떨어지게 생각한다면 오산이야. 의술이 존재함으로 인술을 펼치고 인술을 펼쳐야 의술이 따른 거거든."

분명한 건 의술과 인술 모두 인간 생명의 존엄성에 기초를 두어야만 의사의 자세가 올바르다는 거야. 그런 자세가 아니면 인간 생명을 망가뜨리고 종당엔 생명을 잃어버린 경우가 많단다. 남의 귀중한 생명을 내 목숨처럼 아껴야 의술이 빛난 거고, 그게 바로 인술로 이어지는 지름길이겠지. 의술의 기본 바탕 위에 인술도 나온다는 건 튼튼한 초석 위에 쌓아 올린 명건축과 같은 거야. 의사가 장사치로 추락하면 의술도 인술도 사라진 거란다.

"아직도 우리 엄마를 사랑하세요?"

비로소 문희는 문제의 핵심을 파고든다. 석고상처럼 굳은 성희도 호기심에 잠겼던 청희도 시선을 정 박사에게로 쏟는다.

문희는 청희처럼 정 박사를 보는 시각이 달랐다. 남의 가정을 넘본 훼방꾼에 불과하다고 여겼다. 엄마의 연인이 인상 좋고 친절한 신사일지라도 냉정을 되찾아야 한다고 엄마에게 호소하고 싶었다. 순수한 사랑일지라도 가정의 평강을 깨뜨린다면 사랑마저도 포기해야 된다고 부르짖고 싶었다. 아빠의 죽음이 심장마비로 알려졌지만 근원적인 문제가 비밀에 가려진 것도 엄마의 로맨스와 무관하진 않을 것이다.

"너희들이 엄마를 사랑하듯, 나도 변함없이 엄마를 사랑한단다."

조용하면서도 부드러운 정 박사의 목소리가 청희를 감동케 한다.

"좀 더 엄마를 화끈하게 사랑할 순 없나요? 우린 엄마를 그저 그렇게 사랑하는 걸요."

"너희들보다 엄마를 더 사랑한단다. 너희는 엄마랑 같이 지냈지만 우린 너무나도 긴 세월 동안 떨어져 있는 나날을 보냈거든."

"우리 엄마, 어디가 좋아 그렇게 사랑하시나요?"

문희의 질문이 핵심을 찌른다.

"문희 양이 거울보고 유심히 살펴보면 알게 될 걸. 나의 어떤 부분이 그이를 사로잡을까를 관찰하면 저절로 알게 돼."

나도 정 박사와 같은 남자를 만나면 사랑할까. 섣부른 해답은 금물이다. 문희는 문제를 깊이 파고드는 버릇으로 대인관계가 껄끄러운 자신의 허점을 알고도 남았다. 그런 탓인지 엄마가 사랑한 남자였다고 해서 내가 무조건 사랑할 순 없지만 나도 사랑할 남자란 가능은 배제할 순 없었다. 그 사실이 처음 정 박사를 대할 때 느꼈던 괴리감을 앞당긴 연유였다.

"나의 좋은 점만 그이에게 내비치다 나중에 나쁜 점이 들통 나면 어떡하죠?"

문희는 자신과 엄마를 동시에 한 묶음으로 엮어본다.

"사랑은 모든 걸 수용하는 거란다. 내가 엄마를 사랑한 건 지극히 작은 것들이야."

나의 구겨진 바짓가랑이를 다려 주고, 등허리를 씻어 주고, 지갑을 챙겨 주는 것. 누룽지로 숭늉을 만들어 주고, 열이 많으면 이마에 물수건 해 주는 것. 그런 작은 것들이 모아지면 기쁨은 눈덩이처럼 불어나게 돼. 기쁨이란 빠르게도 더디 오기도 하겠지만 쉽게 사라져 버리거든. 그 기쁨이 사라지지 않도록 저장용 탱크 속에 넣어두면 돼. 그런 '작은 것들의 미학'이 사랑의 끈을 튼튼히 매어 준단다.

정 박사는 솔직하게 털어놓는다.

"흔히 일상생활에서 일어난 '작은 것들의 미학'을 젊은이들은 허투로 넘겨버리기 쉽거든요. 잘못하면 그저 그렇게 사는 인생살이로 보이고 따분해져 헤어지는 사례가 많더라고요."

문희는 방과 후면 '여성가정법률상담소'에서 근무했다. 아르바이트를 겸한 법률 상식을 익히기 위해서였다. 알고 보니 젊은이들의 이혼율이 많은 걸 보고 상담에 응할 매력을 잃었다. 그들의 고백은 극히 사소한 이유로 이혼 못해 안달이었다. 부부의 성격이 다른 점과 시댁과의 불화 못지않게 처가와의 불화도 많았다. 처가 등살에 못살겠다던 남편 때문에 상담하기 위한 여자들의 발걸음도 잦았다.

"그저 그렇게 사는 걸 어떻게 생각하나?"

정 박사의 질문에 청희가 불쑥 나선다.

"무의미 하겠죠. 화끈하게 살고 싶으니까요."

"그저 그렇게 사는 것이 행복이고 화끈한 건 순간의 기분 아니겠어?"

"어떻게 그리 규정짓지요?"

문희가 반문한다. 그저 그렇게 살고 싶지 않아 박사님은 엄마와 살고 싶어 하는 건 아닌지요. 질문하고 싶었지만 말이 입안에서 맴돈다.

"난 그저 그렇게 사는 걸 행복으로 생각하거든. 화끈하게 살고 싶어 엄마와의 결합을 원한 건 아니란다. 난 지극히 작은 일상의 것을 소중히 여기기에 엄마를 사랑했고, 다시 엄마와 새로운 삶을 시작하고 싶어. 누구보다도 엄마는 지극히 작은 걸 소중히 여긴 분이란다. 따라서 그저 그렇게 사는 것이란 지극히 작은 걸 소중히 여긴 사람들이 누릴 가장 보편적인 삶 아니겠니."

정 박사의 고백을 듣고 문희는 결론을 내린다.

"전 엄마가 박사님 만나는 걸 안 좋게 여겼는데, 지금은 조금 달라졌네요."

세 자매는 식사를 하면서도 정 박사의 고백을 음미한다.

어둠에 잠겼던 강변이 네온사인으로 환하다. 창밖을 내다보던 성희는 비로소 정 박사랑 눈이 마주친다.

"엄마와 난 너무도 가난해 차 한 잔을 나눠 마시며 몸을 녹이곤 했지. 우리가 자주 만났던 곳도 저 강 둔덕이었어."

정 박사는 단둘이 마주앉은 딸의 눈동자 속에 든 자신의 존재를 확인한다. 나의 딸도 내 눈동자 속에 든 자신을 확인 한다면 좋으련만.

"어때, 대가족 속에서 지낸 것이?"

"편안해요."

성희가 강남동의 강 변호사 댁으로 간 것은 채희가 행패 부렸던 날 저녁이었다. 강 변호사는 성희에게 두 개의 열쇠를 주며 언제 들어와도 환영한다던 뜻을 비쳤다. 하나는 대문 열쇠고 하나는 영조 방 열쇠였다. 대문 열쇠는 가족 공동 것이지만 영조 방 열쇠는 성희만의 것이다. 영조네 가족은 성희에게 변함없이 친절히 대했다. 평소에도 내 집처럼 자주 드나들던 곳이라 성희도 거리낌 없었다.

"지난달 진주로 가서 조부님과 조모님을 뵙고 왔어. 너를 무척 보고파 하시더라. 조모님의 가슴앓이병도 나아서 몸을 움직이시니 얼마나 다행인지 몰라."

정영복 씨는 해마다 봄가을 두 번씩 수인네 집으로도 쌀 두 포대씩을 부쳤다. 노인은 손녀가 일 년에 먹을 쌀은 내가 책임지겠다던 강한 집념을 져버리지 않았다. 감자, 고구마, 배추, 무, 사과, 감, 곶감 등도 트럭에 실어 당신이 반포아파트로 가져왔다. 성희는 조부를 알았지만 조모는 아직 한 번도 뵙지 못했다. 조모는 장남이 정신병을 앓을 때는 간병으로, 숨졌을 땐 자리보존을 면치 못했다. 그런 사실이 정 박사가 귀국을 서둘었던 이유였다.

정영복 씨는 차남에게 일렀다.

내가 왜 파리와 반포아파트에 해마다 쌀을 보낸 줄 아느냐? 나를 지키기 위함이야. 그건 바로 우리 정씨 가문을 지킨 것인께.

조부와 조모 이야기가 나와도 성희는 어떤 동요의 빛도 없다.

"너의 현재 생활에 만족하느냐?"

"만족합니다."

"최선이라 생각하느냐?"

"이 세상 어느 누구도 최선의 길을 선택한 건 쉬운 일이 아니잖습니까."

정 박사는 비감에 잠긴다. 그러면서도 아비 앞에서 당당히 맞선 딸이 대견스럽다. 딸을 잘 키워 준 정림 여사에게 후한 대가를 치르고 싶다.

"최선이 아니라면 그 길을 찾아 나서야지. 내겐 산부인과 의사란 직업이 최선이라 다른 무엇과도 바꿀 수 없단다."

"저에게 최선의 길은 무얼까요?"

딸의 분명한 태도에 정 박사는 말문이 막힌다.

"산부인과 의사가 최선이라면 엄마와 헤어져 파리로 가신 것도 최선이던가요?"

당신이 도망침으로 엄마와 제가 당한 고통을 상상해 보셨나요?

성희 눈동자에 핏발이 선다. 훈종은 자신의 존재가 딸의 눈동자 속에서 얼룩진 걸 목격하고 시선을 아래로 내린다.

의부의 품은 따뜻했지요.

친부를 눈앞에 두고 의부를 떠올리는 것은 어쩐 일일까. 성희는 선명히 떠오른 일곱 살 때 기억을 간추려 본다.

성희는 낮엔 조모 품에서 지내고 밤이면 의부 품에 안겨 잠들었다. 청희와 문희가 태어나자, 문희는 엄마 품에, 청희는 의부 품에 잠들었다. 성희는 의부를 청희에게 빼앗긴 게 싫었다. 밤이면 조모 품에 안겨 잠들다가도 오줌이 마려워 일어나면 건넌방으로 가서 의부 품에 안겨 잠들곤 했다.

아침에 일어나면 의부는 자매들을 불러 동화책을 읽어 주고 연극도 가르쳤다. 목소리와 입담이 좋아 성희는 의부의 이야기 듣기를 좋아했다. 연극 놀이 하면 시간 가는 줄도 몰랐다. 청희와 문희도 아빠 가르침에 따라 연극도 곧잘 했다. 채희도 걸음마를 시작하며 말도 하고 연극도 흉내 냈다. 연극 내용은 안데르센과 이솝 동화에 나온 이야기를 의부가 각색해 연출도 맡았다. 흥부와 놀부 같은 내용은 조모가 만든 인형을 가지고 인형극을 하기도 했다. 성희는 대사도 춤도 그저 그렇게 넘겼다. 청희는 춤에서, 문희는 대사 외우기를 뛰어나게 잘했다. 행동보다도 말의 발육이 앞선 채희가 엄마의 도움을 받아 연기하면, 언니들의 말참견이 속사포처럼 튀어나왔다.

그날 의부가 어디로 훌쩍 떠나기 전이었다. 딸들을 건넌방으로 불러 모아 주의를 주었다. 의부는 막내부터 품에 안고 입을 맞췄다.

넌 태어나지 말았어야 할 업둥이란다. 죄의 씨앗이지. 죄는 너를 낳은 여자와 내가 짊어지면 씻어지겠지만 부디 착한 아이가 되어다오. 살아가노라면 마음대로 되지 않은 일이 많단다. 그럴 땐 화를 내면 안 돼. 여자는 꽃다워야 하고 꽃답다는 건 마음씨가 고와야 하는 거란다. 그러기 위해선 무어든지 인내하며 참고 견녀야 하는 거야.

다음은 문희를 품에 안고 의부가 얼러댔다.

넌 엄말 닮았어. 엄마의 지능지수가 일백 오십을 웃돈단다. 청희보다 훨씬 영특한 걸 보면 네 지능지수도 높은가 봐. 할머니가 영재교육 받게 해 줄 테니 남들이 부러워 할 최고에 올라 보렴. 시간을 아껴라. 지나간 시간은 다시 오지 않는다. 노력해야 돼. 내가 남보다 머리가 뛰어났다고 모든 일에 뛰어난 건 아니란다. 항상 남 앞에 고개 숙일 줄 알고 겸손해야 한단다.

의부는 청희를 안고 얼러댔다.

넌 독특한 미모를 지녔어. 사람은 우선 잘생기고 볼 일이야. 문희의 빼어난 지혜 앞에 기죽진 말아다오. 잘생긴 건 천부의 것이거든. 넌 미모로 덕을 볼 거야. 잘 생겼다고 남들 앞에서 우쭐대거나 교만해선 안 돼. 미인박명이란 말은 잘생긴 값어치를 못한다는 뜻이거든. 미인이 행동에 모범을 보이면 금상첨화겠지. 네가 행한 행동은 언제나 너의 몫인 거야. 특별히 언행에 조심해야 하느니라.

마지막으로 의부는 성희를 한참이나 꿰뚫었다. 찌른 듯한 의부의 눈빛이 따가워 성희는 칭얼댔다. 의부는 자세를 고쳐 앉고 성희를 달랬다.

울지 마라, 성희야. 난 너를 사랑한단다. 어쩌다 네가 없었다면 난 무척 행복했으리라 싶었지만 결국 난 너를 사랑할 수밖에 없을 거야. 넌 내가 사랑하는 여인의 딸이거든. 타인의 딸이었대도 난 너를 사랑했을 거야. 아름다운 얼굴이 천부의 것이듯 아름다운 마음씨도 천부의 것이거든. 한때 미혹의 영에 사로잡혀 너를 구박한 걸 용서해 다오. 넌 천성적으로 순전한 아이야. 순전한 것처럼 고귀한 것도 없단다. 넌 타고난 고귀함을 자라는 아이들에게 바쳤으면 해. 그 길처럼 안전한 통로는 없단다. 할머님이 원하신 교육자, 내가 못다 이룬 꿈을 너는 필시 이루고 말 거야. 나처럼 사악함에 빠져선 안 돼. 다가올 세계는 지혜로운 통찰과 신성한 은총을 누려야 해. 그러기 위해선 유치원 교육부터 잘 이루어져야 하거든. 네게 꼭 당부할 게 뭔 줄 아니. 어떤 꿈도 목표를 향해 나아가는 과정이지 도달 할 순 없는 거야. 더불어 이 세상엔 영원한 것은 없단다. 완전한 것도.

의부의 독백은 일곱 살 아이가 못 알아들을 어려운 내용들이 많았다. 훗날 유언장과 다름없던 의부의 일기를 엄마 서랍 속에서 꺼내 그걸 여러 번 읽고 난 뒤에야, 성희는 의부의 독백 내용을 터득했다.

사나흘 지났을까. 의부는 시체가 되어 영구차에 실려 왔다. 장례식을 치르고 나서 조모는 의부의 유품들을 불태웠다. 엄마가 의부의 일기를 여태껏 보관한 걸 보면 자매들의 앞날을 훤히 꿰뚫은 혜안의 경외였을까, 아니면 자매들을 키우기 위한 지침서를 삼고자 했을까.

정 박사는 속마음을 털어놓는다.

"누구나 후회할 과거는 있는 거야. 그동안 흘린 참회의 눈물을 값지게 하기 위해서라도 난 엄마와 더불어 삶을 누리고 싶어."

"엄마가 허락하시던가요?"

"반대해도 난 실행에 옮길 거다."

"두 분의 결합은 제겐 관심 밖의 일입니다. 개인에겐 존중돼야 할 가치관도 있고, 절실히 필요한 당면 문제도 없진 않을 테니까요."

"왜 관심 밖의 것이더냐? 우리의 결합이 네겐 눈엣가시냐?"

"무관심 이상도 이하도 아닙니다."

정 박사는 목이 탄다. 내 피붙이에게 이런 대접을 받다니.

"넌 너의 생활이 최선이라고 생각하느냐?"

"제게 주어진 책무임을 알고 성실히 살아갈 겁니다."

"어느 것에 대한 답변이냐? 강 변호사 며느리? 유치원 교사?"

청청한 앞날에 먹물 끼얹을 일은 그만 두어라. 정 박사의 질문은 명확한 해답을 요구하기보다도 아예 현재 처한 위치를 무시하려 든다.

"강영조 아내로서, 새롬 유치원 교사로서, 전 최선을 다할 작정입니다."

정 박사는 피가 거꾸로 치솟는 걸 가까스로 억제한다. 네가 선택한 길은 너무 무거운 거란다. 감당 못할 무거운 짐을 짊어져선 안 돼.

"영조는 죽은 자야. 산 자의 아내 노릇도 힘든데 하물며 죽은 자의 아내 노릇이라니. 열녀비라도 세워 준다던?"

"그인 살아서도 저를 꼼짝 못하게 했지만 죽어서도 더욱 저를 꼼짝 못하게 하거든요. 그인 죽어도 죽은 것이 아니에요. 그인 생생히 살아서 저와 항시 동행합니다."

"지금 이 자리에서도?"

"그렇습니다."

"참으로 알 수 없구나. 귀신 들린 사람을 내가 치료해 보기도, 성직자들이 창조주와 대화를 나눈다던 간증을 듣긴 했어. 산 사람이 죽은 귀신과 대화를 나누면서 동거 한다는 건 기네스북에나 나올 일이란다. 나의 딸이 그런 엄청난 망상에 사로잡힌 건 끔찍한 노릇이야. 남편이 숨겨 혼자 사는 여자라면 또 몰라. 미망인이 남편과 함께 지낸 기억을 떠올리며 그리워하고 살아가는 미담이 없진 않지만."

"영혼과의 대화는 아름다운 거예요. 이 세상에 존재하진 않지만 호흡보다도 가까이 접하며 숨결을 느낀다는 것이 저에겐 그게 바로 기쁨이요 생의 보람인 걸요."

"나도 인정한다. 파리에 있을 때 내내 엄마를 그리워하며 하소연 했으니까. 대화를 나누고 싶어도 진정한 상대가 곁에 없어 비참함에 빠져들 때, 나누고 싶어도 나누지 못한 대화를 가슴 속에 묻어 둘 수밖에 없었을 때, 내뿜던 독백이랄지. 사랑의 독백은 그리움에서 잉태된 메아리 같은 거야."

"그보다 더 절실하면 영혼과의 대화가 이루어지는 겁니다. 내가 네가 되고 네가 내가 되는 혼연일체, 만일 그렇지 못하면 진정한 사랑일 순 없지요."

"영조와 겪은 과거의 사랑, 그 시절을 회상하며 그리워하는 건 괜찮아. 지금 넌 영조가 아닌 귀신에 쓰인 거란다. 지금 너를 조종한 건 미혹의 영이야. 유치원 교사란 직업도 그렇지. 넌 얼마든지 좋은 직업을 가질 수도, 유아 교육 학문을 연구해 봄직도 해."

정 박사는 딸에게 뭐라도 해 주고 싶다는 뜻을 강하게 비친다.

"전 현재의 일에 지극히 만족해요. 만일 다른 길로 빠진다면 감당하기 어려운 함정일 테니까요."

"그건 함정이 아니라 사람들이 겪는 삶이란다. 서로 살을 맞부딪치며 웃고 울고 싸우고 화해하며 사는 것 이상의 더한 보람은 없단다."

"전 그렇게 살고 싶지 않아요."

"만약에 말이다. 어려운 일이 있으면 나를 불러다오. 이 애비가 사는 맛 좀 보게."

정 박사는 딸 앞에서 자신이 얼마나 미약한 존재인가를 새삼 느낀다. 만나지 않아야 할 상대를 만난 것처럼 뒷맛도 개운치 못하다. 그래도 정 박사는 성희를 계속 만나고 싶다. 만나서 대화를 나눈 순간만이라도 넌 내 딸이란 사실을 확인 할 테니.

부녀는 거리로 나온다. 강남동 집까지 바래다주겠다던 정 박사의 제의를 성희는 거절한다. 반대 방향으로 발걸음 옮기는 딸의 강한 저항을 정 박사는 어쩌지도 못하고 잘 가란 손짓으로 허전함을 달랜다.

또각또각, 구두 소리를 들으며 성희는 환청에 사로잡힌다.

왜 그리 우울하니?

내 속에 든 나 아닌 그가 묻는다.

기분이 좋을 리 없잖아. 친부와의 첫 대면에서 아빠라고 한 번도 불러보지 못했는걸.

아빠라고 마음껏 불러 볼 일이지.

무척 부르고 싶었지만 부르고 싶은 만큼 혀가 굳어진 것도 이상해.

아직도 정 박사님을 용서하지 못하는구나.

아니, 용서하지 못할 만큼 사랑 할 수가 없었어.

왜, 왜 그래?

의부의 강한 체취가 아직도 나를 점령하거든. 의부의 품이 따뜻했던 걸 기억하는 한, 한 번도 안겨보지 못한 친부의 품을 따뜻하다고 여길 순 없잖아.

의부를 사랑했어?

사랑하기 보다는 지금도 사랑하려고 노력 중이야. 의부가 내게 그랬던 것처럼.

영조는 더 이상 말하지 않는다. 성희는 알 수 없는 골목길로 접어든다.

자기, 화났어? 응, 말해 봐.

난 네가 없었다면 무척 행복했을 텐데. 곤혹스러워 하던 의부의 눈빛과 유언이 뇌리를 스친다. 잊지 못할 그 고통은 엄마도, 단 한 번도 아빠라고 불러보지 못했던 친부도 나누어 갖지 못할 오직 나만이 짊어져야 할 멍에거든.

성희는 길가의 포장마차 안으로 들어가서 술잔을 기울인다.

축배를 들자, 의부를 향하여.

어쩌다 당신은 타인의 아기를 잉태한 성녀를 사랑했던가요?

건배할까, 불쌍한 나의 엄마. 어쩌자고 뱃속의 씨를 지우지 못하고 타인에게 손 잡히고 말았지?

다시 건배할까요, 정 박사님. 이십 년이 넘은 지금, 무얼 꿈꾸고 계세요?

소주를 들이키자, 몸이 달아오르며 다리가 후들거린다.

성희는 포장마차를 빠져 나와 휘청거리며 걷다가 앞으로 넘어진다.

"밤공기가 차구나, 어서 집으로 가자."

강인평 변호사가 장남의 약혼자를 일으켜 세운다.

4

얼마나 지났을까.

그들은 말없이 서로를 응시한다.

"언제까지 우리가 이렇게 지내야만 하지?"

훈종은 별거까지 하고 미란과 이혼하기 위한 준비를 하는데도 수인에겐 아무런 반응이 없다.

"난 이대로가 좋아요. 뭘 더 바라죠? 우리가 혼인식 올려 신접 살림 차릴 나인가요? 야반도주 할 나인가요?"

수인이 강하게 반박한다.

"주어진 환경에 적응하며 이대로 늙어가야 돼?"

"우리가 결합해 한 씨 가문의 가족을 거느리면 정 씨 가문의 혈족은 어떡하죠?"

"모든 문제를 수용하고 협력하며 유대를 강화해 나가면 되잖아."

훈종은 수인과 대화를 나누면 절벽을 느낄 때가 많았다. 그것은 문화의 차이였다. 긴 세월을 두고 동서양으로 떨어진 사이, 자신은 서양 문물에 물들었다. 수인은 동양 문물에 파묻힌 결과가 둘 사이 결합의 장애가 되었다. 훈종은 자신이 토종 기질이요 한국 정서를 내팽개칠 정도로 야박하지 못한 걸 부인 못했다. 사람이 환경의 지배를 받는 줄 알면서도 자신이 한국 국민이란 고정 관념이 변함없음을 자부하곤 했다. 타국에서 고국의 문물을 그리워하던 것만큼 타국의 문물이 은연중에 자신의 내부 깊숙이 파고든 것도 부인 못할 사실이었다.

훈종이 오래도록 파리에 머문 건, 운동권의 내력으로 쫓긴 강박 관념, 형의 정신 장애, 수인이 다른 남자와 결혼한 것도 그에 속했다. 그것 말고도 다른 이유는 미란의 태도였다. 행동반경이 당돌하고 모나며 바늘로 꼭꼭 찌른 듯이 상대방을 화나게 하지만, 너 아니면 난 살 수 없다던 악바리 근성도 저어 못할 자극제였다. 얼핏 보면 악바리 근성이 정나미 떨어져도 전연 그렇지 않은 경우도 뒤따랐다. 여자를 여자답게 하던 게 순종의 미덕이라면, 그 순종을 뛰어넘은 게 악바리 근성이었다.

수인이 주열과 결혼한 이유가 미란의 농간임을 알고 훈종이 치를 떨며 파리로 돌아갔을 때였다. 훈종의 표정을 보고 모든 걸 눈치 챈 미란은 황망히 꿇어 엎드렸다.

용서해 주세요. 전 훈종 씨가 아니면 살 수 없어요. 훈종 씨는 저의 생명의 은인이에요. 제 생명의 은인을 놓치고 싶지 않았어요.

고개 숙이고 눈물로 호소하던 미란은 훈종의 양말과 옷을 벗기고 그의 발바닥부터 혓바닥으로 핥기 시작했다. 발바닥에서 발등으로, 발등에서 다리로, 다리에서 허벅지로, 허벅지에서 성기로, 성기에서 배꼽으로, 배꼽에서 가슴으로, 가슴에서 목으로, 목에서 턱으로, 턱에서 입술로 와선 그의 목을 껴안았다. 앞으로 훈종 씨를 위해서라면 무어든지 하겠어요. 절 버리지 마세요. 그가 분을 참지 못해 폭력을 휘두르고 나자 미란이 그에게 보인 악바리 근성이었다. 때때로 악바리 근성은 묘하게도 훈종의 마음을 사로잡았다. 그들이 위기에 처할 때마다 생활의 현장에서 드러난 미란의 순종은 수인에 대한 사무친 그리움도, 고국에 대한 향수도 져버릴 묘방이었다.

처음 그들이 동거에 들어갔을 때였다. 훈종은 파리의 지리에도 익숙하지 못하고 타인과의 언어 장애에도 시달렸다. 더욱이 음식도 입에 맞지 않아 체중이 줄어들고 심한 몸 고생에 시달렸다.

하루는 미란이 외식하자며 그를 안내한 곳이 센 강변의 레스토랑이었다. 식도락가들이 꿈에도 그린다는 그 레스토랑은 미식가들에게 실내장식도 음식 맛도 최고란 평을 듣던 곳이었다. 그는 고급 레스토랑은 사절이라고 문전 입구에서 거절했다. 입맛이 동하지 않은데 값비싼 외국 요리를 먹을 필요가 없었다. 미란이 예약해 놓았다며 설득했다. 도리 없이 그는 레스토랑 안으로 들어갔다. 미란은 그 레스토랑의 전문요리 생선회와 오리백숙을 시켰다. 최고의 요리를 맛보면 입맛이 동한다는 것이 미란의 지론이었다. 그들은 센강이 내려다보인 창가에 앉았다.

저 아래 물이 흐르는 센강을 남강으로 여기고 식사를 해요. 이 생선은 남강에서 건져 올린 생선이라 여기고요. 이 오리는 훈종

씨 집에서 기른 오리라고 생각하면 훨씬 입맛을 돋울 겁니다. 생선과 오리를 찍어먹을 때마다 삼십 프랑의 돈이 내 입에 들어온다고 여기면 더욱 입맛이 당길 거예요. 이 요리를 음식 맛이 아니라 돈맛이라 여기면 더한층 군침이 돌지 않겠어요.

미란은 미식가 레오를 따라 유명 레스토랑을 다닌 경험을 되살려 훈종에게 입맛을 북돋아 주려고 애썼다. 은은한 조명등 아래 화사한 실내장식과 강을 내려다보며 식사를 하자, 음식 맛이 혀끝을 감싸고돌았다. 생선회와 오리백숙은 훈종이 좋아하던 요리였다. 오랜만에 입맛을 찾은 건 환영했지만 음식 값이 너무 비쌌다.

그 많은 돈은 어디서 생겼지?

훈종 씨를 위해 접시 닦기 노동한 일주일의 급료예요.

이인분의 한 끼 값을 치르기 위해 미란은 일주일 동안 중노동해서 그의 입맛을 되살려 냈던 것이다.

수인은 고뇌에 담긴 얼굴로 연인을 바라본다.

"우리가 재결합하는 것도 윤리와 도덕의 문제예요. 부도덕에 탐닉한다는 건 어리석은 짓이고요."

"어떻게 우리 사이를 그렇게 매도하지?"

"현실에 처한 진실 앞에 우리의 도피처는 없어요. 있다 해도 바늘방석을 찾아 나설 만큼 우린 젊지 않다는 점을 고려해야죠."

"요즈음 내가 어떻게 지내는지 알아? 독신 생활에 접어든 지도 두 달 지났어. 병원에서 지내는 것도 잘 알 텐데. 나의 이런 생활에 동조는 못할지언정 진실 여부를 내세우며 우리의 재결합 문제를 평가 절하 시키다니."

"내가 어떻게 해야 할까요? 미란과의 관계도 그리 쉽사리 해결될 것 같아요?"

"옛날처럼 사랑마저도 미란에게 양보하는 따위의 허위 겸양 앞에 내가 넘어 갈 성 싶어? 그때 나랑 파리로 떠났다면 성희가 저렇게 변할 리는 없잖아?"

"맞아요. 우린 단란하게 살림을 꾸려가며 행복을 노래 부르기도 했겠죠. 하지만 사회엔 윤리와 도덕성의 준엄한 심판도, 가정이란 울타리도 존재 하구요. 결혼이란 하나의 계약이에요. 내가 손해 보며 너의 결점을 보완한다는. 그리하여 우린 하나의 인격체가 된다는. 주열 씨는 결혼 계약에 충실한 남편이었어요. 난 그 계약을 파기할 수 없었지요. 훗날 곁길로 방황하긴 했지만."

"그래서 헌신한 결과가 뭐지? 성희는 순전이란 허울을 뒤집어 쓰고 내면엔 어른스러움에 짓눌렸던 게야."

여섯 살 아이가, 난 네가 아니라면 행복해 질 터인데, 라는 의부의 말이 족쇄가 되어 어른스러운 아이로 길들였지. 그건 뒤이어 일어난 의부의 죽음을 보고 나 때문에 의부가 죽었구나. 앞으로도 내가 잘못한다면 남들도 죽는다. 그래서 조모의 훈육에 힘입어 조심조심하며 더욱 어른답게 변해 갔어. 아이가 아이다워야지 어른답다는 건 비극이지. 감당 못할 짓눌림에 질식하지 않기 위해 성희에겐 출구가 필요했어. 인평이 그 출구의 대상이었고. 인평에게 가야만 아이다워 졌거든. 그렇게 외곬으로 파고들다 자주 만난 영조를 사랑했지. 내겐 오직 영조뿐이란 생각이 빗나가 혼자서 영혼 혼례식을 치렀잖아. 죽은 자와 소통하는, 자가 당착에 빠져 들었거든.

훈종은 목이 메어 더 이상 토로하지 못한다.

"그런 사실을 어떻게 아셨어요?"

"인평이 고민을 내게 털어놓으며 생각 외로 심각하다는 거야. 겉은 멀쩡해도 병이 골수에 박혔다던 걸 나도 느꼈다고."

"성희 문제는 우리가 나설 게 못 돼요. 본인이 좋아서 한 일이고 강 변호사님이 잘 알아서 해결해 준다는데 어떻게 우리가 간섭 하겠어요."

일이 꼬이면 한없이 나락으로 빠져드는 것이 세상사였다. 수인은 현재 처한 일에 최선을 다하면 내일 일은 순리대로 잘 풀릴 거라 싶었다. 인평은 수인에게 시간이 지나면 좋은 결과가 올 테니 기다려보자 했다. 모든 문제가 잘 해결 되리란 믿음은 인평을 향한 깊고도 깊은 신뢰였다.

"간섭할 수 없다니. 우리가 누구야? 성희의 친부요 친모 아냐. 가령 내가 성희에게 아무 것도 아닌 존재라고 하자. 타인이라도 용납 못할 잘못된 삶이란 건 자타가 공인하고도 남을 중대사야."

훈종은 딸에게 아빠 노릇할 수 없었던 지난날들은 접어 두고라도 앞으로도 아비 노릇할 수 없다는 사실이 뼈를 저리게 했다. 처음 단둘이 만났을 때도 성희는 아버지라 부르지 않았다.

"우리가 달리 어쩔 수 없잖아요. 강 변호사를 믿어 보는 수밖에요."

"모든 문제는 시간이 해결해 주겠지 여긴다면 자만이야. 우리처럼 청춘이란 황금기를 놓치는 건 아닌지."

"누운 침대 옆에 영조가 사용하던 베개를 놓고 그 위에 영조 사진을 얹고는 잠들곤 한대요."

"영조 목소리를 흉내 내며 서로 주고받은 대화를 하는 건 어쩌고. 다행히 유치원 동료들은 전연 그런 낌새를 못 느낀대. 인평도 당장 유치원을 그만 두라 하고 싶지만 일이 없다면 살아야 할 존재 가치도 못 느끼면 어쩌나 싶어 말도 꺼내지 못한대. 우리의 결합도 남의 일처럼 여기지 말고 빨리 해결 하도록 해."

"난 이대로 만났다 이대로 헤어지는 게 좋아요. 달리 무엇을 바랄 수도 없고 달리 어떻게도 할 수 없어요."

수인은 이대로 조용히 나가는 게 최선의 길인 양, 하루하루를 감사한 자세로 넘기곤 했다.

"이젠 무얼 기다린다는 건 지긋지긋해. 마음의 새로운 각오가 필요해. 저쪽을 이길 힘은 이제부터라도 우리는 결합 된다는 굳

센 의지와 믿음이야."

그러면서도 미란과 헤어지는 것도 수인과의 재결합만큼 어려운 문제라, 훈종은 머릿골이 아프다.

5

"제부를 만나거든 잘 타일러 보세요."

미숙은 남편의 눈치를 살핀다.

"친구를 처제에게 소개 시킨 게 잘못이었지. 나는 정 박사를 보면 죄인이란 자책이 들어."

석재는 퇴근길에 인평의 집을 방문한다. 인평도 미리 와 있던 훈종도 그를 반긴다. 삼층 거실에서 삼총사는 청주가 든 잔을 들고 건배를 올린다.

"진주 성씨 강하정이라."

금세 강씨를 앞세운 건, 성희 문제로 골머리 앓는 인평이 화끈하게 잘 해결 하리란 부추김이다.

저녁 식사는 헛제삿밥이다. 놋그릇에 담긴, 햇쌀밥, 고사리나물, 숙주나물, 시금치나물, 소고기산적, 조기와 도미 찜, 부추부침개, 탕국, 간장이 정갈하면서도 입맛을 돋운다.

예부터 헛제삿밥은 진주와 안동이 유명세를 탔다. 진주를 중심으로 한 남명 선생 문하생들과 안동을 중심으로 한 퇴계 선생 문하생들이 학문을 연구할 때 입이 출출하면 밤참으로 즐겨 먹던

게 이어져 왔다.

밥상을 물리고 다과를 들며 석재가 먼저 제안한다.

"성희 말이야. 연애 작전을 펴 보는 게 어때?"

"아예 맞선은 거들떠보지도 않아. 남자라면 괴물 보듯 하는데 어떻게 해야 할지 막막하다네. 고견 있으면 들려주게나."

인평이 석재와 훈종을 초대한 것도 성희 문제를 의논하기 위해서였다.

"영조와 닮은 청년을 찾아내 구혼하게 하는 것. 단순히 맞선 보는 것보다 적극적인 구혼 작전을 펼치는 것. 사랑은 자극이 필요하고 그 자극을 이용해 보는 것이 어떨까."

"그럴듯한데 닮은 인물이 어디 흔한가. 비록 일란성 쌍둥이라도 남의 눈엔 닮아 보여도 내 눈엔 다르게 보이는 것이 사랑하는 연인들의 공통점이거든. 내가 사랑한 그이는 이 세상에서 단 하나뿐인 나만을 위해 태어난 사람. 유행가 가사처럼 보일 테지만 사랑은 더없이 선하고 무조건 주고 아낌없이 베풀기도 하지만 한없이 상처 주는 독성도 무시 못 할 테지."

인평의 독백을 듣고 석재도 훈종도, 자네 시인이 되었나, 시를 읊조리게. 입안에 맴도는 말을 바깥으로 드러내지 못한다.

"찾아보면 노상 없진 않을 거야. 조립품처럼 꿰어 맞춰 그와 비슷한 인물을 찾아내기도 하잖아. 범인을 잡기 위해 범죄 조직이나 사건 현장에 뛰어들게 하던 연기자처럼 말이야. 우선 사진을 구해 비슷한 인물을 추려내고 자네가 그 청년을 만나보고 의견 일치가 되거든 성희에게 직접 구혼 작전을 펴게 하는 거야."

"그 많은 사진을 어디서 구하지? 연령과 키도 비슷해야 하는데도."

술에 약한 훈종이 취기가 올라 혀 꼬부라진 소리를 낸다.

"구하려면 얼마든지 있다네. 결혼상담소를 찾아 가서 협조를 구하는 것이 어떨까. 이제부터 가족의 냉대도 필요해. 우선 자네부터 성희를 너무 싸고돌면 안 돼. 성희의 그런 행동은 자네의 편애도 기여한다는 걸 알아야 되네. 정을 떼어야만 그 허전한 마음에 새로운 상대가 자리 잡도록 길 틔우기 작전도 필요해."

석재가 열변을 토하자, 훈종이 인평의 표정을 살핀다.

"말은 쉬워도 행동 하긴 어렵다네."

"시작이 반이야. 어려운 일일수록 밀어 붙이기 작전이 필요해. 쉬운 일이 어디 세상에 흔하던가."

석재는 훈종에게 미란의 이야기를 꺼내지 못한다. 성희 문제로 마음 고생하는데 처제 이야기로 분위기를 흐트러지게 할 순 없어 자리를 털고 일어난다.

술김에 졸다 깨어나니 승용차 안이다. 운전자는 성희다. 그제야 정 박사는 강 변호사 집에서 나오려는데 마침 성희가 대문 안으로 들어선 걸 보고, 하 부장이 아버지를 정중히 모시라 한 걸 기억해 낸다. 차량의 행렬이 밀려 성희는 차창 밖과 손목시계를 번갈아 보며 초조함을 드러낸다.

"천천히 가도 될 텐데 무얼 그리 서성거리느냐?"

지금 이 순간이 영원으로 흘렀으면. 아비의 말을 못 알아들었는지 성희는 어떤 동요의 빛도 없다. 그동안 두 번 더 성희를 만났다. 채희가 대입 고사 시험 치른 날 저녁식사를 수인과 네 자매와 함께 했다. 다음은 강 변호사 부친 생일잔치에 초대 받아서였다. 그 때도 단 둘이 만나지도 못하고 아쉽게 헤어졌다. 이제는 그런 기회가 없어도 보고 싶으면 새롬 유치원을 찾아 가면 되었다. 출퇴근 시간에 차창 밖을 통해, 유치원에 행사가 있으면 학부형들 틈새에서 딸이 원아들을 가르치는 모습을 보기도 했다. 학부모들은 거의 자모들이었다. 몇 안 된 자부들이 눈에 띠기 마련인데도 성희는 원아들을 가르치는데 열성이어서 그를 알아보지 못했다. 그가 산부인과 의사란 직업에 만족하듯이 성희도 유치원 교사 노릇에 만족한 모습이 역력했다. 딸이 좀 더 나은 직종을 원했던 자신이 부끄러울 정도로 원아들과 함께 즐거워하던 성희의 천진스러운 모습이 마음에 당겼다.

"내일 학예회가 열려 새벽부터 출근하기에 좀 쉬고 싶어서 그래요."

성희의 입술이 부르트고 눈동자엔 핏발이 섰다.

"나를 어디 내려 주고 돌아가렴."

정 박사는 피로에 겨운 딸이 안쓰럽다.

"아니에요. 취하셨는데 제가 병원으로 모셔다 드릴게요."

밤이 주는 느낌일까. 차 안에 단둘이 있어 그런지 얼어붙은 성희의 마음이 흔들린다. 잠든 친부의 모습은 한결 초라해 보인다. 연민의 정이 솟아나는 건 무슨 연유일까. 의부의 품이 따뜻했고 강 변호사의 다함없는 사랑을 받았다. 그래선지 친부를 보고도 감흥이 일지 않던 메마른 순간은 사라지고 부성애가 가슴 밑바닥에서부터 피어오른다. 의부와 강 변호사에겐 전연 느껴보지 못한 애틋한 감성이다.

"다 왔어요. 아빠, 일어나세요."

성희 입에선 저절로 아빠란 호칭이 새어나온다. 잠든 정 박사는 그 소리를 알아듣지 못한다. 성희는 차를 세우고 정 박사를 부축한다.

"아빠, 정신 차리세요. 빨리 일어나세요, 아빠."

잠결에 정 박사는 다른 소린 못 알아들어도 아빠란 호칭은 듣는다.

"여기가 어디냐?"

"신사동 아빠 병원 앞이에요."

정 박사는 성희 어깨에 몸을 기댄다. 내가 바라던 게 이런 모습이 아니었던가. 정 박사는 격한 감정을 추스르며 딸을 힘껏 껴안는다.

6

강 변호사는 하 부장이 보낸 사진들을 훑는다. 얼굴 모습은 달라도 표정은 거의 비슷하다. 이력서에는 출생년도와 학력과 취미까지도 자세히 적혔다. 회사 신입사원 모집에 응시하기 위해, 결혼상담소에 낸 것 등 다양하다. 이력서 뒷면에는 개인의 성격과 왜 회사에 지원했는지에 대한 자필로 쓴 것도, 내가 원한 여인상은 어떤 형이며 집안 환경은 어느 정도를 바란다는 내용도 들었다. 거의 삼십 세 안팎의 미혼 남자다. 일백 장 넘은 이력서를 훑어나가도 영조를 닮은 사진은 눈에 띄지 않는다.

증명사진으로 아들 닮은 청년을 가려낸다는 건 무모한 짓이다. 어쩌다 닮은 청년이 나온다 해도 짝짓기가 쉬운 일은 아닐 테지. 강 변호사는 이력서를 챙겨 서랍 속에 넣고 퇴근하기 위해 일어서려는데 전화벨이 울린다.

"어때, 괜찮아?"

자신만만해 하는 하 부장의 모습이 훤히 보인 듯하다.

"호의는 고맙지만 그만 두기로 하겠네."

"양자 영입하기가 쉬운 준 알아? 내 직장 선배는 딸이 숨져 이태 만에 사위에게 움딸을 구해 주고 사람 구실했다며 은근히 자랑하서. 시작이 일의 마무리니 열심히 찾아 봐. 왜 없겠어."

"닮은 청년이 있다 치자. 어찌 성희 남편감이라고 점찍겠나?"

"천하가 알아주는 명변호사가 겁쟁이인 줄 몰랐군."

"사건 현장 취재하듯 사람을 몰아붙인 선수 앞에 입 다문 벙어리가 될 수밖에."

"우리가 남자로 태어난 게 뭔가. 여자들이 할 수 없는 일을 해결 하는 게 아니겠나. 하도 수인 씨가 딱해 보여서 그래."

하 부장은 전화를 딱 소리 나게 끊는다.

거리에는 퇴근 시간이라 사람들이 몰려든다. 강 변호사는 거리에서 청년들을 보면 영조인 것 같은 착각에 사로잡혔다. 앞모습과 뒷모습도 걸음걸이조차도 아들인 양 착각하고 그의 뒤를 따르기도 했다. 어떤 땐 거리의 소음조차도 아들의 목소리인 양 환청에 귀 기울였다. 그런 걸 보더라도 강 변호사는 누구보다도 성희를 이해했다. 생과 사가 동전 양면이라면 연인은 어제도 있었고 오늘도 있고 내일도 있으리란 희망을 안고 인간은 숨쉬기 마련일 테지.

약속 장소에 수인의 모습이 보인다. 호수가 내려다보인 청계산 산장이다. 강 변호사가 어려운 사건에 부딪치면 머리를 식히기 위해 가끔 찾는 곳이었다. 외진 곳이라 교통이 불편해 강 변호사는 운전기사를 수인의 직장까지 보내 모시고 오라 했다. 산장에는 노을이 창으로 스며든다. 금빛 드리운 호수 물결 위로 사마귀가 건반 두드리듯 날뛴다.

강 변호사는 수인에게 무슨 말부터 꺼내야 할지 망설인다. 저녁 식사를 들고 차를 마시고 난 뒤, 입을 연다.

"성희를 우리 집에서 나가도록 해야겠는데 어떨는지."

그건 너의 집으로 데려가란 뜻이다.

"언제쯤이면 좋겠습니까?"

"내일 곧바로."

수인은 고개를 들 수 없다. 어려운 일이 닥쳐도 그걸 물리친 저력은 강 변호사란 배경이 있기에 가능한 일이었다.

강 변호사는 수인의 그늘진 얼굴을 보고 마음이 무겁다. 언제 저 그늘을 지우고 환한 얼굴로 바뀌게 할까. 그러면서도 수인이 곁에 있으면 민옥에게 느끼지 못한 평온이 온몸을 데운다. 일이 안 풀린다든지 화가 나면 강 변호사는 수인을 만나곤 했다. 그러면 문제의 해답은 쉽게 풀리고 화는 물거품처럼 사라졌다.

"짝을 구하기 위해 동분서주해야 할 것 같소. 시간이 해결하리란 나태는 금물이라 정 박사와 하 부장과 의논한 결과 강제성을 띠기로 의견을 모았소. 나도 성희에게 정을 떼기 위한 노력을 기울여야 될 것 같소."

"정을 떼는 게 어디 그리 쉬운 일인지요. 아무도 변호사님과 성희를 떼어놓진 못할 겁니다. 저도 정 박사도요."

강 변호사는 수인의 말 마디마디에 삭신이 녹는 듯한 전율을 느낀다. 경우에 합당한 말은 삭신에 붙은 노폐물을 제거하고 청청한 물빛으로 채워진다던데. 나는 이 말 한 마디를 듣기 위해 수인을 만난 지도 모르리라.

"모든 게 잘 풀릴 겁니다. 영조의 죽음 앞에 우리가 해야 할 일은 경건의 삶 아니겠습니까. 언제 죽을지도 모를 목숨인데. 악은 멀리 하고 선을 행한 삶이 영조의 죽음을 의롭게 이끌 원동력 아니겠습니까. 난 성희에게 짝을 구해 줘 인간다운 삶을 살도록 하는 것이 선 중의 선이라 여깁니다."

강 변호사는 직접 승용차를 몰고 수인을 반포아파트 집 앞까지 데려다준다.

사무실 직원과 함께 강 변호사는 이력서를 정리한다. 회사와 결혼 상담실을 두루 다니며 한식이 구해온 사진 중에서도 영조와 닮은 얼굴을 가려내지 못했다. 강 변호사의 뜻을 알고 한식이 길거리에서 직접 카메라로 촬영한 사진도 더러 눈에 띈다. 영조를 잘 알던 한식이 찍은 사진 중에서 영조와 비슷한 얼굴도 보인다.

"원하신다면 이분들의 신원을 알아볼까요? 사진을 보내 주겠다는 조건으로 직장 전화번호와 집 주소를 받아 두었거든요."

한식이 강 변호사의 표정을 살핀다.

"관 둬, 비슷한 얼굴이 아니라 꼭 닮은 얼굴이 없을까? 난 어디가도 누구랑 닮아 보인다는 사람들이 많던데."

"변호사님은 평범한 얼굴인데다 널리 알려진 유명인사 아닙니까. 그렇지만 자제분은 개성이 강한 얼굴이라 쉽진 않지요."

"그런가. 다른 방법은 없는지. 자네가 두 달 동안 여기 근무는 안 해도 되네. 대신 결혼 상담실을 돌며 영조와 꼭 닮은 얼굴을 찾아 봐. 나의 명예가 걸린 문제야."

"잡무 정리가 많은데 제가 일찍 근무하고 늦게 퇴근해 양쪽 일을 병행하면 어떻겠습니까?"

"일석이조의 효과를 노리면 한 가지 일도 제대로 못해. 대신 일할 임시 직원을 채용 하겠네."

한식이 밖으로 나가자, 성희가 들어온다.

"오랜만이구나. 연락도 없이 웬 일이냐?"

무턱대고 품속을 파고든다든지 살갑게 주변에서 일어난 이야기를 하던 지난날과는 달리 성희의 표정이 자연스럽지 못하다.

"왜 저를 피하시는지 그 이유를 알고 싶습니다."

"내가 언제 널 피했지? 넌 항상 피해의식에 사로잡혀 일생을 망칠 참이냐?"

"제가 언제 피해의식에 사로잡혔던가요?"

"말끝마다 토를 다는구나. 산 자를 대접하고 보호하기도 어려운 세상이잖아. 그런데 죽은 자에게 홀려 많은 시간을 바치는 것도 모자라 우리 집 가족에게 누를 끼친 행위야말로 피해의 극치 아닌가."

성희의 얼굴이 샛노래지다 못해 푸르뎅뎅하다.

"어찌하여 그이를 몰인정하게 몰아붙입니까? 마치 넌 죽었으니 내 자식이 아니란 뜻이군요. 그런 비정함도 법조문에 있던가요?"

"당연히 있고말고. 법은 산자를 위해 있는 거지 죽은 자를 위해 있는 건 아니거든. 죽음이란 무엇인가. 왜 죽어야 하는가. 그 명제는 우리가 풀 수 없는 영원한 수수께끼야. 하지만 한 생명으로 세상에 태어났다면 수를 누려야 하잖겠어. 남들이 누린 생명의 한계선을 내가 못 누린다는 것도 법의 심판에 올릴 중대사거든. 내가 생명의 존엄성을 피부로 느끼고 내 몸을 아낄 줄 안다면 천재지변을 피하기도, 모진 질병에도 놓임 받을 테지. 영조가 왜 여자들에게 탐닉했는지 몰라. 여행 도중에 이 여자 저 여자와 관계를 맺고 그러다 보니 여독에 피로가 쌓이고 쌓여 갑자기 쓰러졌잖아."

"거짓말, 거짓말이에요. 그이가 그럴 리 없어요."

성희는 고이 지닌 영조를 향한 환상이 깨져 울먹인다.

"나도 그런 사실을 전연 몰랐거든. 근자에 관계한 여자들이 나를 찾아와 손해 배상을 요구하더구나."

영조와 관계한 여자들이 찾아왔다는 건 사실이었다. 강 변호사는 세상에 널리 알려진 유명세를 타고 찾아온 여자들이 협박해 아들이 남긴 불미스러운 행동 뒤끝을 무마하기 위해 애를 태웠다.

"아닙니다. 누가 뭐래도 전 그이를 믿습니다. 사생아란 저의 상처를 너무나도 잘 알기에 저를 이해하고 우린 혼전 순결 서약까지 했는걸요."

가장 믿었던 연인에게 가장 하지 말았어야 할 실수를 알았을 때의 실망은 컸다. 성희는 쓰러지듯 강 변호사의 무릎에 얼굴을 묻는다.

"거짓 아닌 솔직한 고백이야. 난 아들의 죽음을 미화한 몽상가도 아니요, 아들의 죽음을 욕되게 한 못된 애비도 아니란다. 따라서 너도 약혼자의 죽음을 미화한 찬미가가 되어선 안 되고, 약혼자의 죽음을 욕되게 할 탐욕을 부려서도 안 돼."

강 변호사는 성희를 냉정히 뿌리친다. 놀란 성희는 엎드린 채 뒤로 물러앉는다.

"탐욕이라뇨. 제가 언제 그이를 욕되게 할 탐욕을 부렸던가요?"

성희는 원망의 눈빛으로 쏘아본다. 성희는 강 변호사의 따스한 품속에서 풍긴 강한 체취, 자애로운 눈빛, 볼을 비비면 턱수염에서 전달되던 까끌까끌한 감촉을 사랑했다. 남성미와 부성애를 동시에 잃어버린다는 좌절감에 안절부절 못한다.

"영조의 죽음을 두고 네가 좀 많은 탐욕을 부렸냐? 넌 우리 가족이 아닌 데도 삼층에 자리 잡고 우리 가족을 얼씬 못하도록 했어. 너의 탐욕으로 우리 식구들은 근육 마비 증세에 시달렸다. 웃음조차도 마음대로 못 웃어서 하루하루의 일과가 우울했어."

"모두 저를 죄인으로 몰아세우는군요. 노할머님은 예수 귀신

옮아와 증손주도 잃고 제사를 지내도 조상 앞에 죄인 된 심정이라며 한탄하시고, 조부님은 낚시질도 못하게 발에 족쇄를 채운다며 발을 구르시고. 제가 죄인이 되지 않기 위해선 어떻게 해야 할까요?"

"짝을 찾아 결혼하는 길만 남았어. 우리 집에서 쫓겨난 너를 너의 가족인들 좋아하겠어? 처녀가 셋이야. 애물단지로 변한 너까지 합친다면 짐이 무거워도 너무 무거운 거야. 아무 쓸모없는 과거에 연연한 것도 죄악이다. 나를 다신 찾지 말아다오. 난 너만 보면 영조 생각이 나고 영조가 남기고 간 걱정거리와 네가 지닌 근심이 내게 전염병처럼 옮아와 일이 손에 잡히지 않아."

성희는 도망치듯 밖으로 나간다. 거짓을 가장한 충고가 어떻게 성희에게 먹혀들 것인가. 강 변호사의 몸에 진땀이 흐른다.

성희가 귀가하자, 수인은 맏딸을 달랬다.

"이제부터 넌 강 씨 집안 가족이 아니라 다시 우리 가족으로 되돌아 온 거란다. 그동안 강 변호사 가족이 많이도 참은 거야. 아들 잃고 마음이 울적한데 며느리 아닌 너를 며느리인 양 대접한 고통을 넌 상상이나 해 봤어?

성희는 엄마에게 하소연 했다.

"그래도 그렇지. 왜 태도가 돌변했는지 몰라. 노할머님은 방문 잠그고 아예 거들떠보지도 않으시고, 어머님은 내내 싸늘한 표정으로 날 못 쫓아내 안달이셨어."

성희가 퇴근해 귀가하자, 영조의 방은 텅 비었다. 가구도 침대
도 화장대도 옷과 물건들도 없었다.

민옥은 사실을 밝혔다.

"네가 출근하고 나서 가족회의를 열었단다. 이젠 영조가 사용
하던 물건들을 처분해야 한다고. 보통 백일이 지나면 죽은 자의
물건을 불살라버린 것이 상례인데 갑자기 네가 들어온 바람에 그
대로 방치해 두었지. 네가 사용하던 건 반포아파트로 보냈단다."

강 변호사 가족이 오전에 가족회의를 연 건 사실이었다. 월요
일 아침이라 성희가 출근한 뒤였다. 주말에 지방에서 올라온 남
매와 강 변호사 부부와 부친 부부와 노할머님이 참석한 자리에서
성희 문제를 의논했던 것이다.

"가족회의를 열었다면 전 가족이 아니란 거군요?"

갑작스런 냉혹한 대접에 성희는 갈피를 잡지 못했다.

"어떻게 네가 우리 가족이니? 영조와 결혼식이라도 올렸으면
몰라도. 그동안 네가 우리 집에 있는 동안 상조와 수현이 설 자리
가 없었다는 걸 알고도 그냥 모른 척 넘어 갔겠지. 지방대학생이
라지만 주말이 아니더라도 얼마든지 집으로 오는데도 네가 있으
므로 방해를 받았단다. 상조가 결혼할 나이가 됐는데도 만날 죽
은 아들 생각하게 되었느냐고, 아버님이 나무라셔서 그렇게 결정
내렸어. 그리 알고 너도 너의 갈 길을 가도록 해."

"어머님도 너무 하십니다. 넌 우리 가족이라며 함께 살자던 분은 누굽니까?"

성희는 부인의 치맛자락을 움켜잡았다.

"그렇게 들창눈을 하고 나를 쳐다보지 마. 죽은 아들만 생각하고 산 아들딸 뒷바라지도 못한대서야 말이 되겠니. 네가 있으므로 영조의 음산한 그림자가 우리 집을 떠나지 않았어. 우리 집에 도사린 죽은 귀신을 쫓아버리기 위해서도 넌 지금 당장 나가 줘야 해. 상조 아빠는 급한 일로 일본에 가셨단다. 변호사 사무실은 아예 찾아 가지도 말아라."

성희는 그 사실을 들려주고 엄마 품에 안겼다. 수인은 강한 어조로 맏딸을 타이른다.

"이제부터 네가 정신 차려야 할 차례다. 예전처럼 강 변호사님 가족이 널 대해 준다고는 꿈도 꾸지 마. 영조의 환영을 하나씩 지워 나가도록 해. 그 빈자리엔 다른 반려자가 들어오도록 마음의 문도 열어 봐. 누가 만나자고 하면 만나고 폭 넓은 대화도 나누는 게 좋아. 엊그제 강 변호사를 만났는데 너 때문에 골머리가 아프다고 하셨어. 너만 보면 영조 생각이 나고 영조 환영으로 아무 일도 할 수 없었대. 왜 나로 인해 남에게 폐를 끼쳐야 해? 우리 서로 노력하자. 영조의 환영이 나타나서 널 괴롭히면 그 견고한 벽을 허물어뜨리는 거야."

"그가 나타나서 괴롭힌 게 아니라 그가 나타나지 않아서 괴로운 걸.”

“정말? 귀신도 때가 되면 사라진 법이다. 영조도 진정 널 사랑했다면 혼이 되어 너를 부여잡은 걸 원치 않을 걸. 네가 새로운 짝을 만나 행복하게 지내길 원할 거야. 넌 착각한 거다. 너를 그렇게 만든 건 영조가 아니라 미혹의 영이란다.”

“미혹의 영이라니? 그 말을 전에 아빠에게 들었어.”

“언제? 가출하기 전날 밤에 들었단 말이지?”

“응, 난 항상 그 말이 나의 뇌리에 떠나지 않았어. 고통에 일그러진 아빠의 마지막 모습도.”

“그래. 네가 내게 그 사실을 고백한 이상 앞으론 미혹의 영도 아빠의 일그러진 얼굴도 뇌리에서 사라질 거야. 할머님이 네가 올 줄 알고 조요한 목사님의 심방을 허락 받으셨대.”

수인은 맏딸을 가슴에 품었다.

강 변호사는 책상 위에 놓인 서류철을 한장 한장씩 넘긴다. 한식이 결혼상담소에서 가져온 서류가 아니고 임시 직원을 채용하기 위한 이력서다. 그걸 훑던 강 변호사가 강영재란 이름을 보고 사진에 시선이 집중된 순간, 실제 인물이 바로 앞에 등장한다.

“서 있지 말고 앉게나. 고향이 어딘가?”

생김새와 이름까지도 영조와 비슷해 강 변호사의 목소리가 떨려나온다.

"서울 출생입니다. 부모님 고향은 평양이고요."

말하는 태도와 목소리도 영조와 비슷해 부활한 아들을 보는 듯하다. 닮은 것과 비슷한 건 차이가 없진 않을 텐데. 비슷한 모습과 비슷한 이름이 닮은꼴로 이어진 건지. 일석이조의 효과란 이런 경우가 아닐까.

"평양이라, 육이오 때 남하하신 거로군."

"그렇습니다. 우리 강가는 진주에 많이 산다고 들었습니다."

"그렇다네. 나도 강가고 고향도 진주거든."

"저는 아직 못 가 봤습니다."

"지금은 뭘 하는데 여기까지 오게 되었지?"

"사법고시 낙방생입니다. 얼마 전 군에서 제대하고 대학원에 들어가 다시 고시공부 중입니다."

"우린 강군과 같은 고급 인력을 원치 않아. 더구나 임시 직원 모집인데 어떻게 응시하게 되었나?"

강 변호사는 영재의 눈치를 살핀다.

"인권변호사가 되는 게 소원입니다. 변호사님을 뵙고 가르침을 받으려고 왔는데 구인광고를 보게 된 겁니다. 사실 저의 형편이 아르바이트 하며 학비를 벌어야 하거든요. 변호사님 밑에서 심부름도 하고 법 상식도 익힌다면 고시공부에도 많은 도움이 될 것 같아서요."

강 변호사의 법률사무소에는 억울함을 당한 자, 재야인사, 법을 전공하기 위한 학생들도 찾아와 조언을 듣곤 했다.

"왜 인권변호사가 되기로 결심했지?"

"운동권 출신 매형이 감옥에 갇혔을 때입니다. 제가 면회 가서 그곳에 억울한 사람들이 많음을 알고부터 그런 결심을 굳혔습니다."

"요즘 매형은 무얼 하나?"

"쌀가게를 돌보며 배달도 하지요. 이상과 현실의 괴리감을 뼈아프게 경험한 뒤 초현실주의자가 되어 성실하게 살아갑니다."

"아직 미혼인 것 같은데 부모님은?"

"전 고아입니다. 부모님을 일찍 여의고 누님 슬하에서 자랐습니다."

"알겠네. 내일부터 근무하게나."

강 변호사는 영재를 보내고 한식을 불러들인다.

"금세 나간 강군 말이야. 생긴 모습이 어때?"

"특징 있게 생기긴 했지만 자제분 하고는 거리가 멀어 보입니다."

"이상하군, 난 영조와 비슷해 보였는데."

"선입감이 아닐까요? 같은 성씨에 항렬마저 같으므로 일가붙이라 닮아 보이는."

"틀린 말은 아니야. 허나 수많은 사람을 접해 본 경험으로 봐서 영재는 내 아들 영조가 못다 산 삶을 살 것 같은 느낌이 들어."

강 변호사는 집으로 전화를 건다.

"여보, 나야, 별일 없겠지. 성희의 신랑감을 구했어. 이름도 비슷한 강영재야. 일가가 아니냐고? 그래 맞아. 앞으로 성희와 어떻게 만나게 하느냐가 문제야. 지금부터 그 생각을 해서 내가 퇴근하면 알려 줘. 지혜가 필요해. 평소에도 내가 당신의 지혜를 높이 평가하던 걸 누구보다도 당신이 잘 알겠지."

시간의 무늬

1

카페에선 재즈가 쨍쨍 울렸다. 빠른 멜로디에 몸을 흔들며 준기가 채희를 향해 눈을 찡긋거렸다. 채희도 양발로 바닥을 치며 몸을 흔들었다. TV에서는 벌거숭이 남녀가 서로의 몸을 탐했다. 준기와 채희도 밀실로 들어가 알몸으로 서로의 몸을 포갰다.

그들이 처음 이곳에서 알몸이 되었을 때 준기가 먼저 채희의 입술에 입을 맞췄다. 채희의 살갗에 와 닿은 준기의 피부는 까슬 까슬했다. 그들의 첫 경험은 떨림이었다. 밀회가 잦을수록 두 남녀는 성냥갑 속에 갇힌 성냥개비였다. 성냥개비는 불꽃으로 타올랐다.

준기가 미국으로 떠나기 전날도, 그들은 호텔에서 부둥켜안고 밤을 새웠다. 아침이 되어도 그들은 말이 입 밖으로 새어나오지 않았다. 떠나가도 헤어진다는 생각은 들지 않았다. 다만 슬픔보다도 가슴에서 차오른 찬바람으로 덜덜 떨었다. 첫 경험일 때의 떨림과는 사뭇 달랐다. 첫 경험은 호기심과 불안이 섞인 떨림이었다. 지금은 추워서 덜덜 떨었다.

공항으로 가기 위해 준기가 호텔 방문을 열어도 채희는 말 한마디 못한 채 손을 흔들었다. 손은 또 하나의 입이었다. 눈이 입술의 창이라면 손은 입술의 해결사였다. 잘 다녀오라고, 빨리 돌아와 여기서 다시 밤을 지새우며 젊음의 향연을 누리자고 했다. 살과 살을 섞으며 입김과 입김에서 뿜어 나온 사랑의 밀어는 달콤했다. 목덜미에 입술의 낙관을 찍고 젖가슴을 이빨로 자근자근 씹어 문신을 새김은 살아 있음의 환희였다.

준기의 미국 유학은 윤경의 허영과 맞닿았다. 학원 성적에서 빌보드에 오르긴 해도 서울대에 진학하기는 무리였다. 시험을 쳐도 보기 좋게 떨어졌다. 삼수를 하느니 미국 유학이 낫고 채희와 갈라놓기 위해서도 그만한 효력이 없을 것이다. 준기도 마마의 의사를 거절 할 수 없었다. 삼류대학에 진학하느니 영어도 익히고 외국 풍물에 접하면 문리도 트여 사회가 원하는 일꾼으로 거듭날 거라고, 최 회장도 권했다. 무엇보다도 준기는 채희가 곁에 있으면 아무 것도 할 수 없다는 사실이 미국행을 앞당기게 했다. 좀 더 나이 들면 젊음의 혈기도 사그라질 테고 사랑의 축제도 늦지 않으리라 여겼다.

준기는 인천공항에서 엄마에게 간곡히 부탁 했다.

전 채희를 잃을 순 없으니 엄마께서 잘 보살피라고.

삼수하기 위해 미술학원과 입시학원에도 다니며 채희는 재수 때 하던 방황은 다시 하지 않으려고 다짐했다. 그 다짐이 작심삼일에 지나지 않았던 건 재수했던 친구들이 모두 대학에 들어가서 외톨이가 되었다. 그림 그리는 것도 너무 어려웠다. 단순히 취미 삼아 그린 그림과 입시를 치르기 위해 그린 그림은 차이가 났다. 가족의 반대를 무릅쓰고 앞날의 진로를 바꾼 것도 부담이었다. 준기가 곁에 없어 외로움이 더한층 뼛골로 스며들었다. 하는 일마다 맥없던 나날의 연속이었다. 그림 기본기를 익히기 위해 하루 일곱 시간의 작업은 고된 훈련이었다. 오른팔에 통증이 일어 병원에 다니며 물리 치료도 받았다.

그즈음 윤경이 채희가 다니는 미술학원을 방문했다. 준기가 채희를 만나 위로해 주라는 국제전화가 빗발쳤다. 윤경은 채희를 만나는 시늉이라도 해야만 막내에게 할 말이 있기 때문이었다. 막내의 의도와는 달리 윤경은 채희에게 너 때문에 내 아들이 입시에 낙방하고 외국 유학까지 가지 않으면 안 되었다는 의사를 노골적으로 드러냈다. 앞으로 더 이상 만나지 말라는 눈물겨운 호소도 곁들였다. 채희에게 준기는 위무를 받기 위한 마지막 보루였다. 그렇지 않아도 위무의 대상자가 멀리 떨어져 있어 견디기 힘들었는데 앞으로 더 이상 만나지 말라는 압력은 크나큰 위협이었다.

채희는 자신을 비난하는 윤경의 비뚤어진 옹고집에 단호히 맞섰다. 만나고 안 만나고는 우리가 선택할 일이지 당신이 왜 간섭하느냐. 당신 아들이나 잘 단속해야지 왜 남의 딸에게 덤터기 씌우느냐. 강한 저항과 반발 뒤엔 무엇으로 채울 수 없는 허무가 뒤따랐다. 담배를 피우고 술 마시는 횟수가 늘어갔다. 그러면서도 채희는 오른팔 겨드랑이에 물집이 생겨 수술하고 붕대를 감은 채 왼손으로 그림 그리기에 몰두했다.

윤경과 입씨름한 지 열흘쯤 지났을까. 준서가 미술학원으로 찾아왔다. 오른팔 붕대를 풀고 손놀림이 자유스러워졌을 때였다. 준서를 본 채희는 충격을 받았다. 준기가 자주 만나서 정이 든 사이라면 준서는 첫눈에 현혹될 잘생긴 얼굴이었다. 피부는 희고 눈썹은 짙고 눈빛은 형형하고 코는 우뚝하고 입술은 두툼하면서도 검붉었다. 늘씬한 키에 인상도 상큼했다.

"동생이 하도 전화로 채희 양을 만나보라고 해서 왔습니다."

준서는 채희를 관찰하며 동생을 사로잡은 매력이 무엇인지 알고 싶었다.

"동생 부탁으로 나를 만나러 왔다면 실망인데요. 최 회장님을 많이 닮으셨군요. 특히 이마가."

넓고 반반한 이마에선 환한 빛이 반짝였다.

"모두 그런 말을 합니다. 다른 건 다 좋은데 이마만큼은 유전

되지 않았으면 얼마나 좋을까, 생각했지요."

준서는 이마를 양손으로 탁탁 쳤다.

"잘못 오해하시는군요. 난 그 이마가 없었다면 준서 씨를 관심 밖의 남자라고 생각했을 겁니다."

그제야 준서는 채희의 매력이 당돌성이라는 걸 직감했다. 저 올차고 도랑도랑한 계집애의 함정에 빠져 국제전화 요금을 낭비해 가며 성가시게 굴 건 뭐람. 준서는 계집애를 어떻게 요리할까를 궁리했다.

"이마에 대한 찬사는 처음 듣습니다. 대머리 될까 봐 걱정 했는데, 머잖아 가발을 사용해야 할 일이 끔찍하거든요."

거리에 나서면 이마가 훌렁 벗겨진 남자들이 많았다. 백상현도 이기택도 대머리였다. 채희는 그들에게 좋은 인상을 못 받은 것이 대머리 때문이었지만 최 회장은 달랐다. 본디 잘생긴 이마라서 그런지 어떤 기교도 안 부리고 올백으로 빗어 넘긴 이마를 보고 입맞춤하고 싶어 안달 났던 기억이 새로웠다. 최 회장에게 느꼈던 좋은 인상이 준서에게 옮겨졌다. 채희는 그 순간의 신선한 느낌을 재현하고 싶을 정도로 준서의 첫인상이 마음에 들었다. 최 회장과 준서가 준기의 아버지요 형이란 사실과 그들 부자의 이마를 보고 느낀 신선한 감동은 전연 달랐다.

"요즘은 발모제가 개발 되었다고 사람들의 관심을 끌잖습니까. 준서 씨가 중년쯤 되면 그런 걱정은 안 해도 될 겁니다."

"난 태어날 때부터 추남의 대열에선 벗어났지만, 이 이마 때문에 미남의 행렬에선 빗나갔다고 여겼죠. 사실 동생이 더 잘생겼어요. 지금도 사람들은 동생을 귀공자라 부른답니다."

과연 그랬다. 준기가 귀공자 풍모를 지닌 건 사실이었다.

준서는 동생의 간곡한 청으로 채희를 만났지만 두 번 다시 만나고 싶지 않았다. 채희를 만난 뒤부터 잡념이 생기고 일이 손에 잡히지 않았다. 왜 엄마가 채희를 미워하는지 이유를 알 것 같았다. 솔직성은 좋지만 천성적으로 남자를 유혹할 끼를 지녔다. 군복무를 마치고 대학원에서 경영학을 전공하며, 사회사업가 김진석 장로 딸과 혼담이 오가는 중이라 행동도 조심해야 했다. 형의 고민을 모른 양 다시 밤중에 준기로부터 국제전화가 왔다. 채희가 수술한 오른팔의 상처가 덧나 병원에 다니고 있으니 만나서 위로해 주라는 내용이었다. 바보 같은 자식, 어떻게 계집애에게 쏙 빠져 사흘이 멀다 하고 야단이냐, 하고 퉁을 주긴 했지만, 정작 알다가도 모를 건 자신의 마음이었다. 준서는 동생의 청을 빌미로 채희를 다시 만났다.

"턱이 주걱턱인데다 입술 밑엔 또 하나의 입술선이 그어졌군요."

채희는 준서의 얼굴을 유심히 관찰하더니, 지난번에 못 본 걸 새삼 발견한 듯이 톡톡 튀는 목소리로 넘겨짚었다.

"관상학을 많이도 연구했나 봅니다."

준기는 오른손으로 턱을 쳤다.

"주걱턱은 받을 복이 많다더군요. 먹을 건 포식하고도 남는다. 더구나 또 하나의 입술 선을 지닌 자는 못 말릴 욕심꾸러기다. 그런 소릴 학원 앞 좌판 관상쟁이에게 들은 기억이 나네요. 세상을 다 준대도 모자란다고 더 달라 떼를 쓰는."

야, 요것 봐라. 사나이 치부까지 해부하려 드는 얄망궂은 계집애를 어떻게 요리한담. 준서는 양 주먹을 불끈 쥐었다.

"진정한 욕심꾸러기는 부자의 밑천이지만, 어설픈 박애주의자는 가난의 오랏줄을 잡은 멍청이라더군요. 어찌 동생이 후자에 안 속하는지 심히 걱정됩니다."

"역시 엄마랑 형은 한 통속이군요. 동생이 유학 간 것이 나 때문이라고 생각하세요?"

채희는 준서의 의향을 알고 싶었다. 윤경은 미술학원으로 다시 찾아와 준기에게 편지가 와도 답장을 보내지 말아다오. 전화도 받지 말고 잊어버려라. 유학까지 가서 공부는 안하고 전화질만 해대니 속상하다. 삼수까지 하는 처지에 너도 정신 차려야 할 게 아니냐. 침이 마르고 닳도록 을러대며 윽박질렀다.

채희도 악을 고래고래 쓰며 맞섰다. 왜 남의 자식 붙잡고 삿대질이냐. 당신 아들이 나를 좋아해서 만났다. 우린 서로 편지 따윈 주고받지도 않았다. 국제전화 할 정도로 우리 집은 부자도 아니다. 당신 아들에게 전화 온 걸 할머님도 엄마도 꺼린다. 그리도

잘난 당신이 당신 아들이나 잘 단속해야지 왜 남의 딸에게 상처
를 주느냐. 당신이 나를 못살게 군다고 최 회장에게 찾아가서 고
자질해야 속 시원하겠느냐. 그러면 항의하던 윤경은 입술을 깨물
며 되돌아서곤 했다.

　채희는 오른팔의 상처로 그림도 그릴 수 없고 가족의 냉대를
더 이상 견딜 재간도 없었다. 그러므로 한 가닥 위안을 받고 싶
었다.

　"물론이죠. 여자 때문에 신세 망친 불쌍한 녀석이 되었지요."

　준서는 채희를 여지없이 짓밟고 싶었다. 채희가 남의 가정의
평화를 깨뜨린 요물단지라 헤아렸다.

　"동생이 준서 씨에게 나를 만나라고 한 건 내게 위안이 되란
뜻 아닌가요. 외려 고통을 보태라고 한 건 아닐 데죠."

　여긴 엽총과 탄환을 슈퍼에서도 구입해. 권총 자살이 많은 곳
이야. 나도 공부하기가 역겨워 하루에도 자살의 유혹에 휘말려
들어. 빠져 나갈 출구가 없어 자살의 유혹을 받는다던 채희의 호
소를 듣고 준기가 국제전화로 들려 준 고백이었다. 형을 만나보
도록 해. 무어든지 자신만만한 형에게 도전 받을 테니. 의욕 상실
자에겐 그만한 특효약이 없을 거야.

　"내가 그렇게 남에게 고통을 주는 나쁜 놈으로 보입니까?"

　준서가 여유롭게 나왔다. 그때를 놓칠세라 채희가 불끈 쥔 손
을 폈다.

"나쁜 놈이 아니라 저능아로 보입니까. 어디 동생이 여자 때문에 신세 망칠 얼간이로 보여요? 누구 동생입니까? 특등귀족 준서 씨가 하등동물로 하락하니 꼴불견이군요."

무자비하게 짓밟고 싶은 상대에게 오히려 무참히 짓밟힌 꼴이었다. 발목 잡으려다 덜미 잡힌 추한 꼴이 된 준서는 그대로 물러설 순 없었다.

"우리 어디 은밀한 곳으로 가서 대화를 나눌까요?"

"그래요. 나도 무척 잘나고 싶거든요."

채희도 당차게 나왔다.

여전히 밀실의 조명등 불빛을 받은 준서의 이마가 별빛처럼 빛났다. 채희는 자신이 기댈 언덕은 멀리 떨어졌지만, 변칙적인 통과 의례는 바로 곁에 있다고 여겼다. 채희는 마치 꿈속을 헤매는 것 같았다. 몸을 가눌 수 없을 정도로 술에 취해도 정신은 말짱했다. 채희는 준서 이마에 입을 맞췄다. 역시 술에 취한 준서가 채희의 입술 가까이 얼굴을 들이댔다. 준서는 동생 연인의 입술을 덮치며 옷을 벗겼다. 채희는 살갗에 와 닿는 준서의 피부 감촉이 검질겨 부르르 떨었다. 원죄의 유혹은 매혹이요 황홀경이었다.

새해를 맞이한 수인에게 또 하나의 고통이 뒤따랐다. 채희가 점점 말 없는 아이로 변했다. 담배를 피우는 것도 술에 취한 횟수도 잦았다. 누구 눈치 볼 겨를 없이 막가파가 되었다. 정림 여사의 냉랭한 태도는 더해만 갔다. 청희와 문희는 잔소리 하다가도 무반응에 질려 아예 거들떠보지도 않았다. 조그만 잔소리에도 민감한 반응을 나타내고 언니들에게 곧잘 항의하던 채희가 무반응인 것도 예외였다. 가족이 평소에 채희가 담배 피운 걸 알고 싫어하면 미안해, 하며 밖으로 나가 피우던 것이 이젠 아무 장소를 가릴 것 없이 마구잡이로 피웠다. 담뱃재가 여기저기 흩어져도 정림 여사는 잔소리 없이 쓸고 닦았다. 한번은 찻잔을 막내 손녀를 향해 던져 채희 얼굴에 상처를 입혔다. 술에 취해 오물을 토한 것도 예사였다. 그래도 채희가 유일하게 기댄 건 엄마였다. 술에 취해 오물을 토하고 나면 수인 품에 안겨 잠들곤 했다.

가끔 출판사로 찾아와 엄마에게 용돈을 타기도 하고 목돈을 요구하기도 했다. 수인은 용돈은 후히 주되 목돈은 학원비와 미술 재료 구입비 외는 주지 않았다. 외박하고 오는 날도 잦았다. 첫 외박하고 오던 날, 정림 여사는 회초리 들고 채희를 사정없이 후려쳤다. 장딴지에 피멍이 들고 엉덩이에 채찍 자국이 나도 채희는 침묵으로 맞섰다. 그들 가족은 채희가 왜 그러는지 원인을 알지 못했다. 다만 출생의 비밀에 대한 충격과 두 번이나 대입에 낙방한 슬픔일 거라 넘겨짚고 때를 기다렸다. 누구든지 어느 시기의 고통은 존재하므로 방황도 수그러질 때가 오리란 기대로 그날그날을 넘겼다.

2

초여름부터 무더위는 가뭄과 함께 기승을 부렸다. 거북등처럼 갈라진 저수지와 논, 말라죽은 나무들이 신문의 한 면을 장식했다. 전자제품 회사 관계자들은 에어컨이 동나고 선풍기도 딸려 냉방 제품의 판매가 최고선을 넘어섰다고 했다.

미란은 병원의 청결에 힘을 썼다. 대학 강의로 훈종이 병원을 비운 사이, 간호사들의 도움을 받아 구석구석 낀 먼지도 털어낸다. 임시 거처가 된 원장실 칸막이 안에 마련된 침대도, 남편의 내의와 잠옷, 양말도 새 것으로 바꿔 놓는다. 남편과 헤어지더라도 아내로서의 책임을 다해 보리란 각오를 다진다.

벽시계가 자정을 알린다. 간호사들도 퇴근하고 혼자 있자니 미란은 외로움이 뼛골로 스며든다. 남편은 수인을 만날 테지. 그에 생각이 미치자 내부의 갈등이 다시 인다. 미란은 집으로 가야 하나, 훈종을 기다려야 하나 갈피를 못 잡는다. 지난번처럼 병원에서 쫓겨날지도 모른다. 밤늦게 병원으로 찾아온 미란을 훈종이 매몰차게 쫓아냈다. 이런 저런 일로 가슴이 쓰린데, 초인종이 요란하게 울린다.

"문 좀 열어 주십시오. 중환잡니다."

화급한 목소리다. 초인종을 누르다 못해 철문을 두드리고 아예 발로 걷어차는 소리가 들린다. 미란은 안절부절 못한다.

"여기가 정훈종 박사님 병원인 줄 알고 왔어요. 문 안 열어 주면 고발할 테니 두고 보십쇼."

고발한다는 협박이 미란의 신경을 자극한다.

"다른 병원으로 가 보세요. 여긴 의사 선생님이 안 계십니다."

"간호사님, 제발 부탁합니다. 환자에게 치료가 급하니 문 열어 줘요. 만일 이 자리에서 환자가 목숨 잃으면 쇠고랑 찰 테니 두고 보슈."

"전 간호사가 아닙니다. 지금 우리 병원에선 치료가 불가능해 요."

철문이 열릴까 봐 미란은 문손잡이를 움켜잡는다.

"하필이면 이런 갈보, 똥갈보에게 걸려들게 뭐람, 재수 없게 시리."

귀에 익은 목소리가 미란의 신경을 확 뒤집어 놓는다. 뭐라? 갈보 똥갈보라니. 오냐, 네 놈의 사지를 비틀어 놓을 테다. 미란 이 문을 와락 열자, 남자 품에 안긴 아가씨가 앞으로 폭 꼬꾸라 진다.

"글쎄, 이 개 같은 년이 여기가 정훈종 박사님 병원이라고 데 려 달래요."

사내가 크게 선심 쓴 듯 내뱉고는 아가씨의 엉덩이를 구둣발 로 걷어찬다. 고통으로 일그러진 아가씨가 배를 양손으로 움켜잡 곤 오물을 토한다. 술 냄새가 코를 찌른다.

"안 보여, 내 눈이. 어디 갔지. 콘택트렌즈가"

아가씨가 그걸 찾기 위해 땅바닥을 양손으로 더듬거린다.

"이 갈보야. 지금 어떻게 그걸 찾아? 죽으려고 환장했지. 이게 뭐야. 바짓가랑이에 피가 묻고 구두엔 오물이 묻고, 에잇 더러워. 이런 똥갈보에게 걸려들 게 뭐람."

사내가 다시 구둣발로 아가씨의 엉덩이를 세차게 걷어찬다. 아가씨의 아랫도리에서 흘러내린 피가 스커트 자락을 거쳐 아래로 흘러내린다.

"뭐라 했지? 갈보 똥갈보라고? 넌 무엇이 잘났기에 남을 하찮게 봐?"

미란은 사내의 멱살을 거머쥐고 부르르 진저리친다. 귀에 익은 목소리는 바로 꿈에라도 나타날까 봐 두려운 레오의 비아냥거림이다.

"이건 또 왜 이래? 술 취해 거리에서 이 남자 저 남자 품에 안기며 주정 부린 년이 똥갈보가 아니고 뭐야?"

사내가 숨을 거칠게 내쉰다.

"빨리 꺼져, 빨리 꺼져 버려."

미란이 펄펄 뛰며 고함친다.

"참 재수 없는 밤이군. 길거리에서 하도 비틀거려 잡놈들을 물리치고 간신히 데리고 온 나를 박대해?"

사내가 씹어뱉듯이 내뱉고는 휑하니 나가 버린다.

"내 렌즈는 어디 갔어? 내 렌즈는."

아가씨가 땅바닥을 기며 허우적거린다.

"렌즈는 얼마든지 있단다. 우선 치료부터 받아야지."

미란은 아가씨를 껴안는다. 코앞의 아가씨는 바로 24년 전, 자신의 모습이다.

때맞춰 훈종이 철문 입구로 들어서며 환자를 보고 움찔거린다.

"아니, 이게 누구지? 채희 아냐."

3

구부려진 소나무 사이로 푸른 담쟁이 넝쿨이 담장을 넘나든다. 비 온 뒤의 맑은 날씨는 정원의 잔디마저도 한결 청청해 눈을 시원하게 한다. 바위 틈새를 가로 지른 인공 폭포도 시원해 피서가 따로 없다. 정원 서쪽 귀퉁이의 삼층석탑과 석등은 이끼가 검푸르게 돋아나 가정부가 수세미로 닦아낸다.

윤경은 잔디와 꽃들을 정원사에게 손질하라고 했다. 무더위가 끝날 즈음엔 외벽 칠과 일이층 방마다 도배할 것이다. 신부를 맞이하려면 집안 분위기가 밝아야지. 윤경은 마음을 다잡는다.

준서의 결혼식이 다가오자, 윤경은 애가 달았다. 예식의 기본 조건도 모르는 신부 쪽에선 아무런 연락도 없다. 혼수도 장만하고 예물에 필요한 준비도 해야 할 텐데. 두고 보라지. 약혼식은 신부 측에서 반대해 그냥 넘겨 버렸지만 결혼식만은 성대히 올려 아들 잘 둔 덕을 만천하에 공개하고 싶었다. 윤경은 차남에게 건 기대가 한풀 꺾여, 장남에게 뿌린 씨앗이라도 마음껏 거둬들이고 싶은 마음 간절하다.

윤경은 벽장 속의 보석함을 꺼낸다. 버튼을 누르자, 삐리리릭 삐리릭 신호가 울리며 보석함 뚜껑이 열린다. 두 개의 철제 상자 속엔 두 형제가 신부에게 줄 보석들이 들었다.

며느리들은 한 공장에서 찍어낸 상품이란다. 덜도 아니고 더도 아닌 모양과 보석의 종류까지도 똑 같아야 나중에 시어머니가 며느리들에게 책 안 잡힌다는 대학 동창의 충고였다. 그래서 윤경은 형보다 동생이 덜 받았느니 못 받았느니, 입질에 오르내리면 생색내고도 말썽의 소지임을 알고 주문했던 것이다. 약혼 예물도 있어, 윤경은 올리지도 못한 약혼식 때문에 화를 참지 못한다. 사회사업가에 장로라는 직분이 얼마나 대단하기에 예비사돈의 호의를 무시하고 고자세로 나온 걸까.

신부 쪽에서 고자세로 나온 건 아니었다. 윤경은 지레 짐작하고 한껏 모양새를 꾸미곤 맞선 볼 자리에 나갔다.

먼저 윤경의 눈에 들어온 것은 김진석 장로와 송영애 부부의 담백한 모습이었다. 그들 모습은 자신의 화려한 치장을 천스럽게 보이게 했다. 윤경은 김 장로보다도 영애의 어떤 모습이 자신의 인격에 오점을 남겼느냐를 관찰했다. 장신구는 몸에 지니지 않았다. 흔하디흔한 반지조차도 손가락에 끼지 않았다. 섬섬옥수가 아닌 데도 비어 있는 손은 아름다웠다. 깍지 낀 손을 풀고 손등에 올린다든지 무릎 위에 얹은 유연한 손동작은 자연스러웠다. 얼굴 인상이나 표정으로 품위를 결정짓는 건 성급한 자들의 몫이었다. 손놀림도 품위의 덕목에 속했다. 귓불에 귀걸이를 단 자신의 귀보다 구멍 뚫지 않은 영애의 비어 있는 귀 역시 아름다웠다. 더욱이 영애는 눈썹도 생긴 그대로의 모습이었다. 그래서 그런지 표정 또한 자연스러웠다. 인위의 멋보다도 자연스런 멋이 한결 돋보였다.

국제신사라 불리는 최 회장도 김 장로 앞에선 품위가 덜해 보였다. 김 장로가 한수 위로 보인 건 부부의 태도에 따라 품위가 결정 되는 것이다. 부부가 일심동체라는 것은 두 몸이 연합해 한 몸이 된다는 뜻이다. 부부가 닮았다는 건 함께 사는 동안 성품도 닮고 인격도 비슷한 과정이 아닐까. 윤경은 한껏 치장한 차림새가 남편의 품위를 떨어뜨렸다던 걸 알고 바늘방석에 앉은 것처럼 마음이 편치 못했다.

"자제분이 아버님을 많이 닮았군요."

영애가 상긋 웃었다.

"전 아버님을 닮은 걸 자랑으로 여깁니다."

준서가 시인했다.

윤경은 얼얼해졌다. 장남이 친탁한 걸 자랑으로 여긴 건 외탁하지 않았다는 걸 다행으로 여긴다는 표현과 다름 아니었다. 평소에도 준서는 윤경이 잘못을 저지르면 난 엄마를 닮지 않아 다행이란 말을 자주했다. 윤경도 그들 부부를 하늘과 땅 사이라 여겼다. 애초에 그들은 기운 혼인을 했다. 흔히 혼인하면 거론되기 마련인, 학벌과 재산, 문벌도 신부 쪽에서 따라갈 만한 것이 없었다. 그런데도 혼사가 이루어진 건 윤경 어머니의 극성이 효과를 발휘했다. 준서 외조모는 하숙집 아줌마였다. 하숙생 중에서 가장 마음에 든 태섭을 사위로 맞이하기 위해 물불 가리지 않았다. 반찬과 옷 세탁, 다리미질도 다른 하숙생들과는 달리 모셨다. 기운 혼인을 하고서도 최 회장은 윤경을 사랑하진 않아도 아내 대접은 해 주었다. 가정이 편안해야 남자가 출세한다던 걸 생활신조로 삼았다. 외국을 내 집처럼 드나들어도 여자관계로 윤경을 속 썩이지도 않았다. 최 회장이 사랑한 건 일이었다. 해박한 경제학 박사요 유일 투자금융 회장 자리에 오른 것도 자신이 맡은 업무를 성실히 일군 결과였다. 가정을 중히 여기고 진급도 순조로워 최고 자리에 오른 남편을 윤경이 하늘만큼 모시게 된 건 당연했다. 그래서 윤경은 두 아들 교육에 열성을 쏟았다. 자식 뒷바라지에 혼신을 기울인 것도 내 자식을 내 남편만한 인물로 키운 걸 생의 목표로 삼아서였다.

그들은 딸의 맞선을 본다는 사실을 잊은 양 스스럼없이 굴었다. 남자 쪽에게 잘 보이기 위한 노력도 기울이지 않았다. 이제까지 선을 보면 적대감이 일어나고 눈살 찌푸렸던 아가씨들에게 질린 윤경은 편안함을 심어 준 그들 딸에게 친근감이 일었다. 철없이 구는 것과 스스럼없이 구는 것은 현저히 달랐다. 어른 앞에서 다리를 포갠다든지, 허벅지가 드러난 앉음새와 옷차림도 눈에 거슬렸다. 남자 쪽이 부를 누린다던 입소문을 들었는지 반려자보다도 돈에 아부하려던 물질 만능에 길들인 태도도 정나미 떨어졌다. 그들의 딸은 어른을 대하는 겸손한 태도가 몸에 배였다. 어른들이 나타날 때 살짝 일어나서 비껴 앉는다든지, 어른들이 수저 든 다음에 수저를 든다든지, 어른의 말에 귀 기울이며 경청하던 태도도 자연스러웠다. 시부모를 잘 모신 아내가 있고 남편에게 내조 잘한 사랑스런 아내가 있다는 것은 구시대의 낡은 사고였다. 시부모를 잘 모신 아내가 남편에게 내조 잘한 아내와 맞닿은 게 윤경이 지켜본 현명한 아내감이었다.

"이름이 유화라 했던가? 아버님이 가르친 말씀 중에서 가장 인상에 남은 걸 내게 들려 주렴?"

최 회장의 질문에 유화가 화답했다.

"남의 장점은 바깥으로 다스리고 단점은 안으로 삭혀 항시 부드러운 여자가 되라고 하셨습니다. 부드러움은 강함을 이긴다고요."

경우에 합당한 말은 은쟁반에 아로새긴 금사과라든가. 실제 그런 느낌이 든 건 김 장로가 딸에게 가르친 교훈이었다.

"결혼해서 시부모를 모셔야 한다면?"

"시부모님을 제 부모님처럼 모신다면 어려움은 없을 겁니다."

유화의 대답은 윤경의 마음을 사로잡았다. 맞선 볼 때마다 좋은 집안이라고 기를 펴며 달려들다가도 시부모 모신다는 사실엔 퇴짜 놓던 신부 감들이 많았다. 최 회장은 아내와 장남을 번갈아 보고 그들만이 통한 은밀한 약조를 읽었다.

"어머님을 보고 딸을 안다는 말이 있듯이 자녀 농사를 잘 지으셨군요."

최 회장이 영애에게 칭찬의 말을 함으로써 혼인 맺자는 뜻을 비쳤다.

"아버님을 보고 아들을 안다는 옛 어른의 말씀이 진실이군요."

영애도 남편과 딸을 번갈아보고 그들만이 통한 은밀한 약조를 읽고는 환히 웃었다.

혼사가 결정되자. 윤경은 유화를 보고 어디 가도 저만한 며느리 감은 못 구할 것 같아 안도했다. 그러다가도 혼자 따돌림 받았던 외로움에 젖었다. 앞으로 그들과 어울린다면 자신의 품행이 도저히 영애를 따르지 못하리란 자격지심이었다.

"우리들은 일평생 어떤 농사를 어떻게 잘 짓느냐에 따라 삶이 성공인가 실패인가를 알 겁니다."

최 회장이 느긋한 자세를 취했다.

"그렇습니다. 최 회장님은 경제를 파고들어 금융계의 큰손이 되셨잖습니까. 저는 농장을 경영해 소외된 사람들과 더불어 살며 남들에게 사회사업가란 대접을 받지요. 하지만 아무도 남들에 의해 어떻게 불러지느냐에 따라서 내 삶이 성공한 게 못 되고요. 마지막 숨을 거둘 때, 아, 지나온 내 삶이 정직과 신뢰를 바탕으로 한 성실한 삶이었구나, 고백함으로 비로소 성공에 입문한 거지요."

윤경은 김 장로의 말을 떠올리며, 예비사돈의 인품이 당당해 보인 건 확고한 신념을 지닌 믿음이란 걸 깨달았다. 그 믿음으로 인해 곧 치르게 될 결혼식을 신랑 쪽에서 좌지우지 못하리란 불안으로 안절부절 못한다.

전화벨이 울려 윤경은 수화기를 든다.

"형수 될 분은 어떤 분일까요?"

국제전화인데도 차남이 바로 곁에서 이야기 하는 듯하다.

"내 마음에 쏙 들어."

"이상하군요. 엄마 마음에 꼭 든 며느릿감이 이 세상에 존재한다는 것이."

"아무리 채희 같을까. 너도 눈 바로 뜨고 기다리면 좋은 짝이 굴러온단다."

"채희에겐 왜 소식이 없는지. 형 결혼 청첩장을 채희네 집에도 띄우도록 하세요."

통화가 끊겨도 윤경은 수화기를 든 채 악담을 쏟는다. 요물단지 같으니라고.

폭풍이 지나간 자리

1

"왜 그동안 소식이 없었어?"

광란의 재즈가 준기의 질문을 삼킨다.

핏기 없는 채희의 그늘진 얼굴을 보고 준기는 조마조마해진다. 형의 결혼식이 있어 귀국한 것은 핑계였고 채희가 보고 싶어서였다.

폭풍은 모든 걸 삼켜버려요. 우리의 사랑은 불장난이죠. 불꽃이 일다 타버린 자리에는 검부러기만 흩날려요.

여가수가 목청을 높인다.

"병원에 입원했어. 상처가 엄청 깊어서. 지금 곧바로 다시 병원으로 가야 돼."

채희는 입술을 앙다문다.

"어디가 아픈데? 무슨 사건이라도 터졌어?"

"응, 대단한 사건이야."

"날 놀라게 하려고 이야기를 꾸민 건 아니겠지?"

"진실이야, 실제로 일어난."

조명등으로 실내가 무지갯빛으로 아롱거린다.

이젠 사랑은 덧없어요. 우리에겐 이별만 남았어요. 헤어짐은 다시 만남의 언약이라지만, 슬픔이 애간장을 녹이네요. 안녕, 안녕, 안녕!

"임신했거든. 너 형 준서와 단 한 번 접촉 끝에 아이를 가졌어. 유산으로 사경을 헤매다 겨우 일어났지. 아니야, 살아났어. 또 하나 더 있다면 이제부터 난 너를 만날 수 없는 것."

무슨 날벼락일까. 준기는 난폭하게 채희 어깨를 잡고 흔든다.

"방금 뭐라 했지? 다시 말해 봐, 응?"

"난 죽었다 다시 살아났어. 살아났다는 건 죽음을 이긴 거야."

채희는 초연한 낯빛으로 내뱉고는 홀 안을 벗어난다.

2

가족 끼리 걷는 새벽 산책길은 발걸음이 가벼웠는데.

수인은 입안이 깔깔하다.

청희와 문희 뒤를 이어 정림 여사와 성희가 나란히 걷는다. 수인은 양손이 허허롭다. 채희는 어제 집에 잠깐 들렸다. 동해안으로 여행 간다며 짐을 챙겨 떠났다. 무슨 일이든 바깥으로 내뿜던 지난날들과는 달리 안으로 삼키며 수긋한 자세가 가족에게 걱정을 덜 끼쳤다. 그런데도 언제 폭발할지 모를 응어리를 감춘 것 같아 마음 놓을 상황은 아니었다.

그들 가족이 반포아파트 둘레를 한 바퀴 돌고 그들 집 앞 공원에 당도했을 때는 날이 밝았다. 공원 안 장미화원에는 빨강, 분홍, 흰 장미가 아침이슬을 머금은 채 함초롬히 피었다.

성희는 새벽이면 혼자 그 공원 둘레를 돌며 하루 일과를 계획하곤 했다. 순간순간마다 나타난 영조와 대화를 나누기에도 알맞은 곳이었다.

지난주일, 조요한 목사가 정림 여사 댁에 심방 왔을 때였다. 청희가 먼저 의문을 환기시켰다.

"왜 미혹의 영이 우릴 괴롭힐까요?"

성희의 신경질적인 반응이 뒤를 이었다.

"저를 괴롭힌 영은 또 무언지요?"

미혹의 영이 아니란 강한 거부의 몸짓이었다.

조 목사는 성희를 찬찬히 살폈다. 오늘 심방의 주인공이라 무언가를 알아내야만 했다. 때때로 그 깨달음은 영과 육을 쪼갠 서릿발 같은 칼자국일 수도 있고, 호두처럼 단단히 굳은 상처를 치유할 처방이기도 했다.

"신령한 영이 미혹의 영에 사로잡힌 거라 할까요."

성희의 항의가 뒤따랐다.

"예수님도 영이신데 저의 영을 욕된 영으로 떨어뜨리다뇨?"

"천사와 악마, 선과 악의 대결이겠죠. 자매님을 사로잡은 건 사탄입니다."

조 목사의 눈빛이 불을 품었다. 성희는 조 목사의 눈을 바로 응시할 수 없어 유리창으로 비친 뜬구름을 쳐다보았다. 구름이 해를 삼켰다.

"그이가 사탄이라뇨?"

저를 위해선 목숨마저 버릴 정도로 헌신을 쏟았는걸요. 낙산 해수욕장에선 파도에 떠밀려 가던 저를 헤엄쳐 와서 붙잡아 주었는데, 위기일발의 순간이었죠. 그이가 아니었더라면 전 죽음의 객이 될 뻔했거든요. 강화로 가던 길목에서 그인 승용차를 세우고 옆에 앉은 제게 안전벨트를 매라고 했어요. 시골행이라 가슴의 압박이 싫어 안전벨트를 안 매었거든요. 불과 십 분도 못 돼 승용차가 논바닥으로 굴러 내리박았는데 그이도 저도 멀쩡했어요. 큰 사고를 면한 건 안전벨트를 매었기 때문이래요. 성희가 볼

펜으로 그 당시 장면을 스케치한 종이를 조 목사에게 건넸다.

"방금 성희 양의 고백은 영조 군을 예수님의 반열에 올려놓은 결과가 아닌지요? 창조주는 유일신이고, 일상에서 일어난 조그만 일도 기적이거든요. 그 기적을 예견했다면 선지자일지언정 유일신은 아닙니다. 연인을 창조주와 동일시하다 보니 번뇌가 생기고 그걸 감당 못해 미혹의 영에게 사로잡힌 거지요."

조 목사의 질책에 성희는 주체 못할 고통으로 가슴을 싸안았다.

"성경의 모든 기록이 애매 하거든요. 그래서 전 신학을 전공 못하고 법학을 선택했습니다. 법학은 의심을 파고들수록 알짜배기가 두뇌에 입력되는데, 성경은 읽고 또 읽어도 애매해 감이 안 잡히더라고요."

문희가 성경 겉면을 검지와 중지로 탁 소리 나게 두들겼다.

"미혹의 영이라면 조상의 혼은 아닌지요?"

정림 여사가 의문을 제기했다. 강 변호사 댁이 사대봉제사 하는 집안이라 그 조상 혼들이 성희의 정신마저 혼미케 한다고 푸념을 쏟았다. 노할머님이 예수 귀신 운운 하며 성희를 박대 한다던 소식을 듣고 정림 여사도 가족에게 선언했다. 조상귀신이 성희에게 옴 붙어 죄를 저질렀다고. 정림 여사는 성희와 영조의 혼인을 탐탁지 않게 여겼다. 강 변호사가 성희 대부 노릇 하던 것도. 아무리 명문 집안이라도 예수 안 믿는 집안은 명문 집안이 아니란 게 정림 여사의 고집이요 믿음의 확고한 신념이었다.

"꼭 그런 건 아니지만 부인하진 못하겠죠. 귀신을 불러 제를 올리는 걸 성경은 금하니까요."

조 목사의 의견에 성희가 강하게 반박했다.

"만일 할머님께서 돌아가신다면 저희들이 그만한 추모제를 올리지 않겠습니까?"

"아서라. 조상을 기리는 건 어버이에게 마음으로 감사하는 거고, 장점을 살려 가정을 꾸려 나가는 건 가풍이란다. 난 이미 조 목사님께 안구 기증도 약속 했고 시신은 화장해 달라고 부탁 드렸느니라."

정림 여사의 말끝이 흐렸다. 안구 기증은 남을 돕는 거고 화장은 당신을 버린 것이다. 베풂과 비움은 탐욕을 제하고 미움의 가시를 없앤 거라던데. 부잣집 딸로 태어났고 부를 누린 집안에 시집 와서 돈에 궁하지 않고 애타게 무얼 지니고 싶은 마음이 안 일어 탐욕은 제했다. 허나 미움의 가시는 독버섯으로 자라 봉녀 모녀와 막내손녀에게 상처를 입혔다. 봉녀 모녀는 타인일지라도 막내손녀는 바로 나의 피붙이거늘. 정림 여사는 맥없이 소파에 몸을 기댔다.

수인은 조 목사의 눈치를 살피고, 성희는 영조 시신이 떠올라 파리해지며 허둥거렸다.

"이걸 자매님 나이만큼 읽고는 소감을 말씀드려 주세요. 그럼 다음 주 토요일에 뵙도록 하죠."

조 목사는 쪽지를 성희에게 건넸다.

God is nawhere! 하나님은 아무 데도 없다!
God is naw here! 하나님은 여기 계신다!

그로부터 일주일 지난 토요일 오후, 성희는 평강교회로 가서 조 목사를 만났다.

"그 문구를 제 나이만큼 읽었거든요. 서로 다른 의견의 차이 아닐까요?"

"일천 번 읽고 저를 찾아오십시오. 잊지 않을 건 읽을 때마다 반드시 주님께 기도드리고 그 쪽지를 읽으십시오."

조 목사는 성희를 향해 두 손 모으고 합장했다.

달포쯤 지나 성희는 다시 조 목사를 만났다.

"하나님이 제 곁에 계신다는 감을 잡았습니다."

조 목사는 다시 새 종이를 성희에게 건넸다.

God is naw here! 하나님은 여기 계신다!

．．

『하나님께서 좋은 것으로 네 소원을 만족케 하리라』
김장환, 나침반출판사 2008년

"이 쪽지를 날마다 읽고 새김질 하십시오."

조 목사는 성희의 양손을 꽉 붙잡고는 부드럽게 이끌었다. 하나님께 기도드립시다.

3

새털구름이 먹구름으로, 먹구름은 천둥을 안고 온다. 줄기차게 내린 빗줄기와 번갯불이 쨍하게 거실까지 비춘다.

욕실에서 나온 유화의 뽀얘진 얼굴이 하얗게 변한다. 술에 만취한 준기가 앞을 가로막아서다.

"형수, 아니지, 김유화 씨, 아니지, 유화야."

"도련님, 제게 무얼 원하세요?"

유화는 몸을 움츠린다. 속살이 아른아른한 실내복을 걸친 형수의 육감어린 육체를 훑는 준기의 눈빛이 천박스럽게 번득인다.

"껴안아 보고 싶어. 네가 미치도록 좋은 걸 어떡해. 우리 침대로 가서 뒹구는 거야. 남자와 여자가 원시인이 되는 것."

집안에는 아무도 없다. 준기가 겁탈할 듯이 험악한 모습으로 다가오자, 유화는 거실 벽에 몸을 기댄다. 부드러운 여자가 되어라. 부드러움은 강함을 이긴다. 아빠, 이럴 땐 부드러움은 무얼 뜻하지요. 유화는 허리를 바로 세운다.

"정녕 그러고 싶다면 뭘 망설이세요?"

"내가 너의 가슴에 칼을 꽂는 게 아니고 너의 아랫도리에 이정

표를 세워도 괜찮다?"

"그럼요. 전 아무렇지 않아요."

"야, 요것 봐라. 천사? 그래, 네가 천사가 된다고 내가 악마에서 벗어날 것 같아?"

준기는 형수의 멱살을 와락 거머쥔다.

"도련님은 악마가 아네요. 순전하면서 법 없어도 살 분인데요, 뭐."

"이게 약 올리긴, 약 올려. 내가 왜 요런 개망나니 짓을 하는 줄 알아?"

"남모를 고민이 있으신가 보죠?"

"야아, 잘 봤어. 그래, 고민도 고민 나름이지. 철천지한인 걸 어떡해. 어찌 형수님에게 나의 한을 고백하리."

"괜찮습니다. 말씀해 보세요. 도련님의 고민은 바로 저의 고민이거든요."

목을 졸리는 압박을 당하면서도 유화는 온유함을 잃지 않는다. 평소에 친절했던 시동생이 이렇듯 상식 밖으로 나올 땐 말 못할 고민이 있을 것이다.

형제가 자란 집안에 누이 같은 형수가 들어오자 준기는 생기 넘치는 분위기가 좋았다. 엄마가 여자 친구 데려 오던 걸 싫어해 집안에는 형제끼리 놀이도 하고 운동도 하던 생활의 되풀이였다. 채희가 남자 세계를 그리워하듯 준기도 여자 세계를 그리워했다.

형수가 집안을 꾸민 분위기는 엄마가 꾸민 분위기와는 달랐다. 엄마가 집안을 화려하게 수놓는다면, 형수는 밝은 분위기를 연출했다.

도련님, 떨어진 단추 달아 드릴게요.

와이셔츠와 양복 단추를 달아 주기도 하고, 와이셔츠와 바지를 다리미질도 해놓았다.

이 돌 말예요. 사랑스럽죠?

지리산 계곡에서 주웠다던 수석이었다.

앙증맞지만 사랑스럽진 않은데요.

자세히 살피면 돌에도 숨결을 느낀답니다. 사람이 키가 자라듯 돌도 조금씩 자란대요.

돌이 비바람에 마모된단 것쯤은 알지요. 난 등산을 자주 가서 구멍 숭숭 뚫린 망부석을 본다든지 닳아진 바위는 마주쳐도, 돌이 자란다는 건 상식 밖의 일입니다.

모든 사물을 의심의 눈초리로 바라보면 구멍이 뚫린 거라든지 닳아진 것만 보이지요. 사랑의 눈으로 바라보면 하찮은 물건이라도 숨결을 느끼고, 그러다 보면 사랑의 감정이 저절로 우러나오기도 하죠. 이 조그마한 돌에도 우주 만물이 들었거든요. 도련님의 얼굴도 손도 발 모양도 있다니까요.

유화가 그에게 준 것은 사람의 모습과 비슷한 조그마한 돌멩이였다. 시동생은 그 돌멩이를 주머니에 넣고 다녔다. 그걸 만지면 한결 마음이 가뿐해졌다. 만일 채희를 사랑하지 않았다면 유화를 사랑했을 정도로 형수가 좋았다. 그런 형수를 학대하고 짓밟고 싶은 건 형에 대한 돌이킬 수 없는 혐오감이었다.

준기는 피를 토하듯 절규한다.

"네 남편이, 나의 형이, 잘난 이 집안 장손이 나의 연인을 가로채 임신 시켰잖아. 그 여자는 어떻게 되었느냐고? 물론 유산했지. 왜 겁나? 여기까지 찾아올까 봐서. 그럴 염려는 없어. 내게 절교를 선언했으니."

차라리 듣지 말아야 할 저주의 화살이었다. 유화는 독침에 쏘인 양 온몸이 나른해지며 허물어진다.

그래도 준기는 성에 차지 않아 다탁 위에 놓인 유리컵을 거실 창문을 향해 던진다. 쨍그랑, 유리창이 깨어져도 준기는 다른 유리컵을 들어 식탁 모서리를 향해 내리쳐 깨뜨린 걸 입안에 넣어 오도독 깨문다.

외출 나갔던 최 회장 부부가 거실로 들어선다.

"아가, 넌 이층으로 올라가거라."

최 회장이 유화를 일으켜 세운다.

"입안이 헐어버리면 어떡해."

새파랗게 질린 윤경이 막내에게 가려는 걸 최 회장이 말린다.

"자식이 엇나가면 마땅히 회초리를 들고 가르쳐야 하거늘. 만날 오냐, 오냐, 어르며 키우더니 이 모양이구려."

윤경이 남산 타워호텔 그릴에 당도한 건 약속 시간보다 십 분 지난 뒤였다. 먼저 와서 기다리던 수인이 일어선다.

두 여인은 서로 마주 대하고도 침묵을 지킨다. 어떻게 해답의 실마리를 풀어야 할지 막막해 먼저 입이 열리지 않는다.

미란에게 채희가 훈종의 병원에 입원했다던 전화 연락을 받고, 수인은 치욕으로 몸을 떨었다. 주열의 비참한 현장을 본 것보다도 더한 치욕이었다. 이제까지 수인을 수인답게 지탱해 온 건 자존심이었다. 주열의 죽음 앞에서도, 성희를 낳아 기른 미혼모의 고통도, 채희를 친 혈육처럼 기르며 정림 여사와 힘겨루기 경주에도 그랬다. 더 나아가 훈종을 두고 미란과의 신경전에서도, 자존심은 은빛날개를 달고 하늘을 무한정 날아다녔다. 하지만 채희가 훈종의 병원에서 유산 후유증으로 입원했다는 사실을 누구도 아닌 미란의 입을 통해 들었을 때, 그 자존심은 더 이상 은빛날개를 달 순 없었다.

수인은 에벤에셀 병원에 안 가리라 작심했다. 그런데도 채희가 혼수상태에서 유일하게 찾는 게 엄마란 걸 미란에게 듣고, 도리 없이 무거운 발걸음을 그 병원으로 옮겼다. 훈종의 근심어린 눈빛은 제쳐 두고, 어떻게 키웠기에 애가 이 모양이냐며 승리감에 도취된 미란의 모습을 결코 잊을 순 없을 것이다. 수인이 다른 병원으로 옮겨야겠다고 해도 미란은 보호자의 권위마저 인정하려 들지 않았다. 우리 병원으로 찾아온 이상 우리 손님이다. 채희가 위기에 처해 죽음의 고비를 넘긴 건 정 박사가 치료하고 내가 간호했기 때문이다. 아무리 보호자라도 상식 밖의 옹고집은 얼토당토않은 모순이다. 채희를 특실로 옮기고 치료도 내가 도맡았다, 등등. 그날 수인은 귀가해 현관문을 연 순간 쓰러졌다.

윤경과 수인은 커피를 시켜 놓고도 할 말을 못한다. 커피가 식을 즈음, 윤경이 먼저 입을 연다.

"딸들만 키운 엄마가 어떻게 아들 둔 엄마 속사정을 이해하겠습니까?"

저음이었지만 고함보다도 더한 분노의 폭발이다.

"난 아들을 낳지 못해 아들 가진 엄마의 속사정을 이해할 순 없지요. 허나 댁의 잘난 아들들 때문에 내 딸이 병원 신세 졌다는 건 분명한 사실입니다."

윤경이 수인의 가슴을 후벼 팠다면, 수인은 윤경의 심장을 도려낸 저항이다. 첫 시합의 승부는 수인에게 유리한 쪽으로 기운다.

채희의 모습은 피폐했다. 주사 기운으로 정신 차린 채희는 수인의 손목을 붙잡았다.

미안해, 엄마. 딱 한 번이었어. 어떻게 딱 한 번인데 임신이 돼? 준기가 아니고 준기 형이거든. 이젠 준기를 만날 수도 없어. 엄마, 나를 버리지 말아 줘.

수인은 분노로 떨었다.

"채희가 내 딸이 아니라면 누구 딸인가요?"

"한주열 교수와 오홍자 사이에 태어난 불륜의 씨앗 아닌가요?"

윤경의 눈썹이 치켜 올랐다 내린다.

"난 자식 잘 키운 것이 소원이라 맹모삼천도 불사하고 이사도 자주 다녔죠. 아들들에겐 스승을 향한 존경을 훈도의 제일 조건으로 가르쳤고요. 그런데 교수가 여자 문제로 자살 하다뇨? 사모님이 내조를 어떻게 했기에 그 모양입디까?"

시합은 역전으로 기운다. 흉기로 정수리를 맞은 듯 수인은 어지럽다. 수인의 내력에 거미줄처럼 처진 인과 관계가 여지없이 드러난다. 하고 많은 얼굴 중에서 수인은 거미줄에 걸린 나비였다. 훈풍을 타고 나비는 꽃을 찾아 나섰다. 아주 소중하면서도 어여쁜 꽃을. 저만치서 성희가 웃으며 엄마 품에 안겼다.

조 목사의 인도 따라, 가족의 도움으로 성희는 미혹의 영에서 해방 되었다. '하나님은 여기 계신다!' 그 글을 일천 번 읽고 나자, 성희는 머리가 빠개질 듯한 통증에 뒤이어 온몸을 휘감던 낡은 기운은 사라지고 정신이 해맑아 왔다. 영조는 숨졌고 펄펄 살아 움직인 게 아니란 자각이 일었다. 또다시 조 목사를 찾은 성희가 속삭였다.

목사님, 제게 안수 기도해 주세요. 저를 괴롭힌 원귀가 쫓겨나게요.

그로부터 성희는 가슴에 깊게 새겨진 영조의 그늘을 지우고 새로운 삶을 살겠다고 조모와 엄마에게 약속했다.

수인은 윤경을 만나기 위해 외출하기 전 기도해 달라고 장녀에게 오청했다. 마귀의 올무에서 벗어나면 성령의 끌림에 따라 기도발이 잘 먹혀든다던 조 목사의 설교가 기억나서였다. 수인은 나약해지려는 자신을 붙들기 위해 맏딸에게 도움 받고 싶었다. 성희는 엄마 손목을 잡고 기도드렸다.

은혜와 평강의 하나님, 어려움을 당하면 피할 길을 주신 참으로 좋으신 하나님 아버지, 우리 엄마가 어떤 곤욕을 당해도 화내지 않게 하옵소서. 불쌍한 저의 엄마가 눈물 흘리지 아니하도록 붙들어 주옵소서.

성희의 기도는 수인의 목마름을 채웠다. 더불어 용기도 실어 주었다.

"남의 가정 비화를 들먹인 건 저질 수법 아닌가요? 눈에 현미경 끼고 타인을 저울질 하다니요? 그런다고 무슨 이득이 됩디까?"

수인은 낮은 목소리로 대응한다.

"남의 귀한 아들 형제에게 평생 씻지 못할 상처를 입힌 건 어떡합니까?"

"상처는 여자 쪽이 더 입은 게 아니에요?"

"이수인 씨의 경우는 그럴 만도 하죠. 성희란 딸을 연인의 뱃속에 잉태케 하고 훌쩍 파리로 떠난 정훈종 박사에게 비하면. 한 채희의 경우는 달라요. 당신네들은 채희 하나 몫의 상처를 나누어 가지겠지만, 우리 부부는 준서와 준기 둘의 상처를 나누어 가져야 해요."

형제는 개와 고양이처럼 으르렁거렸다. 앞으로 얼마나 더 다툼이 계속 될까. 윤경은 아찔하다. 수인이 남의 가정 신원 조사를 왜 했느냐, 안 따진 것도 화를 부채질 한다. 평온한 수인의 모습 또한 신경을 건드린다. 마치 얼마든지 짓밟아도 좋다. 나는 새롭게 태어난다는 듯이.

"남편을 숨지게 하고 아이까지 남긴 오홍자란 여자에 대한 미움과 증오가 채희에게 그대로 옮겨졌잖습니까. 결국 문제아로 키워 남의 가정을 파탄에 이른 책임을 피할 순 없겠죠. 혹시 비뚤어지게 성장한 채희를 보고 비열하게 쾌감을 즐기진 않으셨는지요?"

"채희는 나의 딸입니다. 내 품에서 키운 이상 난 얼마든지 보호자로서의 의무를 지닙니다. 채희가 잘못했다면 용서해 주십시오."

"지금 용서 따윌 논할 처지인가요?"

윤경이 다그친다.

"그렇다면 당면한 과제를 어떻게 해결해야 되겠습니까?"

지나간 일은 잊어버리고 앞으로 어떻게 해야 하나를 묻는 자세다. 이만큼 했으면 잘 된 거라고, 윤경은 강경한 태도를 바꾼다.

"여기 치료비와 위로금이 들었습니다. 이걸 받는 대신 꼭 지켜야 합니다. 앞으로 채희가 우리 아들 형제를 절대 안 만난다는 조건 말입니다."

윤경이 애원조로 변한다.

"뭘 오해하시는군요. 부인의 걱정은 한갓 기우일 겁니다. 댁의 아들들이나 잘 건사 하십시오."

여전히 평온한 모습으로 일어선 수인은 또박또박 걸어 호텔을 빠져나온다.

윤경은 귀가해 거실에 들어서자마자 소리를 지른다.

"준서와 준기는 어서 나오지 못해?"

형제는 거실로 나온다.

"오냐, 이제부터라도 마땅히 가르칠 걸 가르치마."

윤경은 회초리를 손에 쥐고 형제를 향해 내리친다.

4

산자락을 타고 감나무마다 감들이 붉게 물들었다. 단풍보다 더 고운 감빛이 아침 햇살에 무르녹아 꽃송이로 피어오른 듯 하다.

유화는 오솔길을 따라 걷는다. 삼십여 가구가 사는 집집마다

붉은 고추가 마당에 널렸고 꼬챙이에 꿴 곶감들이 벽에 걸렸다.

김진석 장로가 지리산 국유지를 불하받아 감나무 농장을 설립한 지도 이십오 년 지났다. 김 장로는 결혼과 함께 꿈꾸던 감나무 농장을 설립해 전국에 소외된 자들을 불러들였다. 그들은 벼농사를 짓기도, 밤나무를 심어 밤을 따기도 했다. 벌을 키워 꿀을 받고 감을 곶감으로 만들고 염소도 길러 자신의 삶을 꾸렸다. 그들 자녀들은 도시에 나가 직장생활을 하다 그만 두고 귀향했다. 부모의 가업을 이어받아 웬만한 직장도 넘보지 못할 수익을 올렸다. 고사리와 도라지는 자연산이라 따거나 캐면 되었다. 주 수입원 곶감과 토종꿀은 전국에 알려져 그 마을 이름을 드높였다.

쟁그랑 댕댕, 예배당에서 종소리가 울리자, 염소들의 울음소리가 들린다.

유화는 걸음을 멈춘다.

서울에서 고속버스를 타고 천리 길을 달려 진주 시외터미널에서 내렸다. 다시 택시로 바꿔 타고 예까지 왔다. 그런데도 성전으로 들어가는 게 내키지 않는다. 준서 형제에게 받은 상처가 너무 커서 아무도 만나고 싶지 않다. 시집 간 새댁이 예고 없이 친정을 방문하는 것도 유쾌한 일이 아니다.

저만치서 걸어오던 김진석 장로 부부가 딸과 마주친다.

"연락도 없이 웬일이냐?"

영애가 딸이 든 가방을 받는다.

"여기 오고 싶어 잠이 오지 않았는걸요."

변명치고는 어색해 유화는 낯을 붉힌다.

"세족식에 참여하도록 하자."

김 장로가 이끈다.

"마침 잘 되었군요. 이슬 내린 풀숲을 걸어 운동화가 젖었어요."

유화가 애써 미소 짓는다.

김 장로가 처음 농장을 설립할 때였다. 전국 각지에서 모여든 사람들끼리 자주 다툼이 일어나곤 했다. 그들을 다스리기 위해 김 장로는 세족식을 마련했다. 성찬주일마다 행한 세족식은 그들을 감화 시켰으며, 이상적인 마을을 운영하는 원동력이었다.

성전 안에는 남녀끼리 번갈아 가며 상대의 발을 씻어 준다. 유화의 상대는 김 장로다. 딸의 발을 씻는 김 장로의 눈동자 속에, 볼을 타고 흐른 유화의 눈물이 어룽진다.

부녀는 감나무 길을 따라 걷는다. 해를 맞이한 감들이 다홍빛 얼굴로 마른세수를 한다. 부녀는 검정색 감나무 앞에서 걸음을 멈춘다.

"이 감은 '무핵 흑대시'라 부른단다. 중국 황제에게 진상했던 진귀한 품종이지. 흑자색인데 씨가 없고 맛도 일품이라 내가 아끼는 감이야. 좀 더 익으면 너희 시댁에 선물할 거다."

유화의 반응이 신통찮아 김 장로의 눈동자가 흐리다.

"너의 시아버지가 그러더구나. 외국 여행을 자주 다녀도 흑자색 감은 아직도 보지 못했다며 빠른 시일 안에 여기에 들린대. 바깥사돈, 재밌는 분이더라. 숨지기 전까지 이 세상의 것은 무조건 알고 싶대. 내가 남긴 발자취에 모르는 게 있다는 건 안 태어난 것 보다 못하다며."

단감은 먹기에 알맞게 익었다. 둥시는 곶감을 만들기에 충분히 익었고 대봉은 아직 설익었다.

김 장로는 딸이 왜 무반응일까를 곰곰이 생각한다.

"올해는 과일도 풍년, 벼농사도 풍년이라 얼마나 다행인지."

김 장로의 목소리가 착 감겨들지 못한 건 딸의 표정이 밝지 못해서다.

"고민이 있으면 말해 보아라."

유화는 차마 남편의 비행을 입에 담지 못한다. 시동생에게 당한 수모도 고해바칠 순 없다.

"나에게 고백 못할 정도로 호된 시련을 당한 것 같구나. 명심할 건 넌 결혼한 지 달포도 못 돼 시댁을 뛰쳐나왔다는 엄연한 사실을 기억해야 돼."

"결혼식 올리고 하루 만에 갈라진 부부는요?"

김 장로는 사태의 심각성을 감지한다.

"너희가 헤어지거나 정답게 살아가는 것도 너희 몫이지 우리가 관여할 바 아니야. 다만 과거의 잘못을 현재에 접목시켜 앞날을 망가지게 하는 것만큼 어리석은 짓은 없단다. 다시 말하지만 부드러운 아내가 되어라. 부드러움은 강함을 이긴다. 세족식을 너희 시댁에서 해 보는 것도 위기를 극복할 좋은 방법이다. 내가 먼저 허리를 구부리면 아무리 강한 상대도 허리를 구부리기 마련이란다.”

부녀가 집안으로 들어서자, 영애가 목쉰 소리를 낸다.

“최 서방에게 전화가 왔어. 안사돈님이 실어증에 걸려 병원에 입원하셨대.”

유화는 김 장로 품에 안긴다.

5

영재는 새롬유치원 입구에서 승용차를 세운다. 성희가 밖으로 나온 걸 보고 재빨리 뛰어가서 허리를 구부린다. 상대는 못 본 척 지나친다. 재빨리 성희의 팔을 낚아챈 영재가 성난 얼굴로 노려본다.

“사람 무시하지 마십시오. 길가는 사람에게도 공손히 예의를 지키는 세상 아닙니까. 아는 사람을 보고도 낯선 사람처럼 그냥 지나치다니요?”

“왜 날마다 따라 다니며 괴롭힙니까? 날 좀 가만히 놔둘 순 없나요?”

성희가 양손을 탈탈 턴다.

"원아에겐 보호자가 필요하다고 나를 보디가드로 채용하신 분의 지시에 따른 겁니다."

성희는 영재의 강압에 못 이겨 승용차에 오른다.

"나를 어린애 취급 하다니. 강제로 하는 일이 지겹지 않으세요?"

"내가 좋아서 하는 일입니다. 비록 지시에 따르긴 해도 싫은 일을 왜 합니까."

영재는 운전하며 휘파람을 분다. 영조도 휘파람을 잘 불었다. 다시금 영조의 환영이 성희의 뇌리에서 오락가락한다.

"언제까지죠. 남의 차를 몰면서 출퇴근시킨 것 말이에요?"

"내가 성희 씨와 백년가약 맺는 날까집니다."

영재는 청혼한 사실에 만족한다. 강 변호사에게 성희의 사정을 듣고 보디가드 역할을 즐기는 것도 성희가 마음에 들어서였다. 교회학교 유년부 교사도 함께 하며 지켜본 성희는 자신이 바라던 여인상이었다. 고아로 자란 그가 생각한 여인상은 누나 같은 여인이었다. 성장 과정에 영향을 끼쳤던 누나가 운동권 학생과 열애에 빠져 감옥을 내 집 드나들 듯했을 때였다. 누나가 빠져든 건 한 남자를 향한 헌신이었다. 헌신의 바탕은 마음이 청결하고 순전함이었다. 성희는 누나를 닮았다. 성희가 유치원생들과 벗한 모습은 빛나 보였다. 생기에 넘친 아이들의 천진스러움과 성희의 순전함이 연합해 빚은 화기애애한 분위기는 낙원이었다.

"못된 장난꾸러기 짓은 그만 두세요. 난 자유롭게 살고 싶어요."

성희가 승용차를 몰며 출퇴근 하던 시간을 즐긴 건 영조와 대화를 나누기 위해서였다.

나의 연인이여, 난 바람 따라 그대에게 왔는걸. 내가 깃털보다 가벼운 건 바람이 나의 날개이며 호흡이기도 해.

영조의 호소를 듣고 성희는 응석을 부렸다.

난 바람이 불면 어디론지 떠나고 싶어. 멀리 저 멀리로. 바람이 혼인 걸, 바람이 바로 영조 씨인걸.

언제나 그의 영혼은 휘파람 소리와 더불어 나의 육신과 영혼을 사로잡았지.

영재는 계속 휘파람을 분다. 신기하게도 영재가 곁에 있으면 영혼과의 대화는 단절된다. 보이지 않은 영혼과 살아 움직인 영재와의 마찰은 언제나 후자의 승리로 끝나곤 했다. 누군가가 곁에서 살아 숨 쉬는 건 영혼보다 가까운, 산 자의 특권인지도 모르리라. 열기를 품어낸 입김, 팔을 낚아챌 때마다 전달된 뜨거운 감촉, 도드라진 팔뚝의 정맥, 이글이글 타오른 눈빛, 황소 뚝심으로 다가온 유혹은 영혼과의 대화에선 맛볼 수 없던 신선함이었다.

"낡아빠진 자유는 진정한 자유가 아닙니다. 자유를 모독하지 마십시오."

"자유를 누린 건 개개인의 권립니다. 타인의 권리를 무시하는 것이 진정한 자유인가요?"

"마음대로 행하는 건 독선이요 위선이죠. 죽은 자의 귀신은 밟아 버려야지 불러들여 내 것인 양 소화해 합리화하는 짓이야말로 권리 남용 아닙니까?"

"전화도 그만 하십시오. 제발 부탁이니 날 그냥 놔두세요."

잠결에 벨이 울려 수화기를 들면 저쪽에선 아무런 반응이 없었다. 윙윙거린 잡음 속에서 영조의 목소리가 들려오곤 했다.

난 깨었는데 너만 잠에 빠지면 어쩌지?

영혼의 음성을 듣고 성희는 잠이 확 달아난 체험을 했다. 전파의 감도는 멀기도 가깝기도 하여 종작없었다. 어쩌면 전화벨이 울리지 않았는지도 모른다. 환청일 것이다. 그런데도 성희는 전화기를 통해서도 영조의 목소리를 듣곤 했다.

근자엔 산 자의 목소리가 전파를 타고 왔다.

영재입니다. 오늘 아침처럼 나를 피하려고 먼저 출근하진 마십시오. 내일 아침엔 새벽부터 기다릴 테니까요.

이튿날 창문을 통해 아래로 내려다보면 어둠 속에서 영재가 손을 흔들었다.

영재의 휘파람 소리는 바람을 타고 멀리 퍼져나간다.

"특별한 여자에겐 특별한 남자가 필요하므로 강 변호사님이 나를 보디가드로 채용한 게 아닙니까. 우리 이제부터 특별함에서 벗어나 보통 사람이 됩시다."

"보통 사람이란 어떤 사람을 뜻할까요?"

"남자와 여자가 결혼해 아이 낳고 사는 겁니다."

성희의 얼굴이 빨개진다. 아이 낳고 사는 게 남녀의 성행위를 말하는 것은 아닐까. 일순 성희는 의문 부호였던 영조의 성기를 떠올린다. 무엇이 그토록 참을 수 없게 했을까. 여행 중에 여자들과 성관계를 하고서도 태연한 척 약혼녀와의 결합을 원했다. 혼전 순결 서약할 때 그의 근엄한 얼굴, 창조주에게 절대 순종할 것을 서약하고도 그 약속을 파한 뒤 약혼자를 만나 태연을 가장 했을까. 가장 믿었던 약혼자에게 당한 배반으로 성희는 한동안 절망했다.

그즈음 영재가 나타났다. 주일 교회학교 아이들을 가르치기 위해 교육관 문을 연 순간 성희는 영조의 환영을 보았다. 성희는 환영 앞에서 왼쪽 가슴에 단 이름표를 가리켰다. 영조 씨, 강영재가 뭐에요? 이름 하나가 틀렸잖아요? 하려다 실제 인물이 신임 교사라고 악수를 청했을 때였다. 성희는 그가 영조가 아니고 타인임을 알고 얼마나 충격 받았던가.

영재와 가까이 지낸 사이 신기하게도 영조의 환영도 대화도 소멸되었다. 투명한 어둠을 사른 불꽃, 불꽃 속에 뛰어든 영혼이 혼불로 타오르며 잿더미가 되던 꿈도 꾸었다. 영혼과의 대화는 노상 기분 좋은 것만은 아니었다. 뒷맛이 개운치 못했다. 아쉬움에서 시작해 아쉬움으로 끝나니 그럴 법도 했다.

"정 박사님과 엄마는 오래도록 서로 그리워하고 애타게 기다려도 아직 결합하지 못했지요. 우린 몇 번 만났으며 만난 지 얼마 되었다고 결혼 운운 합니까?"

영조 씨와 나는 오줌싸개 시절에 귀저기를 서로 바꿔 차면서까지 함께 자랐는걸요. 우윳병도 바꿔가며 빨았고요. 초콜릿과 캐러멜도 서로 빼앗아 먹었지요. 소풍 가면 도시락도 나눠 먹었고요. 사과를 양손으로 잡고 힘을 가해 딱 쪼개면 까만 씨앗과 반반한 속살이 드러났죠. 우린 이빨 자국을 남기며 갈라 먹곤 했거든요, 그이랑 첫 입맞춤 한 게 유치원 졸업 때였어요. 키스도 사과 맛이더라고요. 그래도 난 그이를 알지도 못하는데, 어찌 영재 씨를 안다고 할까요. 성희는 혼잣말로 되뇐다.

"난 성희 씨를 만난 지가 두어 달이 지난 게 아닙니다. 내가 이성을 그리워 한 그 순간부터 정성희라는 소녀가 내 안에 자리 잡았어요. 한번 만나 사랑에 빠졌다는 건 충분히 긴 기다림 끝에 만난, 사랑의 완성 아닌지요."

차는 강북으로 달린다. 성희는 왜 강남이 아니고 방향이 틀리느냐 물어도 영재는 반응이 없다. 차는 도심지를 지나 어느 외진 곳으로 접어든다. 들에는 벼이삭이 바람에 흔들리고 차창에 머문 초가을 햇살이 쾌속으로 달린 속력에 따라 춤춘다.

으슥한 들판 모퉁이에 차를 세워 두고 영재는 성희를 껴안는다. 안전벨트를 하고 있어도 성희는 격렬하게 저항한다.

"지금 이 순간 성희 씨에게 들려주고픈 말은 사랑하는 건 바보가 되어야 한다는 것. 그렇지만 바보는 천재보다도 더 영리하다는 걸요. 내가 성희 씨의 보디가드가 된 걸 즐겨 행한 것도 그에 속합니다."

영재는 성희를 꽉 조여 안고 외친다.

6

이른 봄인데도 소복소복 내린 눈이 천지를 하얗게 물들였다. 허리 굽은 소나무 가지 사이에서 까치 한 쌍이 건너뜀을 뛸 때마다 눈송이가 떨어져 내렸다.

준서는 유화의 도움을 받아 엄마를 일으켜 안는다. 며느리 가슴팍을 등받이 삼아 기댄 엄마는 가느다란 미소를 띤다.

"어머님이 웃으셨어. 곧 말씀 하시려나 봐."

준서의 귀엣말을 듣고 유화가 쉿, 한다.

"미소는 혀 놀림의 열쇠이라지요."

실어증에 걸린 윤경은 달포 동안 병원 신세를 지고는 그저께 퇴원했다. 뇌에 이상이 있지만 퇴원해 자가 치료 받으면 회복된다던 의사의 진단을 받고서였다. 표정 없는 얼굴이 점점 변하더니 말을 못하는 대신 눈물을 많이 흘렸다. 의사는 실어증환자가 회복기에 이르면 눈물을 많이 흘린다고 했다.

준서는 엄마의 뒷골부터 목과 어깨를 차례대로 주무른다. 뼈마디에선 딱딱 소리가 난다. 몸은 야위고 주름은 늘고 축 처진 볼은 푸르뎅뎅하다. 준서는 한순간의 잘못이 이런 엄청난 결과를 초래하리라곤 미처 상상도 못했다.

준서는 자신보다도 동생에게 더 잘못을 덮어씌운다. 어디 사귈 여자가 없어 고런 개망나니 계집애랑 어울리더니 내게 올가미까지 씌워. 준서는 울화통이 치민다. 곁에서 차분히 시중드는 유화가 새삼 고맙다. 네 짝은 내가 구해 주겠다던 엄마의 충고가 마음에 합당한 격언 같다. 평생을 함께 지낼 반려자는 부모 눈 아래 맴돌아서도 안 되고 자신의 눈높이에 머물어도 안 된다던 수칙을 준서는 지녀 왔던 터였다.

시어머니 시중을 들고, 남편에게 보조를 맞추면서도 유화의 마음은 편치 못하다. 남편 때문에 임신해 자연 유산 된 여자가 꿈속에서도 나타나 괴롭혔다. 밤이면 남편의 애무를 받다가도 여자의 환영이 불쑥 나타나 유화는 준서의 몸을 밀어내곤 했다. 내가 어떻게 한 둥지 안에서 남편과 시동생을 봐야 하느냐 보다도 그들이 어찌 나를 바로 대할 것인가가 더욱 유화의 목을 옥죄었다.

자정이 지났는데도 대문 밖에선 꽝꽝거림이 귓전을 울린다. 유화는 급히 밖으로 나온다. 준서도 뒤따른다. 최 회장은 싱가포르로 출장 중이었다. 엄마는 깊은 잠에 빠져 바깥에서 일어난 일을 알지 못한다.

"야, 잘난 형이 못난 동생 때문에 잠도 못 주무시고 나오시는 구려."

술에 녹초가 된 준기는 혀 꼬부라진 소리를 낸다.

"네 꼴이 뭐야. 어머님이 중병 앓고 계시는데."

준서가 호통 친다.

"효자 형이 병구완 잘하시는데 불효 동생이 떠돌아다니기로서니 무엇이 잘못 됐슈?"

준기가 코웃음 치며 유화의 턱을 치켜세운다.

"형수님, 우리 멋지게 포옹해 볼까요? 남편 앞에서 외도해 보는 것도 스릴 만점이잖소?"

"이 자식, 눈에 보인 게 없어."

준서의 주먹이 동생 가슴팍을 겨눈다. 형의 주먹질에 준기가 쓰러지며 고함친다.

"남의 걸 잘 **빼**앗는 잘난 준서 씨가 이 못난 동생이 형의 것을 좀 갈라 먹자는데 억울해 할 건 뭐야?"

준서는 동생에게 발길질도 해댄다.

"제발, 그만 하세요."

유화는 차라리 나를 발길질 하란 듯이 준기를 가로막아 선다.

"쓰레기 같은 놈은 없애버려야 돼."

준서의 눈빛이 살기로 번득인다.

"누구 잘못인가요? 왜 동생에게 책임을 돌리려 하죠?"

유화는 비틀거리는 준기를 붙든다.

"저 놈 때문에 내 이력에 오점 남긴 걸 생각하면 치가 떨려."

"도련님을 내 등에 업히세요."

유화는 꿇어 앉아 등을 내민다.

"여자가 어떻게 술주정뱅이를? 내 등에 업혀."

준서는 욕실 바닥에 동생을 내려놓고 뺨을 후려친다. 그만 하라니까요. 유화가 남편 손목을 그악스레 잡는다.

"도련님을 안고 계세요. 내가 옷을 벗기겠어요."

술독에 절은 시동생은 처참히 일그러진 망아지다. 유화는 준기의 겉옷을 벗기고 얼굴과 손을 씻고 나서 목에 힘을 준다.

"꼭 껴안고 계세요. 발 씻을 차례니까요."

7

6월 마지막 토요일 오후, 영재와 성희는 강 변호사 댁으로 들어선다. 성희가 혼자 가겠다고 해도 영재가 둘이 가는 것이 어른들 보기에 좋을 거라며 동행하기를 원했다.

예비부부를 맞이한 강 변호사 부친이 이미 묵약된 걸 환기 시킨다.

"우리 가족이 회의를 열었는데 영재를 양자로 맞아들이기로 했단다."

"부족하지만 정성을 다하겠습니다."

264

영재가 정중히 인사말을 올린다.

그건 민옥의 건의에 의해서였다. 장남을 잃고 상심하던 민옥은 영재를 보고 의욕 상실증에서 벗어났다. 하늘이 내게 보낸 아들이라 여겼다. 영재의 자취방으로 찾아가 이부자리에서부터 음식에 이르기까지 보살폈다. 노할머님도 찬성이었다.

성희는 삼층으로 올라 영조의 방문을 연다. 새로 도배되고 실내장식이 바뀐 방안은 죽은 자의 체취를 맡을 수도 흔적도 찾을 수 없다. 방은 서재로 변했다. 성희는 의자에 앉은 강 변호사에게로 다가간다.

"왜 올라 왔느냐?"

"그냥요."

성희는 강 변호사의 무릎에 얼굴을 묻는다.

"저를 사랑하세요?"

"그럼."

"얼마만큼요?"

"또 아기 흉내 내는구나. 젖 달라고 떼쓴 아기처럼 말이야."

"전 아버님 앞에선 언제나 아기인걸요. 엄마를 더 사랑하세요? 저를 더 사랑하세요?"

시야가 흐릿해 강 변호사는 양손으로 눈을 비빈다. 목도 잠긴다.

"엄마를 사랑함으로 너를 더욱 사랑한단다."

강 변호사도 묻는다.

"넌 나를 사랑하느냐?"

"그럼요. 엄마보다도 정 박사님보다도 더욱 아버님을 사랑하는 걸요."

강 변호사는 성희를 와락 껴안는다.

정금마을로 들어선 정림 여사의 발걸음이 가볍다. 좁은 골목을 지나 정림 여사는 봉녀네 집 대문 부저를 누른다.

"이런 누추한 곳을 방문하시다니요?"

봉녀는 손님을 어떻게 대접해야 할지 몰라 엉거주춤한다.

"동작봉에 약수터가 있다기에 왔습니다. 우리 같이 올라가 볼까요?"

"그 약수가 약발을 잘 받아 제가 건강한 것도 그 덕이라 믿습니다. 안내해 드리지요."

봉녀가 앞장서서 걷는다. 까치 울음소리 뒤이어 뻐꾸기 울음소리가 한낮의 정적을 깨뜨린다. 비온 뒤라 발에 밟힌 습기 찬 흙의 감촉이 보드라운 양탄자 같다.

"아직도 정정 하시군요. 산을 잘 타시는 걸 보면."

봉녀는 저 늙은이가 나를 찾아온 이유가 뭘까, 머리를 굴린다.

"그저께 강원도 오대산에 들꽃 여행을 다녀왔습니다."

정림 여사는 '자생식물연구회 회원'이었다. 이번 여행은 집안에 불어 닥친 어려운 문제로 마음의 정리가 필요해서였다.

"들꽃이라면 나도 웬만큼 아는데, 아시는 대로 말씀해 보세요."

"제비꽃, 은방울꽃, 얼레지는 많이도 알려졌지만 홀아비바람꽃도 있더군요."

"홀아비가 과부 때문에 바람났다는 뜻인가요?"

"흰색 꽃잎 사이에 노란 꽃술이 박혔는데 꽃대 하나가 외롭게 피어 그런 이름이 붙었다나요. 노란색 주머니 같이 생겼다 해서 산괴불주도 있고, 나도개감채, 왜현호색은 이번 여행에서 처음 본 들꽃들이지요."

정림 여사는 가방 안에 든 걸 꺼내 펼친다. 들꽃들이 인쇄된 전단지다. 봉녀는 그걸 살핀다.

"참 희한한 들꽃들도 있군요. 제가 안다는 건 기껏 민들레, 찔레꽃, 달맞이꽃, 붓꽃 정도랍니다."

"앞으로 우리 같이 들꽃여행을 다녀옵시다. 내년엔 광덕산으로 간답니다. 민간인 통제구역이라 식물 보존 상태가 좋다나요. 금강산 명물인 금강제비꽃, 금강애기나리를 볼 수 있어 들꽃 관찰 지역으로 인기를 끈다더군요."

봉녀는 귀를 의심한다. 정림 여사가 사람대접 해 준 건 처음이다. 더욱이 같이 여행 가자니. 봉녀는 모진 목숨 이날까지 살아온 건, 그 금쪽같은 말을 듣기 위해서인 것 같다.

"이번 여행길에서 느낀 게 많습니다. 자생 식물을 보호하자는 운동에 동조하며 들꽃에도 애정을 가지자고 야단들입니다. 근데 제 손녀를 건사하지 못한 패배감에 짓눌려 마음고생을 많이도 했다오."

정림 여사는 채희가 낙태까지 한 사실을 접하고는 방문을 안으로 잠그고 한동안 밖으로 나오지 않았다. 방안에서 성경 읽고 침묵으로 지냈다. 막내손녀의 낙태는 노인에게 자성의 교훈을 안겨준 사건이었다.

지난주일, 정림 여사는 조 목사의 설교를 듣고 깨우친 바가 컸다.

참된 제자의 길은 자기를 부인하고 날마다 십자가를 지는 것이지요. 새 생명이 알을 깨고 나오듯 자아란 단단한 껍질을 깨기 위해선 내가 기꺼이 수용할 아픔을 견뎌야 합니다.

조 목사의 유창한 설교는 정림 여사의 폐부를 찔렀다. 당신의 옹고집은 창과 칼이 되어 가족에게까지도 피를 흘리게 했던 것이다. 단 하나 피붙이 외아들의 잘못을 내 잘못으로 받아들이지 않았던 사실도 내 아들을 사랑하지 않았다던 증거였다 더불어 당신 자신도 사랑하지 않았다는 증거였다. 끝 간 데까지 추락한 채희의 방황은 바로 당신의 방황이었다.

"송구하옵니다. 이 못난 년이 한씨 가문에 누를 끼쳐서요."

"내가 덕이 없는 탓이지요. 자식 하나 잘못 키웠으면 손녀에게

라도 애정을 지니고 키웠어야 할 텐데, 옹고집만 부려 애를 망쳐 놓았습니다."

"사돈어른도 참, 우리 채희가 어때서요. 앞날이 창창한 애인데 얼마든지 발 뻗고 나갈 테니 두고 보세요."

호시탐탐 노리던 기회였다. 정림 여사가 채희 외조모로 깍듯이 예우하는데 사돈어른이라 한들 마다할까. 봉녀는 평소에 원하던 말을 입에 올린다.

가파른 길을 오르자 국립묘지 회색 담이 보인다.

뻐꾸기는 더한층 기승부리며 운다. 정림 여사는 그 울음소리가 주열의 마지막 피맺힌 절규처럼 들린다.

녹슨 테이프에 감긴, 어머님, 소자는 먼저 떠납니다. 아이들을 부탁합니다. 아들의 마지막 유언마저도 불태웠던 증오의 나날들이다. 애증의 갈등에서 헤어나지 못한 한 많은 세월, 남은 건 주름뿐이다.

"사돈어른, 많이도 알고 싶어 하셨지요? 여사님의 아드님과 홍자의 마지막 모습을."

봉녀는 마음을 가다듬는다. 이젠 숨기고 싶지도 않고 숨길 필요도 없다. 속엣 걸 토해 내야만 한풀이가 될 것 같다.

그 과수원은 봉녀가 홍자 부친에게 물려 받은 것이다. 과수원 별장 방안에서 주열과 홍자는 실랑이를 벌렸다. 천둥과 번갯불이 하늘을 쪼갤 듯 꽝꽝거렸다. 별장 부엌에서 봉녀는 가슴을 조

였다. 창대 같이 내린 비가 낡은 별장을 삼킬 것만 같았다. 비바
람 타고, 이 손 못 놓겠어? 난 가야 해. 주열의 목소리가 쨍쨍 울
렸다. 못가. 절대로. 네가 나간대도 엄마가 밖에서 죽치는 걸. 엄
마와 내가 힘을 합하면 너를 못 이길 것 같아? 이 긴 손톱으로 널
할퀴고 말 거야. 서로 악다구니 퍼붓는 소리가 천둥소리에 가려
들리지 않았다. 주열의 비명 소리가 들렸다. 홍자가 검붉은 손톱
으로 주열의 얼굴을 할퀸 것이 선히 보인 듯 했다. 손톱자국은 약
이 없어, 이 철부지야. 봉녀는 고함을 질렀다. 무슨 수단을 이용
해서라도 주열을 내 사위로 못 삼을까 봐. 나중에 손톱자국 난 내
사위 얼굴을 어찌 지켜볼 것인가. 봉녀는 그걸 걱정했다. 봉녀가
별장까지 온 것은 행여 홍자가 무슨 일을 저지를 것 같은 예감 때
문이었다. 새로운 곳에 혼처가 나서 혼담이 무르익으면 홍자는
소리 지르며 악담을 퍼부었다.

　전등알이 고장 났나 봐. 남포등을 켜야겠는데 성냥도 라이터
도 없으니. 홍자의 목소리가 들렸다. 봉녀는 아궁이의 불기에 관
솔불을 켜서 들창문을 열어 홍자에게 건넸다. 방의 습기를 내몰
기 위해 봉녀가 불을 지폈던 것이다. 남포등이 켜지자 주열이 외
쳤다. 내가 도깨비야? 이래 가지고 어디에 낯짝 들고 다니겠어?
주열의 목소리가 다시 쩌렁 울림과 동시에 거울 깨진 소리가 들
렸다. 여보게, 참게나. 노도와 같이 휘몰아친 태풍이 봉녀의 호
소를 내몰았다. 비 맞은 생쥐가 아궁이 안으로 들어가려다 불기

가 뜨거워 도로 나와 봉녀의 발등을 스치며 달아났다. 홍자가 고래고래 악을 썼다. 난 내 딸도 잃을 수 없고 너도 나의 것으로 소유하고 말 테야. 다시 악쓰고 고함치는 소리가 천둥과 번갯불 소리에 내몰렸다. 봉녀는 한기가 들어 아궁이 앞에서 쭈그렸다 방안의 기척이 안 들려 정신이 번쩍 들었다. 어디 두고 보자. 너 죽고 나 죽을 테다. 평소에 자주 내뱉던 앙칼진 딸의 음성을 기억해 냈다. 봉녀는 허겁지겁 뛰어가서 방문을 열었다. 방안에 엎드린 홍자가 기어든 목소리로 내뱉었다. 엄마, 난 지금이 가장 행복해. 그이를 영원히 소유하니까. 불쌍한 우리 채희는 어떡하지?

봉녀는 잡풀을 뜯어 푸우 날려 보낸다.

"이제 와서 알아야 할 필요가 없지요."

정림 여사는 다시 과거의 질곡에 파묻히고 싶지 않다.

"아닙니다. 이건 분명히 밝혀져야 합니다. 몹쓸 것, 홍자가 여사님의 귀한 자제분을 죽인 거라고요."

"어디 가도 여자보다는 남자가 더 힘 센 게 아닙니까. 내 아들이 댁의 따님을 숨지게 했을 겁니다. 테이프에 녹음한 걸 보면 내 아들이 뒤에 숨진 거라오. 뒤에 남은 자가 앞서 간 자에게 치명타를 가한 게 아니겠습니까."

"전연 그렇지 않습니다. 제가 방안에 들어갔을 때 딸년은 죽어 가는 목소리로 저에게 채희를 잘 부탁한다는 유언을 했고요. 한 교수는 녹음기에 녹음 했지요. 낡아빠진 녹음기는 과수원지기 딸이 가수가 되고파 목소리 연습을 위해 중고품을 마련해 둔 거랍니다."

　만날 때마다 서로 삿대질하며 실랑이를 벌렸던 두 노인이었다. 이젠 서로 남의 자식을 살인자로 몰던 태도에서 벗어나 내 자식을 살인자로 인정한다.

　"우리 이렇게 결론을 냅시다. 둘이 동시에 숨을 거뒀다고. 그리고 지금 이 순간부터 자식들의 죽음에 대한 공포에서 벗어납시다."

　주열의 장례를 치루고 난 뒤였다. 아들의 유품을 정리하던 정림 여사는 비밀수첩을 발견하고 수인 몰래 내용의 일부를 찢어버렸다. 찢은 내용 중에는 주열이 가출할 때 집으로 못 돌아오리란 암시가 적힌 내용이었다. 수면제와 노끈을 준비해 가져간다는 내용도 적혔다. 홍자가 이혼하지 않으면 학교에 가서 모든 걸 폭로하겠다고 강경하게 나왔다. 더 이상 피할 도리도 없고 물러설 수도 없던 상황이었다. 정림 여사가 비밀수첩 내용의 일부를 찢은 건 수인이 그 내용을 알면 더욱 상처를 받을 것 같은 안쓰러움이었다. 그리고 경찰이 들이닥치면 비밀수첩 내용으로 가족이 입을 피해를 두려워해서였다. 비밀수첩 전부를 불태우지 못한 건 수인을 향한 주열의 사랑이 하도 애달아 그 사실을 며느리에게 알려주기 위함이었다. 그럼으로써 위로를 받아 가정을 잘 꾸려가기 위한 계산이었다.

272

"딸년이 숨진 뒤 한시도 마음 편할 날이 없었습니다. 여사님을 만나 악담하고 오던 날이면 구들더께가 되어 자리보전을 면치 못했지요."

봉녀가 훌쩍거린다.

"나도 마찬가지였다오. 앞으로 우리가 살면 얼마나 더 살겠습니까? 채희 외할머님, 우리 이제부터라도 합심해 좋은 일 하도록 합시다."

"채희 할머님이 원하신다면 전 무슨 일이라도 따르겠습니다."

정림 여사가 내민 손을 봉녀가 꼭 잡는다.

8

"나의 청을 들어 주었으면 해."

미란은 커피잔을 만지작거린다.

"뭔데?"

수인은 덤덤한 자세를 취한다. 혈기 많은 미란에겐 감정을 내비치지 않은 게 유익하다는 걸 일찍 터득했다.

"네가 키운 아이를 데려 왔음 해."

"성희를?"

정 박사랑 무슨 밀약이라도? 수인은 온몸이 뻣뻣해진다.

"누가 잰 체하며 뽐낸 아이를 원한대? 판에 박은 듯이 사는 치들에겐 진절머리 난 걸 모르시나 봐."

"성희가 언제 그리도 잰 체하며 거만 떨던?"

"앤, 잘난 딸 자랑하고 싶어? 성희가 무슨 거룩한 자냐? 미숙 언니에게 질린 나야. 난 그런 딸은 원치 않아. 채희, 난 걔가 좋아."

미란이 흔쾌히 답한다. 그토록 아이를 원했고 양자를 찾아다닌 것도 결국 채희를 만나기 위해서란 마음이 일어 밤잠을 설치곤 했다.

"참으로 웃기네."

수인이 코웃음 친다. 채희와 밀약이라도 한 걸까. 저렇듯 자신만만한 걸 보면.

"왜 하필이면 채희지?"

수인은 승리감에 도취된 양 집요하게 파고든다.

"일종의 선입관이랄지. 난 채희를 보고 나의 분신임을 느꼈어. 내 살과 뼈가 반쪽으로 빠져나가 하나의 형상이 된 것 같아. 불쌍한 생각이 들어 보살피고, 가여워 껴안아 주고 싶고, 배고파하면 먹여 주고 싶거든."

"천애고아가 아니므로 그런 걱정은 사절이야."

"쉬쉬한대도 채희가 너의 친딸이 아니란 것쯤은 알만한 여고 동창들은 다 알잖아."

"뭐야, 협박하는 거니? 난 채희를 친딸 이상으로 애정을 쏟으며 키웠어."

"네가 친딸 이상으로 애정을 쏟으며 키운 것 하고, 내가 나의 지체처럼 키우는 것 하고 어떻게 다르나 우리 내기 할까?"

미란은 채희가 아무 것도 먹지 않겠다고 하면 입맛이 없었다. 내가 왜 이래야 하느냐고 울부짖으면 자신도 함께 울었다.

"그동안 그이에게 이혼하자는 압력을 받고 난 정신병환자가 되었지. 채희를 간호하는 동안 정신병이 온데간데없어진 거야. 불안, 초조, 토악질, 증오, 미움, 불면증, 구토 등. 나의 정신병은 너에 대한 미움에서 비롯된 거야."

"나도 너를 미워했지만 잊어버렸어."

"당연한 것 아냐. 연인을 가로챈 연적인데. 이젠 우리 서로에게 좀 솔직 하자꾸나. 미움의 가시를 어떻게 제거할까."

"채희는 나의 딸이야. 어느 누구에게 맡긴다든지 굴레 씌우고 싶지도 않아. 난 채희를 내 목숨 다하는 날까지 돌볼 거야."

"채희는 이미 내게 약속 했는걸. 나랑 같이 파리 유학 떠나기로."

"누구 마음대로? 넌 자신감이 넘치다 못해 엄청난 음모까지 꾸미는데, 이번만은 절대 안 돼."

채희 문제는 걱정하지 말라던 정 박사의 건의를 수인은 믿었던 것이다. 자매들도 면회 오지 말고 기다려 달란 당부도. 채희가 가족 만나기를 원하지 않는다고.

"그인 아직도 이 사실을 몰라. 난 채희를 얻은 이상 그이를 잃어도 괜찮다고 여기거든. 정말 난 그이가 그토록 원한 이혼장에 도장 찍을 각오가 됐단다."

　당분간이란 조건으로 시작한 동거가 결혼으로 이어지고, 이십여 년이 흘렀는데 그이도 많이 참아 준 거야. 난 너를 미워하면서도 한편으론 생명의 은인이라 여겼어. 그이가 오래 전 너를 만났을 때, 네가 그이에게 한 말이 나를 살린 거야. 눈물은 나만 흘린 것으로 족하지 미란에게 나의 눈물을 되돌리게 하지 말아 달라는. 너의 그 마지막 말이 족쇄가 되어 그인 나를 버리지 않았던 거야. 사랑의 힘이 얼마나 강하다는 걸 그이의 지나간 행동을 보고 깨달았어. 이수인은 정훈종을 양미란에게 빼앗겼다고 여길 테지만 전혀 그렇지 않아. 넌 정훈종을 예전에도 사로잡았고 지금도 사로잡고 앞으로도 사로잡을 거야. 넌 사랑의 승리자야. 왜 내가 영과 혼이 떠난 남자를 간도 쓸개도 없이 평생을 기댈 언덕으로 삼았을까. 넌 의심하겠지만 난 아직도 정 박사만한 남자를 만나지 못했고 사랑하고 또 그이가 진정 나의 생명의 은인이었거든. 난 그 시절 채희보다 더 정신과 육체가 피폐했어. 아마 그이를 만나지 못했다면 난 자살 했을 거야. 이제부터라도 난 내 짝을 찾아 나설 테야. 내가 마음이 통한 새로운 남자를 만날지, 그림이 내 짝이 될지는 아직 미지수야. 이젠 사랑하는 사람은 사랑하는 사람끼리 맺어져야 한다는 불변의 원칙 앞에 겸허해야 한다는 걸 터득 했단다. 왜 내가 너를 증오하고 허송세월 보냈을까. 증오란 화살을 네게 쏘면 쏠수록 그 화살은 내 가슴팍에 박혔는데도. 이상해. 정 박사를 소유 했을 땐 난 사랑의 패배자란 굴욕으로 절절 맸는데, 그를 포기한 순간부터 정 반대의 입장으로 변했다는 묘한 생각에 빠져들거든.

"채희는 나의 분신이야. 난 사랑의 실패자였어. 양미란이 정훈종의 사랑을 이수인에게 빼앗지 못했지만, 한채희는 이수인보다 더 애정을 가지고 잘 키울 거야. 난 나만이 간직할, 나만이 사랑하고 나만이 사랑 받을 사랑을 목마르게 원했거든. 다시 말하지만 채희는 나의 분신이야."

미란은 수인이 오해할까 봐 그동안 일어났던, 채희에 관한 걸 입에 올린다.

수술대에 오른 채희는 고통을 이기지 못해 허우적거렸다. 미란은 환자의 아랫배에 손을 얹었다. 묵직한 감각은 잠시였고 채희가 온몸을 뒤틀며 미란의 양손을 잡았다. 채희는 누군가를 향해 독설을 퍼부었다. 경멸에 찬 입술은 고통으로 일그러졌다. 그건 영락없이 레오를 향해 독설을 퍼붓던 자신의 모습이었다.

애야, 난 너의 울분을 너무나도 잘 안단다. 조금만 견뎌. 치료하고 나서 너의 고통을 나랑 나누자.

짐승 같이 울부짖는 채희를 껴안으며 미란도 울음을 터뜨렸다.

채희의 수술은 오래 걸렸다. 정 박사가 환자의 자궁 속에 든 핏덩이를 끌어낼 때마다 미란의 하복부에선 심한 경련이 일었다.

깊은 상처가 난 곳에 의사의 손이 닿으면 채희는 울부짖었다. 미란은 목이 메었다. 채희가 울부짖으면 자신의 살점을 도려낸 듯한 고통이 뒤따랐다.

병원에 입원한 지 열흘쯤 지나 채희는 미란에게 모든 사실을 실토했다.

임신한 사실을 알고 두려웠어요. 어떻게 낙태 할까가 문제였지요. 술 많이 마시고 담배 많이 피우면 될 것 같아 그렇게 해 보았지만 뱃속의 아기는 점점 자랐어요. 엄마에게 고백하고 싶어 출판사로 찾아 가도 용돈만 얻고는 돌아오곤 했어요. 나의 출생 비밀이 알려지고 난 뒤부터 난 가족 대하기가 부담스러웠어요. 지금도 마찬가지예요. 어떻게 가족에게 잘 보이느냐가 최대의 관심사였거든요. 가정이란 울타리는 더 이상 나를 편안하게 해 주는 곳이 아니었습니다. 난 수면제도 복용하고 약도 사 먹어 보았지만 유산이 안 되었어요. 유산시키기 위한 돈이 필요한데 팔이 아파 아르바이트도 구할 수가 없었어요. 엄마 봉급으로 생활하고 쌍둥이 언니는 과외로 학비를 벌어 우리 집 가계는 현상 유지에 그쳤거든요. 난 도둑질하기로 결심했어요. 계집애가 바에 있으니 치근거린 난봉꾼들이 많았어요. 난 돈 많아 보이는 난봉꾼을 골라 기회를 노렸지만 번번이 당하기만 했지요. 나를 호텔로 유인한 난봉꾼의 지갑을 훔치고 도망쳐 나왔지만 들켜 두들겨 맞고……. 그날은 호텔까지 안 가고 술집에서 취객을 만나 지갑을 훔쳤지만 술집 입구에서 덜미를 잡혔어요. 길거리에서 구타를 당하면서도 쾌감을 느꼈어요. 뱃속의 아기가 떨어져 나갈 걸 고대하면서. 정작 유산이 되자, 정신을 잃으며 정훈종 박사님 병원 이름을 중얼거렸나 봐요.

미란은 오열하는 채희를 품에 안고 약속했다.

나랑 고통을 함께 나누자.

미란은 채희를 데리고 다니며 쇼핑도 하고 가까운 거리로 나가 산책도 했다. 준기를 만나고 와선 이불을 뒤집어쓰고 침묵해 미란은 채희의 속마음을 헤아리기에 애를 태웠다.

지난주일, 미란은 채희와 더불어 동해안 여행을 떠났다. 채희가 식욕이 없어 여행하면 입맛을 찾을 거란 정 박사의 건의에 따라서였다. 대관령을 지나자 도토리묵과 산채비빔밥에 군침 흘리더니 입맛을 되찾았다. 바다가 내려다보인 호텔을 정하고 나자 채희는 그림을 그려보고 싶다 했다. 소나무를 배경으로 바다에 해가 돋는 장면이었다. 미란은 그림 그리는 채희가 그렇게 사랑스러울 수가 없었다. 자신의 유전인자를 물려 받은 친딸처럼 다가왔다.

남자친구 저택에도 소나무가 있지요.

채희가 그림을 그리며 고백했다.

난 남자친구에게 결별을 선언했는데도 마음은 그렇지 못해요.

다시 만나고 싶어?

미란은 채희가 허락한다면 준기를 동해안 호텔로 부르고 싶었다. 마음에 맞는 사람과의 여행은 즐거운 것이므로 채희의 병도 빨리 쾌유될 것 같았다. 채희는 고개를 절래 흔들었다. 기본이 서툴긴 했지만 그림은 수작이었다.

파리는 어떤 곳일까요?

채희가 동경어린 표정을 지었다.

예술가들에겐 지상 천국이지. 젊은이들에겐 사랑의 도시야. 분수대를 타고 오른 물줄기도, 유유히 흐른 강물도, 땅에서 솟아오른 지열도, 대기의 공기도, 에펠탑조차도, 샹송 리듬을 타고, 젊은이여, 비록 내일 피를 마실지라도 사랑하라고 속삭이는 도시야.

베르사이유 궁전의 거울 방에서 마술에 걸린 신데렐라 공주도 되고, 루브르박물관에서 명화도 관람하겠네요.

물론이지.

무척 가고 싶지만 집에서 날 유학 보낼 정도로 여유가 없거든요. 이런 나를 가족이 반기기나 하겠어요?

네가 파리에 가기를 원한다면 나랑 같이 가지 않으런?

정말 아줌마랑 파리에 갈 수 있을까요?

난 너를 위해서라면 무슨 일이든지 하리라고 이미 결정을 내렸단다.

엄마 못잖게 나도 아줌마가 좋아요. 날 제발 파리로 데려다 줘요.

채희는 미란의 품에 안기며 호소했다.

수인도 미란도 커피가 식은 다음 들이킨다. 그 몇 분도 채 안 된 시간이 둘 사이에 가로 놓인 앙금이 어느 정도 사라지게 한 건 여고동창이란 친밀감도 있을 터였다.

"지금 채희에게 필요한 건 파리 유학이 아닐까. 도피처가 필요하거든. 난 채희의 길잡이가 되고 싶어. 내가 못 이룬 꿈을 채희가 이루게끔 도우고 싶어."

"거듭 말하지만 안 돼."

수인은 채희를 남에게 떠맡기고 싶진 않다. 더욱이 앙숙으로 지낸 연적에게 책잡힌 꼴이라니. 그건 수모요 치욕이다.

"채희를 두고 우린 어차피 흥정을 해야 될 것 같아."

"무슨 흥정을?"

"난 채희를 아주 값비싼 대가를 지불하고 사도록 하겠어."

"채희가 무슨 사고팔아야 할 물건이냐?"

수인은 비웃으며 미란을 노려본다.

"인신매매는 공격 받아 마땅할 테지만 내가 흥정하자는 건 그게 아냐. 남들이 상상한 것만큼 나는 부자인 것은 확실해. 파리에는 아직도 내 소유 아파트가 있고 현금 가진 것만 해도 나랑 채희가 여생을 보낼 만큼 충분해. 신사동 병원은 은행 대출이 많아 그이가 처리 할 거야. 사실 내가 지닌 돈으로 은행 대출을 갚으려다 그이랑 언제 헤어질지 몰라 내 몫을 챙겨 두었지. 왜 내 사악함을 까발리느냐 하면 채희를 얻고자 하는 나의 진심을 네게 알리고 싶어서 그래. 일산 우리 집과 채희랑 맞바꾸자."

"사람을 물물 교환처럼 흥정하려 들다니?"

수인은 흐트러진 옷매무새를 바로 잡는다. 그건 자존심을 지켜야 할 때 행하는, 자신에 대한 단속이다.

"물론 사람은 존귀한 존재고 물건은 사람의 부속물에 불과해. 일산 우리 집은 나의 정신과 애정이 담겨 있는 저택이야. 이태가 지났는데 값이 세 배나 뛰었어. 새로 생길 버스 노선이 바로 우리 집 앞으로 통과해 값이 무진장 치솟을 거야. 택지도 그렇지만 저택 뒤 야산 삼만여 평도 있거든. 곧 성희가 결혼할 거란 소식을 진영에게 들었어. 비싼 돈 들어 예식장 구할 필요가 없잖아. 이제부터라도 네가 채희 친권자란 권리만 포기하면 저절로 굴러 들어온 복덩이 아냐. 진영이 패션쇼를 우리 집에서 하고 싶다기에 승낙했어. 난 우리 집이 패션 쇼 장소도, 예식장으로도 안성맞춤이라 여기거든. 더욱이 성희가 새 유치원을 마련하고 싶어도 돈이 없어 고심한다는 걸 채희에게 들었어. 앞으로 저택 뒤에 유치원을 짓고 그 뒤 야산에 원아들이 뛰놀면 더할 나위 없을 낙원이겠는 걸. 우리 집 가까이 아파트 대단지가 들어선다고 신문에서도 떠들잖아."

미란은 몸이 날듯이 가볍다. 집을 포기 한다는 건 정 박사와의 관계도 끝났다는 걸 뜻한다.

"신사동 병원도 비좁아 입원실이 태부족이라 그이도 병원 옮길 계획을 하거든. 내가 권했지. 값비싼 택지 구하지 말고 일산 저택 뜰에 병원을 신축 하라고."

처음 신사동이 워낙 비싼 땅인데다 넓은 평수를 구하지 못해 미란은 오래된 여관을 사들여 헐고 이층 건물을 새로이 지었다. 그런 연유는 바로 옆에 공터가 있어 복덕방 주인과 암암리에 묵약하고 그걸 노렸는데 땅주인이 호텔을 짓는 바람에 그 계획이 좌절 되었다.

"성희가 한 씨 가문에 누가 되었다면 그 누를 끼치게 한 건 정 박사와 나야. 그이보다도 내가 더한 훼방꾼이었지. 이 흥정은 내가 너의 행복을 훔친 속죄요 보답 아니겠어. 따지고 보면 일산 저택은 정 박사 소유 아냐. 정 박사가 벌어 준 돈을 내가 관리 잘했다 뿐이지."

"안 돼."

무엇에 홀린 양 거절하면서도 수인은 빠른 시일 안에 채희를 데려와야겠다고 속으로 다짐한다. 즉흥 제안이란 믿을 수 없는 약속과 같다. 미란에게 당한 상처가 엄청 커서 수인은 그저 흘러가는 말처럼 넘겨버린다.

9

창가에 머문 가을 햇살이 다사롭다.

정 박사는 종합 진단을 마친 채희의 위아래를 훑는다.

"혈압도 정상이고 걷는 것도 자유롭잖아."

얼굴빛이 창백하지만 말쑥한 숙녀 티가 난다. 채희가 입은 초록 투피스는 미란이 진영에게 부탁해 마련한 것이다.

정림 여사가 원장실로 들어선다. 지난주일, 정 박사는 수인과 함께 그들 예비부부랑 저녁식사를 하며 예식에 따른 절차를 의논했다.

정림 여사는 정 박사에게 고마움을 표한다.

"채희 조모라오. 폐를 끼쳐 송구합니다."

"뭘요. 당연히 해야 할 일을 한 것뿐입니다."

정 박사는 정림 여사가 병원까지 찾아올 줄은 몰랐다. 채희를 정성껏 간호한 것은 수인의 고민을 덜기 위해서였다. 그리고 성희를 정성껏 돌봐준 정림 여사에 대한 고마움의 답례였다.

"고생 많았지?"

정림 여사가 채희 이마에 손을 얹는다.

수간호사가 정 박사의 눈짓에 따라 정림 여사를 상담실로 안내한다.

정림 여사는 마주 보는 정 박사의 눈길을 피한다. 강단 센 정림 여사지만 며느리의 연인 앞에서 담대해질 순 없다. 당신이 지나온 삶을 반추해 볼 때 짝 없는 외기러기 신세는 피해야 한다는 것이 인생살이의 순리임을 절감해 왔다. 손녀들도 엄마의 외로운 삶을 이해하고 그들의 재결합을 원한다.

"내가 며느리에게 시모로서 도움 된다면 무엇이라도 하겠습니다. 물론 채희에게 베푸신 은혜도요."

"면목 없습니다."

"아니에요. 난 며느리의 새로운 삶을 인도해야만 합니다."

정림 여사의 철통같은 권위의식이 깨어진 건 성희를 향한 강 변호사의 아낌없는 배려도 자극제였다.

"또 하나 부탁은 성희 주혼을 서 주시길 원합니다."

"모든 게 부족한 애비지만 기꺼이 응하겠습니다."

정 박사의 목소리가 떨려 나온다.

은행잎이 바람에 하나씩 둘씩 떨어지며 채희 머리에도 미란의 손등에도 내려앉는다.

"가만히 계셔요. 아줌마를 그릴 테니."

채희는 미란을 모델로 그림을 그린다. 그린 그림을 보고 채희가 당혹한 표정을 짓는다.

"미안해요. 저의 머릿속엔 엄마가 가득 차서, 그림까지도 엄마 모습이 지배하나 보죠?"

채희는 날이 갈수록 자신을 친딸 이상으로 돌봐 준 수인에 대한 경외심이 움튼다.

"거짓을 참마음처럼 가장한 것도 꼴불견인 게 없어. 난 네가 엄마를 머릿속에 담고 나를 그렸다면 굉장히 화를 냈을 거야."

"언젠가는 아줌마를 엄마처럼 그릴 거예요."

"그럼, 그런 날이 꼭 올 거야."

미란은 채희를 가슴에 품는다. 서로의 체온이 전달되며 심장의 박동이 뛴다. 채희는 피를 많이 흘려 몸이 차갑다. 미란은 얼어붙은 채희의 마음도 몸도 데워 주고 싶다. 비어 있는 머리에 예술의 혼도 채워 주고 싶다.

"한순간을 잘못해 일생을 거슬렀다는 피해망상증에 걸리면 진짜 평생을 거스르며 살아가기 마련이야. 한때 나도 너처럼 한순간의 실수로 예술을 포기하고 돈 모으기에 매달렸어. 부동산 투자, 증권 투자, 화랑 경영 등. 그림 그리기와는 무관한 일에 혈안이었지. 의도한대로 돈은 모았지만 진정한 나의 뜻은 예술의 혼을 담는 거란다."

레오를 향한 증오가 더욱 돈 모으기를 부채질했다. 이만큼 모았으면 평생 살아 갈 거라 여겼을 땐 정신은 흐리고 손놀림이 둔해 도저히 그림을 그릴 수 없었다.

"그림의 기본기를 철저히 익히면 나름의 취향에 맞게 개성적인 화법이 솟아나온단다. 사물에 대한 정확한 소묘, 미감으로 승화한 감동의 표현, 색체와 형태의 본능 감각이 정착되기 위해선 철저한 노력과 정신 집중이 필요하단다."

"아줌마도 그림을 그리고 싶은가 보죠?"

"너를 만나고부터 그런 생각이 들었단다. 내가 못 이룬 꿈을 이루고야 말겠다던 집념과 예술 혼이 불꽃처럼 타오르지 뭐니."

가을 햇살이 뭉게구름과 숨바꼭질하며 뜰에 무늬를 드리운다.

"겨울이 오기 전, 파리로 갈 계획이야. 옛 친구들도 만나 담소도 나누고 그림 공부에 매달려 볼까 해. 문제는 너의 태도에 달렸어. 확고한 신념이 필요해."

"시력이 나쁜 데도 그림을 그릴 수 있을까요?"

"예술의 혼이 살아 있는 한 시력이 장애 요인이 될 순 없어. 신체의 고통이 더할수록 예술이 더욱 보배가 되어 탄생 되거든. 모딜리아니는 폐결핵, 고호는 정신병을 앓았는데도 육신의 아픔을 예술로 승화 시킨 명장들이잖아. 요즈음은 생체공학을 이용해 인공눈 개발도 하는데 시력 따위가 무슨 걱정이람. 너와 내가 시력에 약점이 있다면 서로가 모자란 부분을 채우면 되는 거야."

"전 꼭 아줌마 따라 파리로 가고 싶어요. 혼자보다도 아줌마와 함께라면 외국 생활에 적응도 빠를 테고 그림 공부에도 많은 도움이 될 테니까요."

미풍에 결 고운 잔디가 춤을 춘다. 풀잎에서 생동의 숨결이 차디찬 채희의 육신으로 스며든다. 뼈 마디마디에서 따스한 기운이 피어오른다. 초원의 향기에 취한 듯 숨을 들이쉬며 채희가 스텝을 밟는다.

"아줌마랑 저랑 초원 위를 뛰노는 야생마가 되어 볼까요?"

"그러자구나. 이 보드라운 잔디에 신발이 무슨 소용이람."

미란이 먼저 구두를 벗어 발로 힘껏 찬다. 채희도 구두를 벗어 발로 힘껏 찬다.

"우리는 자유인이다."

미란이 구호를 외치고는 양손을 브이 자로 흔든다.

"시류와 타협하지 않고 순간의 열락에 취하지 아니한다. 오직 예술을 향해 몸을 불사른 지고의 가치를 지닌 화가가 되는 것."

채희도 덩달아 목청 높인다. 미란도 채희도 발 빠르게 몸을 비비꼰다. 격정은 차라리 울분이다. 이제껏 느끼지 못한 자유의 참맛을 음미하듯 신음을 토한다. 맨발에 돌멩이가 밟힌다. 발목에 잡풀의 날선 잎이 상처를 입힌다. 그래도 원시인처럼 춤을 춘다.

"전 아줌마를 쉽게 사랑할 것 같아요."

채희가 숨 가쁘게 외친다.

"난 이미 너를 사랑하는 걸. 우리는 자유 반란자."

미란도 외친다. 무언가에 대한 울분인지는 분명치 않다. 레오와 훈종에 대한 울분인지, 자신에 대한 울분인지.

"자유마저도 우리에겐 구속이다."

채희도 울분을 토한다. 출생에 대한 울분인지, 준기네 가족에 대한 울분인지, 이제까지 방황하며 지낸 자신에 대한 울분인지 분명치 않다. 다만 이 순간, 울분을 토해 냄으로써 다시는 방황의 늪에 휩싸이지 않겠다는 각오를 다진다.

행복의 0순위

1

여기 사랑하는 분들을 초대합니다. 부디 오셔서 조언해 주신
다면 더할 나위 없는 기쁨이겠습니다.

다비다의 봄 컬렉션은 멋스럽습니다. 유려하면서도 부드러운
촉감, 곡선으로 매혹의 여인상을 연출합니다. 희디흰 순백의 웨
딩드레스도 선보입니다. 자연과 인간의 조화, 웨딩드레스를 입고
평생의 동반자와 언약 맺는 신부야말로 행복의 0순위입니다.

기자들이 진영을 둘러싸고 질문 공세를 편다.

"명품 옷을 만든 게 피땀 흘린 작업이라지만 천부의 자질도 있
잖겠습니까?"

"내력이겠죠. 저의 어머님은 한복을 잘 만드셨지요. 근데 여자

가 바느질 솜씨가 좋으면 박복하다던 통념에 사로잡혀 제가 양장점을 차리겠다고 하자 반대하셨지요. 평생 실직자 남편을 모셨던 어머님은 당신의 박복을 옷을 잘 만든 솜씨 탓이라 여기셨으니. 하지만 딸의 고집을 꺾을 순 없었어요."

"상호와 이름이 '다비다'인데?"

"성경에 기록 된 '노루 같은 여인', '아름답다'란 뜻입니다. 무의탁 노인들과 과부들을 입히고 먹인 선행의 여인이지요. 병들어 숨졌는데, 베드로 선지자가 살려낸 기적의 여인이랍니다. 저도 심장병으로 죽을 고비에 이르러 겨우 살아난 목숨이라 다비다로 부활 했지요. 수입의 일부는 심장병 어린이 치료비로, 남은 옷들은 양로원 노인들과 불우 이웃들에게 선물 할 겁니다."

"기성복과 액세서리 컬렉션도 판매하는 등, 국내에는 전주, 대구, 진주, 외국에는 파리와 뉴욕에도 지사가 있는데, 성공한 이유는?"

"일류 디자이너가 될 꿈을 꾸고 밑바닥 기본기부터 철저히 익혔지요. 친척이 경영하던 의상실 마담의 조수로 일하며 꼼꼼히 박음질을 익혔고요. 견직회사 염색공으로 일한 경험은 색의 마술사란 별명을 얻는데 적잖은 도움을 주었습니다. 저의 꿈을 실현하기엔 그것도 부족해 파리로 유학 가서 디오르, 지방시, 샤넬 등 세계적인 명품 가게들을 돌며 안목과 견문을 넓힌 게 효과를 본 셈이지요."

진영은 기자들과 악수를 나눈다.

지난여름, TV 화면에도 청희와 문희가 기자 회견에 응한 장면
들이 비쳤다.

청희를 두고 모델업계에 신데렐라가 탄생했다던 찬사가 쏟아
졌다. 더욱 흥미를 끈 건 동생이 사법고시 합격자란 사실이었
다. 타인들 앞에서 쌍둥인 걸 밝히지 않았는데 어떻게 기자들이
알고 신문에 보도 되었다. 연이어 동생과 함께 TV 출연 요청도
받았다.

멀리 떨어져도 쌍둥이 자매는 비슷한 행동으로 연쇄 반응 일
으킨다던데? 일테면 서울 언니가 감기에 걸리면 뉴욕 동생도 감
기에 걸린다는 것 말입니다.

남자 사회자가 호기심을 보였다.

제가 재채기 하면 동생도 재채기를 했대요. 제가 울면 동생도
따라 울고 제가 웃으면 동생도 따라 웃고 제가 모로 누우면 동생
도 따라 모로 눕기도 했대요. 그건 엄마에게 들은 애기고, 지금은
전연 달라요. 보시다시피 생김새도 전연 다르고 전공도 거리가
멀잖습니까.

청희가 발랄한 몸매를 나뭇잎처럼 흔들었다.

동생이 한 말씀 하신다면?

사회자가 마이크를 문희에게로 옮겼다.

우리 주위에 쌍둥이 자매들이 예상 외로 많은데다 거의 일란성이더군요. 나이 들수록 닮은꼴에 대해 거부감을 느낀 게 쌍둥이들의 공통 견해랄지.

　잠깐, 사회자가 문희에게 물었다.

　닮은꼴에 대해 거부감을 느낀 이유는?

　저랑 똑 같이 닮은 생김새가 바로 옆에 존재 한다면 상대에게 혼란을 주니 좋을 리 없잖아요. 인간의 향기란 어느 정도 고매한 인격에서 나온 거잖습니까. 가까이 접하면 냄새를 풍기는데 그 냄새를 한 사람도 아닌 판에 박은 두 사람이 얼굴 모양새에서부터 똑 같이 풍긴 건 보기에도 영 그렇거든요.

　문희가 지론을 펼쳤다.

　언니의 견해는?

　지금은 개성시댑니다. 나만의 독특한 매력을 창출해야지, 얼굴 모양새에서부터 판에 박은 듯한 얼굴이 또 하나 존재한다는 건 김새는 일 아니겠습니까.

　청희의 입술이 꽃송이처럼 벌어진다.

　좀 전에 하신 말씀을 마무리 해 주십시오.

　문희가 재빨리 해답의 실마리를 푼다.

　"우린 이란성 쌍둥이지만 닮지 않아 남들이 눈치 챌 리 없다며 나란히 걸어가는데 전연 모른 분이, 우리를 보고 쌍둥이처럼 닮았다지 뭡니까. 쌍둥이는 어디 가도 쌍자 돌림을 못 벗어나기에 전 혼자 태어나지 않은 걸 다행으로 여깁니다."

경청하던 팬들의 웃음소리가 왁자하게 울렸다. 초대된 주인공은 청희였고 문희는 언니를 돕기 위한 조연이었다. 주연과 조연이 뒤바뀐 분위기로 변했다.

어떻게 쌍둥이로 태어난 걸 다행으로 생각하십니까?

하나보다는 둘이 훨씬 보기 좋잖아요. 우린 태어날 때부터 나란히였으니 짝짓기의 효시였지요. 더불어 공존의 미덕에 보탬 되었잖습니까.

박수 소리가 더욱 요란하게 울렸다.

정말 대단하십니다. 영특한 동생이 있기에 언니의 모델 직업이 빛나 보입니다. 이제부터 청희 양의 장기를 보여 주셔야죠. 지금부터 생명보험에 가입해야 할 정도로 세인의 관심을 끄는, 한 청희 양의 멋진 롱다리에 안성맞춤인 파도 흉내 내기 패션쇼를 개최하겠습니다. 이 무더운 여름 밤 동해안의 파도를 담은 화면과 함께 시원한 물줄기를 공급해 드리지요.

사회자의 설명 뒤이어, 파도치는 동해안을 배경으로 팝송에 맞춰 청희가 타조처럼 늘씬한 롱다리를 뽐내며 의상 쇼를 펼쳤다.

그날 청희가 관객들에게 기립 박수를 받은 건 단순히 모델수업만 받아서 그런 건 아니었다. 손짓몸짓 하나가 일상생활에 맞춰 피나는 노력을 기울인 결과였다. 문희가 사법고시에 합격했

는데 언니가 뒤질까 보냐 싶어 연습에 연습을 거듭해 얻은 찬사
였다.

2

패밀리가 뭔 줄 아세요?
파더 앤드 마더, 아이 러브 유.
가족이 뭔 줄 아세요?
그랜드마더 앤드 마더 위 러브 유.

악기 소리가 경쾌하게 울린다. 성희가 피아노 치고, 채희
가 기타를 친다. 청희와 문희가 스텝을 밟고, 가족이 합창한다.
FAMILY의 어원은 'Father And Mather I Lave You'의 약자다.
가족을 풀이한 건 네 딸이 머리를 맞대고 의논해 결정한 곡이다.
그 노래를 부를 때마다 딸들은 아빠에 대한 그리움을 엄마랑 한
묶음으로 묶어 사랑을 표현했다. 할머니랑 엄마를 묶어 사랑을
북돋은 내용이었다.

그들 가족은 그 노래를 반복해 부른다. 피아노 건반 위에서 성
희의 열손가락은 물방울 튕기듯 하다. 청희와 문희의 발놀림은
타조와 토끼의 어울림 같다. 먼저 타조가 타타탁 거리면 토끼가
깡충깡충 뛰는 형국이다. 기타를 목에 건 채희의 몸놀림은 비바

람에 흔들린 나뭇가지다.

3

채희가 카페 문을 열자, 준기가 구석진 자리에서 손을 흔든다.
비 맞은 채희 얼굴과 머리카락을 준기가 손수건으로 닦는다.

비와 눈물은 다릅니다.
당신이 울 때 눈물이 빗물이라 속일 순 없습니다.
내가 울 때도 빗물이 눈물일 순 없습니다.
당신과 나의 눈물을 모아 이별의 잔에 부어 마시면
우리는 넋새가 되어 하늘을 훨훨 날겠지요.

팝송이 실내를 울린다. 빗방울이 유리창을 두드린다.
"다음 주일 파리로 떠나."
"만날 파리에 가고 싶다고 노랠 부르더니 진짜 가게 되었구나.
나도 다시 뉴욕으로 가면 영문학을 깊이 있게 파고들 거야 전자
공학은 적성에 맞지도 않아. 영어 회화는 완벽한 수준이라 다른
과목을 선택하려니 골치 아프거든."
"떠난다고 결심하자, 꼭 만나야 될 두 사람이 떠오르더라."
"나 아닌 또 한 사람은?"
"날 낳은 여자 어머니."

"외할머니를 어렵게 표현하는데 어찌 사이가 멀어 보여."

"난 사생아거든. 불륜의 씨앗이야. 남의 손가락질 받으며 뒤안길을 맴돌던 어미의 딸이 사랑이란 미명으로 날 낳았거든. 그 손가락질이 내게까지 미치니 눈에 보인 게 없더라. 딸은 숨겼고 그여자 어미가 내 앞에 외할머니라고 나서는데 눈이 뒤집혔지 뭐."

그동안 겪은 채희의 고민을 전연 몰랐다는 사실에 준기는 고개를 들 수 없다. 이래 가지고 내가 채희를 사랑했을까. 더욱이나와 형과 어머니까지도 채희에겐 가해자다. 준기는 새삼 자신의무력감과 준서와 윤경에 대한 분노가 치민다.

"널 만나자고 한 건 나로 인해 너희 집 가족이 당한 충격에 대해 용서를 구하기 위해서야. 너의 엄마와 준서 씨에게도 내가 잘못했으니 용서해 달라고 전해 줘. 특별히 네게 부탁하고 싶은 건형에 대한 미움을 씻어버려. 잘못은 내게 있거든. 지금 네가 화풀이 하고 싶다면 날 마음대로 구박하고 폭력을 휘둘러도 좋아."

채희 눈이 밝게 빛난다. 무겁게 짓누르던 강박 관념이 없어졌다. 동시에 지난 번 준서와의 관계를 고백했을 때 바로 보지 못했던 준기의 눈을 똑바로 응시할 수 있어서였다. 준기를 사랑하면서 그의 형과 몸을 섞은 건 공포였다. 공포에서 벗어나기 위해 채희는 그 사실을 준기에게 고백했다. 그건 고백이 아니라 발산이었다. 가슴 속에 독가스로 가득 찬 울분을 밖으로 풀어 없애지 않고서는 생존의 위협이 온몸을 짓눌렀던 것이다.

"지금 이 순간 너의 입술은 내게 키스해 달라고 압력을 가하잖아. 진정 네가 날 사랑한다면 폭력 대신 키스를 허락해 줘."

준기는 채희를 끌어안고 끈질기게 애무한다.

밖은 어둠에 잠겼다. 비는 그쳤지만 흐릿한 날씨에 안개마저 끼여 지척을 분간 할 수 없다.

준기는 맥주 빈 캔을 허공을 향해 높이 올려 발로 힘껏 찬다. 빈 캔이 멀리 떨어진다. 준기는 허공을 향해 소리 내어 웃는다. 웃음소리도 안개 속에 떠밀려 어디론지 사라진다.

학원의 창문마다 불빛이 새어 나온다. 수험생들이 머리 싸매고 문제를 익히기 위해 고심한다. 학원의 벽보마다 두 번 실패는 허용하지 않는다, 라는 문구를 내세우지만 실패는 어디든지 도사린다. 학원 창문에서 새어나온 불빛보다 더 현란한 불빛들이 학원 주위를 에워싼다. 당구장, 극장, 전자오락실, 카페, 여관, 준기는 번쩍거리는 유혹의 간판들을 올려본다. 목표를 향해 열정을 쏟는 수험생들 옆에는 욕정을 채우기 위한 유혹의 함정들이 너무 많다. 채희도 내겐 유혹의 함정이었을까. 채희는 그의 성장 과정에서 빼놓을 수 없는 한 시절의 그리움이다.

어디로 갈까.

그것은 방향 감각을 잃은 젊은이들이 곧잘 부르던 노래였다.

준기는 현란한 유혹의 간판을 올려 보고 고개 젓는다. 변함없이 따스한 울타리는 가정이란 보금자리다. 준기는 가족의 얼굴을 하나하나 떠올린다.

최 회장은 윤경의 손을 잡고 다짐했다.

여보, 아이들이 당신의 전부일 순 없소. 우리의 생도 넉넉히 남았는데 이제부턴 외국 여행도 함께 다니고 골프도 함께 치도록 합시다.

남편의 그 말 한 마디가 천금보다 더 귀한 약이 되어 윤경의 굳은 혀를 부드럽게 했다.

그럼요, 아이들이 나의 전부일 순 없지요.

윤경의 입에서 그 말이 새어나옴과 동시에 눈물이 펑펑 쏟아졌다.

준기는 편의점에서 타월과 손톱깎이를 산다. 밤이면 술에 취해 들어간 동생을 준서가 등에 업고 욕실에 내려놓으면, 형수는 하찮은 도련님의 발을 씻기고 발톱을 깎아 주었다.

오늘 밤은 내가 그들 부부의 세족식을 거행하리라. 이 타월로 그들 부부의 젖은 발을 닦아 주고 이 손톱깎이로 그들의 발톱도 깎아 주리라.

준기는 택시를 불러 세운다.

4

지금 건축업자와 목수를 보내고 정원과 야산을 둘러본다오.

앞으로 이 소중한 토지를 어떻게 보다 유용하게 활용하나, 그게 우리의 책무 아니겠소.

우리에게 때 묻지 않은 열정과 잠들지 못한 젊음이 존재했다면, 지금은 미래를 향한 새로운 도전을 준비할 시점인 것 같구려.

이곳에 병원을 짓고 유치원도 지을 계획이오. 신사동 병원을 처분해도 건축비가 모자라 걱정했는데, 성희 조모님이 반포아파트를 팔아 유치원 건축비를 돕겠다고 하시니 얼마나 고마운 일이요.

성희 조모님을 나의 어머님으로 모시고 싶소. 인고의 세월을 잘도 견디고 성희를 잘 키워 주신 보답으로 여겨도 좋을 거요.

저택은 수리 중이오. 안방은 어르신에게 알맞도록 꾸미고 넓은 거실은 대화의 장이 되도록 의자를 많이 놓아두겠소.

안채 옆엔 황토방도 넣어야겠지. 시골 부모님이 우리 둥지에 오시면, 황토방 아니면 잠 못 주무신다던 그분들에겐 최선의 선물일 게요.

청희 방은 사면에 거울 달린 방을, 문희 방 옆엔 서재를 꾸미도록 하겠소. 표정은 마음의 움직임을 반영한 거라며 하루에 수십 번씩 거울보고 연습 한다던 청희가 꽃잎처럼 미소를 지을 때, 우린 활짝 핀 장미를 보게 될 거요. 서재에 앉아 문희가 책장을 넘기면 깨알 같은 글은 향기를 발할 거요.

진주처럼 순수한 성희 부부의 보금자리도 소홀히 다룰 순 없겠지. 유치원 위층에 그들만이 나눌 사랑의 보금자리를 마련할 계획이오.

우리의 보금자리도 궁금할 테지. 병원 위층에 우리 보금자리를 마련하기로 했소. 거실 베란다엔 천체망원경도 놓아둘 거요. 천체망원경에 잡힌 별들은 반짝 빛난 걸 뛰어넘어 별 자체가 얼마나 아름다운지를 알게 될 거요. 우리가 흑석동 달동네 꼭대기 집 옥상에 올라 별을 헤며 별들에게 이름 지어 부르던 그날들을. 이제 우리는 이름 없는 별들에게조차 감사 할 줄 아는 넉넉한 마음을 지녀야겠소. 밤하늘을 수놓는 별들에게 이웃의 이름을 불러 가며 전설을 엮어야겠지.

밤하늘의 아름다운 별 중에는 인평별과 미란별과 채희별도, 석재별과 진영별도 있어야 될 것 같소. 때때로 별을 쳐다보고 그들의 이름을 부름으로 우리는 별만큼이나 아름다운 관계가 이어졌다는 걸 가슴 깊이 새겨야지 않겠소.

우리의 영원한 명제인 행복은 무엇일까. 그건 남을 행복하게 해 주는 자만이 행복을 누린다는 진리 앞에 겸허히 고개 숙이는 것이 행복이란 걸. 이 행복을 행복답게 하는 것이 사랑이고 사랑함으로 아름답다는 걸 알고 실천하면 우리 사랑도 한결 빛날 거란 것을.

사랑의 묘약

초판 1쇄 인쇄일 • 2022년 7월 15일
초판 1쇄 발행일 • 2022년 7월 20일

지은이 • 성지혜
펴낸이 • 임성규
펴낸곳 • 문이당

등록 • 1988. 11. 5. 제 1-832호
주소 • 서울시 성북구 동소문로 65-2 삼송빌딩 5층
전화 • 928-8741~3(영) 927-4990~2(편)
팩스 • 925-5406

전자우편 munidang88@naver.com

ISBN 978-89-7456-545-9 03810

값은 뒤표지에 표시되어 있습니다.